T0278810

El viaje de Bella

El viaje de Bella

W. Bruce Cameron

Traducción de Jorge Rizzo

Rocaeditorial

Título original en inglés: *A Dog's Courage*

© 2021, W. Bruce Cameron

Primera edición: julio de 2022

© de esta traducción: 2022, Jorge Rizzo
© de esta edición: 2022, Roca Editorial de Libros, S. L.
Av. Marquès de l'Argentera 17, pral.
08003 Barcelona
actualidad@rocaeditorial.com
www.rocalibros.com

Impreso por RODESA
Printed in Spain — Impreso en España

ISBN: 978-84-18870-22-4
Depósito legal: B. 11135-2022

RE70224

Dedicado con amor a la memoria de mis padres,
William J. Cameron, doctor en Medicina,
y Monsie Cameron.
Os echo mucho de menos a ambos.

Prólogo

*M*ichael «Bud» Butters subió el volumen porque en la radio sonaba una de sus canciones *country* favoritas: Zac Nelson cantaba «Life is Wonderful». Bud se permitió cantar al son de la melodía con unos gorjeos que habrían ofendido los gustos musicales de cualquiera que la oyera. «La vida es maravillosa.» Eso, pensó Bud, era un resumen bastante acertado de la situación.

La vida era maravillosa. Tras sesenta y dos años de una vida en la que había pasado... de todo, estaba a punto de cumplir un año al volante de un camión cisterna Freightliner con cinco coma ochenta y seis metros de distancia entre ejes, motor Cummins de trescientos cincuenta caballos y una capacidad de diecisiete mil litros. ¡Bud Butters, conduciendo un camión! Durante muchos años ni siquiera había tenido carné de conducir, ¡y en cambio ahora...! Un profesional. Eso es lo que era.

Ahora que tenía un trabajo estable estaba haciendo grandes progresos en la limpieza de las cuentas de sus tarjetas de crédito, aunque abandonar la vida en el rancho para sentarse al volante le había hecho desarrollar una incómoda tensión en sus ciento cuarenta centímetros de cintura. Así era como lo entendía él: su barriga era la misma; eran los pantalones los que estaban cambiando.

Ese día su ruta le llevaba hacia el norte por la autopista 26 de Wyoming, hasta Moran, donde debía tomar la 191 hacia Jackson, para seguir después hacia el sur hasta su casa, en Rock Springs, donde disfrutaba de uno de los paisajes de montaña más bonitos del mundo. Los dueños de las gasolineras siempre se alegraban de verle, porque él les traía el líquido elemento. Él, que en otro tiempo se había sentido poco apreciado por la sociedad ,—y por sí mismo—, era ahora un elemento importante de la economía local.

No solo eso: últimamente su hijo Nate había conocido a una chica llamada Angie, que era el extremo puesto a esa tal Marna, una jovencita de personalidad tóxica que le había dicho a Nate que no debía tener ningún contacto con Bud nunca más. Marna se negaba a creer que Bud hubiera enderezado su vida, que llevara dos años sobrio, que un hombre podía cambiar. Marna iba corroyéndole el alma a Nate como si fuera un ácido, enfrentándolo a su propio padre. Lo cual significaba separar a Bud de su nieto, el pequeño Ian —¡que ni siquiera era hijo de Marna!—, y eso, por sí solo, había estado a punto de lanzar a Bud de nuevo al alcohol. Al menos eso le parecía a él: una excusa perfecta. «¿Qué más tiene que sucederte? ¡Cualquier hombre en esas circunstancias necesitaría una copa!» Pero eso no era más que el incitante susurro de la tentación: él estaba trabajando duro para seguir el programa, y el programa funciona si trabajas. Aquel susurro siempre estaría ahí; simplemente había que aprender a no hacer caso. Él iba a las reuniones. Podía permanecer impasible viendo a sus amigos bebiendo hasta caerse del taburete y no tocar ni una gota de alcohol, aunque lo cierto era que, uno a uno, sus colegas habían ido apartándose de su vida, curiosamente porque se sentían incómodos con sus decisiones.

Todo eso lo veía por el retrovisor. La vida era maravillosa. Los test aleatorios de drogas y alcohol le ayudaban aún más a mantenerse limpio. Nate por fin había recuperado la cordura y se había librado de la rabiosa Marna, por fin, y había conocido en la iglesia a Angie, que era un encanto, y que, con su bondad, le había conquistado el corazón. La propia Angie había llamado a Bud personalmente, citándolo en una estación de servicio para camioneros en Lander, porque, según decía, Nate estaba demasiado avergonzado como para descolgar el teléfono. Ian,

10

que ya estaba hecho un hombrecito a sus diez años, fue corriendo hacia su abuelo y eso fue todo: Bud había recuperado a su familia.

Lo único que había que hacer era perdonar. Era la fórmula mágica. La gente buena perdonaba a Bud y Bud perdonaba a todo el mundo.

Bueno, quizá a Marna no.

Tras hacer su última parada en Dubois, Bud dio un pequeño rodeo, ascendiendo a Fish Lake Mountain para visitar a Ian, a Nate y a Angie.

Condujo el camión medio lleno montaña arriba con sumo cuidado. Un camión cisterna puede plegarse sobre sí mismo y volcar con más facilidad que un tráiler tradicional. Cuando hacía mal tiempo, Bud conducía casi rígido por la tensión, pero hacía un día de verano espléndido, sin viento. El clima era tan seco que explicaba por qué en otro tiempo a Dubois se la había conocido con el nombre de Never Sweat,[1] Wyoming.

Bud había oído aquel nombre una vez. Never Sweat. El servicio de correos se negaba a permitir que se usara e insistía en que debía ser Dubois. Enfrentados a la disyuntiva entre el topónimo más propio y algo obligado por una agencia gubernamental, los habitantes de Never Sweat, como buenos vaqueros de carácter rebelde que eran, habían aceptado el nombre pero no la pronunciación francesa —¿qué era eso de «dibúá»?— y se había quedado en *Du-bois*. O, tal como ellos lo escribían, Doo-boyce, Wyoming.

La carretera ascendía trazando curvas cerradas, pero casi no había tráfico, y el día era radiante.

A Bud le tranquilizaba tener toda la calzada para él solo. Poco tiempo atrás, un paleto con una camioneta había invadido el carril contrario, provocando un accidente que había acabado con un colega suyo en el hospital. Peor aún, la cisterna del amigo de Bud se había soltado y había salido dando vueltas como un rodillo gigante en dirección a los vehículos que ve-

11

---

1. *Never Sweat*, «no se suda nunca». *(Nota del traductor.)*

nían en dirección contraria. El vertido de gasolina resultante había provocado el cierre de todos los carriles de la I-80. Afortunadamente no había habido muertos, gracias a Dios.

Al llegar al collado la canción acabó y Bud dejó de cantar, si es que a eso se le podía llamar cantar. Apretó el botón, silenció la radio y paró en el arcén. El descenso hasta llegar al valle era imponente, con unos barrancos pedregosos enormes, el río en el fondo y álamos verdes en su ribera.

Su trabajo, en ese momento, era conducir un camión por el paraíso.

Cogió aire y lo soltó con un silbido de satisfacción. Al pequeño Ian le iba a encantar subir a dar un paseo con su abuelo en el enorme camión. Solo de pensar en eso, Bud sonrió.

Desde aquel punto vio varios camiones de bomberos por una carretera secundaria que quedaba más abajo. Había un bosque de pinos que ascendía por la escarpada ladera desde el río, y los bomberos estaban haciendo una quema controlada para reducir el riesgo de que se produjera algún incendio devastador. Bud no entendía muy bien el concepto: ¿quemar árboles para evitar que se quemen? Eso sí, veía que los bomberos tomaban precauciones, distribuyéndose por la línea del fuego, con las mangueras preparadas para evitar que las llamas superaran el cortafuegos que habían trazado con sus motosierras.

Desde donde estaba, calculaba que debía de haber entre cuatrocientas y ochocientas hectáreas de pinos muertos, y no veía cómo iban a llegar a todos ellos los bomberos.

Mientras descendía la cuesta, tenía la mente puesta en el pequeño Ian, y cometió el error de alargar las marchas, algo raro en él. Habría sido mucho más seguro usar marchas cortas y hacer que fuera el motor el que mantuviera controlada la velocidad.

Pero no se dio cuenta de que la velocidad aumentaba, porque su corazón, tan lleno de amor, de pronto se le agarrotó en el pecho. El bloqueo fue total, y el infarto, inmediato y mortal. Bud cayó hacia un lado, la vista se le oscureció de golpe y el motor de su camión chirrió al aumentar de revoluciones y de velocidad.

En el valle, los bomberos levantaron las cabezas a la vez justo en el momento en que el camión cisterna de Bud impactaba de lleno contra las autobombas aparcadas. Y luego salieron corriendo, desesperadamente, al ver que la cisterna caía por la escarpada ladera, lanzándose hacia el incendio que controlaban.

Bud no llegaría a enterarse del alcance del desastre que había provocado su muerte, pero prácticamente sería el único ajeno a aquella destrucción en todas las Montañas Rocosas.

13

1

*Y*o estaba disfrutando de ese tipo de siesta que, como perra, había llegado a dominar mucho tiempo atrás: tendida sobre la hierba, con el fresco olor de los árboles en el morro, casi sin hacer caso al piar de los pájaros y al murmullo de otros animales. Dormir fuera, cerca de mi chico, Lucas, percibiendo su olor, que me hacía sentir su presencia, es una de las cosas más maravillosas que se puede hacer por la tarde, tras un paseo por las montañas. Aquella sensación de bienestar me hacía sentir feliz de estar viva.

Lucas compartía aquella sensación de satisfacción; se lo notaba en lo relajado de su respiración. Estaba sentado al sol, medio adormilado, con su perra y su Olivia.

De modo que me sobresalté cuando de pronto vi que daba un respingo. Abrí los ojos de golpe y levanté la cabeza, parpadeando para despejarme.

—Que no se mueva nadie —ordenó. Yo le miré, pero luego fijé toda mi atención en el olor que me llegaba de pronto: una gata grande, en algún sitio, cerca, acechando entre los matorrales. El olor a animal salvaje era inconfundible.

Por un momento pensé que sería una gata salvaje en particular, una que conocía tan bien como a cualquier otro animal que hubiera tenido la oportunidad de oler, pero enseguida me di cuenta de que no, aquella gata era una extraña, una nueva intrusa.

No se movía, así que al principio no la localicé. Luego se movió ligeramente, y entonces la vi. Era fuerte y robusta, más grande que los gatos que vivían en una casa que quedaba más abajo de la calle, casi diría que más grande que ningún otro gato que hubiera visto nunca. La cabeza le llegaría casi a la altura de mi lomo. Tenía manchas, y las orejas levantadas, alerta. Llevaba un conejo en las fauces. El olor del conejo me llegaba con la misma intensidad que el de la gata salvaje.

Así que no, no era ningún animal conocido, aunque me recordaba a una gata mucho más grande que ella.

La gata y yo nos miramos fijamente, inmóviles. Lucas y Olivia estaban paralizados y tensos, pero no asustados.

—¿Lo ves? —preguntó Lucas, con un susurro casi inaudible.

Olivia se movió levemente.

—Es la segunda vez en mi vida que veo un gato montés. ¡Qué chulo!

—Es bonito —dijo él, asintiendo mínimamente.

Yo seguía mirando fijamente a la gata, y la gata seguía mirándome a mí. Era como esos momentos que solía compartir con las ardillas, cuando ambos estábamos inmóviles, justo antes de que uno de los dos reaccionara de golpe y se iniciara la persecución. De todos modos no estaba muy segura de que quisiera perseguir a este animal en particular.

—Voy a coger el teléfono —murmuró Lucas—. Quiero filmarlo en vídeo. Bella, no ladres.

No entendía por qué me decía mi chico que no ladrara cuando no estaba ladrando, ni haciendo ningún ruido en absoluto. Observé cómo movía la mano muy lentamente, pero el movimiento bastó para recordarle a la enorme gata que tenía otras cosas que hacer y que no iba a quedarse mirando a dos personas y a su magnífica perra. Con un movimiento tan silencioso como el murmullo de Lucas, se giró y al momento desapareció entre los arbustos, aunque su potente olor se quedó flotando en el aire mucho después de que se fuera.

Si iba a perseguirla, ese era el momento. Pero yo no quería la gata, ni el conejo. Aún no me habían dado la cena, y no quería estar correteando por el bosque, persiguiendo animales salvajes, cuando me la ofrecieran.

—Impresionante, ha sido impresionante —exclamó Olivia.

—Yo no había visto ninguno antes. Uau —dijo Lucas—. ¿Sabes? Antes iba mucho de acampada, pero nunca me crucé con nada más que alces. Pero contigo hemos visto osos, esa águila, un puma y ahora sumamos un gato montés a la lista.

—Quieres decir que te doy buena suerte.

Lucas la miró con una gran sonrisa en el rostro:

—Quiero decir que ahora que estoy contigo quizá estoy abriendo más los ojos a las cosas buenas de la vida.

—Es bonito que digas eso.

Yo meneé el rabo.

—¿Por qué crees que se habrá acercado tanto a nuestro campamento? —preguntó Olivia—. ¿Qué significa?

—¿Qué significa? ¿Quieres decir que si es una señal, un augurio? ¿Un mensaje de los dioses de los gatos? No creo que signifique nada. Simplemente es un animal salvaje que ha venido a comprobar qué pasaba por aquí.

Olivia se encogió de hombros.

—Es un comportamiento bastante inusual en un félido. En realidad, su único enemigo natural son los humanos.

—¡Félido! —exclamó Lucas, arrastrándose por la hierba hasta llegar a Olivia y empujándola de espaldas sin dejar de reír—. ¿Cómo que un *félido*?

Olivia lo miró, sonriendo.

—Pues eso, un félido. Un felino. Simplemente estaba demostrándole al cerebrito de mi marido que sé usar palabras complicadas. Y sí, debe de ser un augurio ver a un gato montés observando a las personas, en lugar de que sea al revés, ¿no te parece?

—Quizá no nos estaba observando a nosotros; quizá solo quería ver a Bella. Nuestro cánido.

Al oír mi nombre moví la cola.

—¡*Cánido!* Qué marido más listo que tengo.

—Mi mujer sí que es lista. Pero sí, bueno, ¿qué más sabemos de los gatos monteses?

17

—Sé que son territoriales, como los pumas. En su territorio, una hembra es la reina, y nadie se atreve a meterse con ella. Pero si se mete sin querer en el territorio de otra hembra, empieza la guerra. De depredadora pasa a convertirse en presa. Prácticamente lo mismo que si alguna enfermera intentara flirtear con el apuesto doctor Lucas Ray.

Lucas se echó a reír.

—Aun así, aunque fuera una hembra, no creo que nuestra amiga la félida fuera un presagio de nada.

Tenía la sensación de que estaban hablando de la gata y del conejo, pero seguía sin ver ningún motivo para perseguirla por entre los árboles. Ahora mi lugar estaba junto a los míos, Lucas y Olivia. Vivíamos juntos en una casa con una habitación para dormir, una habitación para comer y otra donde se guardaba toda la comida llamada «cocina». A veces disfrutaba pasando el rato tendida en la habitación de la comida, sin más, aspirando aquellos olores deliciosos.

18   Yo nunca sabía por qué, pero de vez en cuando Lucas metía cosas en un coche que llama «el jeep» y nos llevaba a las montañas. Cuando pasaba eso, dormíamos en una única habitación temporal de paredes blandas que Lucas y Olivia montaban junto al vehículo. Eso era lo que estábamos haciendo ahora.

Poco después de que la gata montés se fuera corriendo con su presa, Lucas abrió unos paquetes y preparó la cena, lo cual me pareció un avance muy positivo.

Se sentaron en unas sillas que Olivia desplegó. Mientras yo observaba atentamente por si caía algún alimento al suelo, la mente se me fue a la gata con el conejo, y luego al hecho de que su aspecto me había hecho recordar de pronto una gata mucho más grande, una con la que había pasado muchos muchos días y muchas noches en esas mismas montañas. Aunque con el tiempo creció y se convirtió en una criatura enorme, para mí siempre fue Gatita Grande, porque era un cachorrito cuando me la encontré.

Lucas me lanzó un trozo de cena. Yo atrapé la comida al

vuelo, pero al mismo tiempo era consciente de que el olor a salvaje de la gata era más algo imaginario que real, ahora que había desaparecido en el bosque con su conejo. Eso es lo que pasa en la montaña: no es que un perro no sea capaz de encontrar un olor, sino que hay muchos otros olores compitiendo por ese puesto destacado en su olfato. Abandoné la idea de intentar seguirle la pista: ya hacía mucho que se había ido. De hecho, al cabo de un rato volví a pensar en Gatita Grande, recordando cómo olía cuando nos acurrucábamos juntos mientras caía la nieve, cubriéndonos como una suave manta.

Muchas noches, mientras estoy tendida a los pies de mi chico, pienso en lo diferente que es mi vida ahora que vuelvo a estar entre humanos. Durante un tiempo fui una perra que cazaba y recorría los senderos con un gato enorme, y no dormía en camas, ni me daban de comer dos veces al día. Muchas veces pasaba hambre y miedo, pero mi compañera y yo sobrevivimos. Gatita Grande y yo pasamos dos inviernos juntas y formábamos una manada, protegiéndonos la una a la otra.

Cuando Lucas y Olivia me llevaban a la montaña era habitual que pensara en Gatita Grande, porque había sido en la montaña donde nos habíamos conocido.

Cuando encontré a Gatita Grande era más pequeña que la gata que acababa de ver con el conejo, y estaba sola. Su madre acababa de morir por algo que le habían hecho dos hombres. Eso es lo que deduje al olisquear el cuerpo inerte de su madre, tendido sobre el polvo, porque había oído una fuerte explosión y luego aquellos dos hombres salieron disparados hacia mí, gritándose el uno al otro, emocionados. El cadáver inmóvil de aquella gata enorme desprendía un fuerte olor a sangre fresca, y en el aire flotaba otro olor penetrante y acre, que iba haciéndose más intenso al avanzar los hombres entre los árboles, acercándose a mi posición. Yo ya estaba tensa, preparada para salir corriendo, cuando vi al cachorrito observándome desde los matorrales.

19

En ese momento decidí que, aunque era más grande que ningún otro gato que hubiera visto antes, el cachorrito que se ocultaba entre los arbustos tenía que ser la cría de la enorme gata que yacía muerta en la arena, cubierta de sangre.

Tenía que protegerla de aquellos hombres malos. Tenía la sensación de que, fuera lo que fuera lo que le hubieran hecho a la gata grande para matarla, le harían lo mismo a su cachorrita, y probablemente a mí también.

Con el tiempo me convertí en la madre adoptiva de Gatita Grande. En cierto modo me resultó natural, porque cuando era cachorrita, mucho antes de conocer a Lucas, otros hombres malos se llevaron a mi madre, y acabé viviendo en una casa con una familia de gatos. Mis compañeros de camada eran gatitos, y su madre se convirtió en mi madre.

Aquello no duró mucho, solo hasta que Lucas se me llevó a casa, y entonces pasé a vivir con personas en lugar de con gatos.

20   Yo le enseñé a Gatita Grande cómo cazar. A veces caminábamos mucho, juntas, porque yo en realidad estaba perdida. Me había separado de Lucas, mi persona, y estaba buscando el camino de vuelta. Gatita Grande me acompañó. Por el camino nos alimentamos juntas y Gatita Grande fue creciendo hasta hacerse mucho más grande que yo.

Quería a Gatita Grande, pero lo que más deseaba era ser la perra de Lucas. Así que yo acabé volviendo a casa, pero Gatita Grande se quedó en el bosque, viéndome cómo me alejaba, dejando atrás la montaña, dirigiéndome hacia los olores y los sonidos de una gran ciudad, con coches y muchas muchas personas.

Mientras me alejaba de Gatita Grande, abriéndome paso por las calles, por entre los edificios y el tráfico, no podía disociar el olor de mi chico de los innumerables olores humanos que flotaban en el aire, pero lo percibía, lo sentía, y sabía que conseguiría encontrarlo.

No volví a ver a Gatita Grande, pero muchas noches, al dormirme, me la imaginaba allí a mi lado, dándome calor, haciéndome compañía: la mejor amiga animal que había tenido nunca.

Muchas veces, cuando íbamos de excursión en el jeep, dando tumbos por los caminos de montaña, sacaba el morro por la ventanilla y me concentraba, intentando encontrar su rastro, buscando algún olor a felino que me dijera que seguía viva. Hasta el momento no lo había conseguido, pero Lucas siempre encontraba sitios nuevos para acampar, y yo seguía convencida de que algún día volvería a ver a mi querida amiga. No perdía la esperanza.

Lucas y Olivia estaban comiendo unos trozos de carne, pero no iban a olvidarse de una perra buena como yo. Yo los tenía impresionados con mi «sienta». Eso siempre funcionaba.

Después de la cena, Lucas, Olivia y yo entramos en la pequeña habitación en la que dormíamos cuando salíamos de excursión con el jeep. Era nuestra segunda noche y, si iba a ser como las otras veces, muy pronto volveríamos a casa, para dormir en nuestra cama, dentro de nuestra casa.

A mí no me importaba dónde durmiéramos, siempre que estuviera con mi chico. Tardé un rato en encontrar la posición entre las mullidas mantas, pero al final acabé colocándome entre Lucas y Olivia. Y al hacerlo sentí una sensación cálida en mi interior, porque estaba con las personas que me querían y que yo quería. Desde el momento en que había conocido a Lucas, supe que teníamos que estar juntos. Si no me había rendido nunca durante mi larga caminata hasta regresar a casa era porque era su perra. Durante mi periplo conocí a diversas personas que se portaron bien conmigo y que quisieron ocuparse de mí, pero solo había un Lucas.

Y por mucho que soñara con Gatita Grande, también soñaba con mi chico, corriendo conmigo, dándome golosinas.

En cuanto Lucas cerró la cremallera de la tienda, oí un murmullo entre las plantas, en el exterior. Levanté la cabeza y solté un gruñido grave de advertencia.

—Bella, no ladres, ¿vale? —murmuró Lucas, adormilado.

—Lucas, no ronques, ¿vale? —respondió Olivia.

21

Ya a oscuras, Lucas soltó una risita.

—He oído que muchas mujeres aseguran que sus maridos roncan solo para que los pobres hombres se sientan culpables.

—Yo he oído que, cuando los hombres roncan, sus mujeres les tiran agua a la cara solo para que los pobres hombres se sientan mojados —replicó Olivia.

Lucas levantó la cabeza y se apoyó en un codo.

—Tú a veces roncas y yo nunca me he quejado.

—Eso es porque tus ronquidos eclipsan por completo los míos.

—Bueno, ¿has visto qué suerte tienes?

Olivia se rio.

—Desde luego, eso que haces cuando finges ser tonto del bote es bastante divertido.

—Me alegro de proporcionarte diversión.

—Quizá en algún momento podrías fingir ser listo. Para mi cumpleaños, por ejemplo —bromeó Olivia—. Solo un día. El resto del año puedes seguir haciendo el tonto.

Ambos lucían grandes sonrisas. Lucas pasó la mano por encima de mí y le tocó el hombro a Olivia, y yo agité la cola al sentir su brazo apoyado en mi lomo.

—Oye.

—¿Oye, qué?

—Te quiero, Olivia Ray.

—Te quiero, Lucas Ray.

Oí otro murmullo y volví a gruñir.

—Bella, nada de roncar —me advirtió Lucas, divertido.

—Nada de roncar, Bella —repitió Olivia.

Me preguntaba qué me estarían diciendo.

—Mañana tengo una sorpresa para ti —dijo Lucas, tras un largo momento de silencio.

Olivia se giró. Yo abrí los ojos, pero nada más.

—¿Sorpresa? ¿De qué se trata?

—Bueno, evidentemente no te lo puedo decir. En eso consisten las sorpresas. Seguro que alguien te lo habrá explicado.

—¿Rima con *rollar de berlas*?

—Duerme, Olivia.

—¿O con *manillo de brubíes*?

Lucas se rio.

—Duerme. Mañana lo sabrás.

2

*L*ucas iba al volante y Olivia estaba a su lado, en la parte delantera, con el cinturón puesto. Hablaban, pero no oí ninguna palabra que pudiera reconocer. Intentar entender lo que dicen las personas no suele ser muy gratificante para un perro. He observado que es mucho mejor sacar la cabeza por la ventanilla abierta y buscar animales a los que ladrar. Cada vez que veo pasar un perro tengo que lanzarle un desafío. Ellos no suelen responder, pero se me quedan mirando, perplejos, mientras paso.

Los gatos no prestan atención, pero yo les ladro igualmente. Me encantan los gatos, y a menudo intento ladrarles de buena fe, aunque casi nunca funciona. A veces les ladro a las ardillas, pero la verdad es que prefiero perseguirlas. A los pájaros no les hago ni caso. ¿A quién le importan los pájaros cuando va de viaje en coche?

Olivia echó la mano atrás para acariciarle la nuca a Lucas. Ambos se sonrieron. Yo sentía el amor que fluía entre los dos, y meneé el rabo.

Cuando conocí a Lucas, Olivia no vivía con él. El olor de ella empezó a mezclarse con el de él gradualmente, como si fuera un gato de la calle que poco a poco se acostumbra a vivir con gente. Mi madre gata era así: cuando vivíamos debajo de la casa rehuía a los humanos, pero ahora había una mujer con la que vivía y en la que tenía plena confianza.

No veía a mi madre gata desde hacía mucho tiempo, pero la última vez que la había visto estaba feliz.

—No me habría importado preparar el desayuno —le dijo Olivia a Lucas.

—Ya lo sé —dijo él, sonriendo—. Pero en este restaurante de Frisco tienen unos bollitos de canela alucinantes.

Olivia se rio.

—¿Desde cuándo entran los bollitos de canela en tu régimen?

Él se encogió de hombros.

—Bueno, parece que hoy me doy fiesta.

—¿Parece? —respondió Olivia, y luego echó la espalda hacia atrás—. Un momento… ¿Esa es mi sorpresa? ¿Bollitos de canela?

—Hum… ¿«mollitos de banela»?

Olivia le dio un cachete en el hombro y él se rio.

—¿Qué? ¿No me vas a decir que no es una sorpresa? ¿No es mejor que un «manillo de brubíes»?

—Un día tengo que explicarte cómo deben ser las sorpresas cuando son para tu esposa —le informó con gesto severo—. Los bollitos de canela son una sorpresa para ti.

Lucas negó con la cabeza.

—No, qué va. Yo ya los conocía.

No vi ningún perro hasta que bajamos dando tumbos por una cuesta pronunciada y entramos en lo que, por el olor, era un pueblo. Entonces vi muchos perros, la mayoría sueltos, corriendo y jugando. Lucas no paraba de decirme: «No ladres», lo que interpreté como una clara señal de que no entendía nada sobre la norma de los perros vistos desde el coche. Tenía que ladrar.

Las personas podrían aprender muchas cosas de los perros, pero habitualmente están demasiado ocupadas y no prestan atención.

Cuando paramos y salimos del coche me supo algo mal que Lucas me enganchara la correa al collar con un sonoro clic. Evidentemente, ese pueblo era uno de esos lugares donde algunos perros pueden correr sueltos y otros tienen que ir atados. Aunque, pensándolo bien, la mayoría de los lugares son así.

Disfruté llevando a Olivia y a Lucas por la acera, mientras el sol levantaba unos olores maravillosos de la superficie de cemento. Me senté con ellos a una mesita de una terraza y me resguardé en la sombra que proporcionaba el gran mantel.

Esperé pacientemente a que cayera algo de beicon a la acera, junto a mis patas, segura de que, si miraba a Lucas con la suficiente intensidad, no podría resistirse.

—Deja de pedir, Bella —me advirtió Lucas.

Yo meneé el rabo porque, si se dirigía a mí, no debía de faltar mucho para que llegara el beicon.

Un momento antes de que se nos echara encima, oí un gran rugido procedente de las montañas. Al otro lado de la calle vi un perro con la correa puesta que levantaba la cabeza y supe que él también lo había notado. Se acercaba algo grande: un cambio enorme, desconcertante. Cuando el viento se nos echó encima, con un aullido, Lucas y Olivia dieron un respingo y un trozo de papel que Lucas tenía sobre las piernas salió volando. Observé cómo se iba bailando por la acera, y casi me dieron ganas de perseguirlo, pero sabía por experiencia que la mayoría de los papeles no sabían a nada.

—¡Uaa! —exclamó Lucas. El mantel se rompió y las cosas que había encima temblaron—. ¡Así, de pronto!

Un vaso volcó y un líquido dulce se derramó por la mesa hasta caer en el suelo de cemento. Lo lamí. Lucas y Olivia se pusieron en pie de un salto.

—¡Cógelo todo! —dijo Olivia, a toda prisa.

Un trocito de pan cayó rebotando y yo me lancé a cogerlo al momento. Lo mastiqué, agradecida, mientras mis chicos recogían las cosas de la mesa. Mientras masticaba, el mantel que tenía encima dio una sacudida, golpeó contra la mesa y luego salió volando.

Aquello me llamó la atención. No había visto nunca nada parecido y me preguntaba por qué lo habría hecho Lucas.

—¡La sombrilla! —gritó Olivia.

Observé aquella cosa grande de tela, que ahora estaba boca arriba y que, tras golpear contra la acera, se alejaba deslizándose por la calzada. Lucas se giró como si quisiera ir tras ella, pero se lo pensó mejor. Un momento más tarde ya había llegado a la esquina, dando tumbos por la calle, seguida por una nube de polvo, arena y trozos de papel.

El viento silbaba y soplaba con tal fuerza que no era capaz de distinguir todos los olores que llegaban. No obstante, meneé el rabo al ver a una mujer muy simpática que salió por la puerta y se acercó a hablarme. Era la que le había traído el beicon a Lucas antes, así que tenía que ser una amiga. La puerta se cerró con un sonoro portazo a sus espaldas.

—¿Quieren entrar todos dentro? —preguntó, levantando la voz para que se la oyera.

Oí la pregunta, pero no la palabra «beicon», así que no tuve muy claro si se dirigía a mí.

Olivia parpadeó, rodeada de polvo.

—¿Podemos? Llevamos a Bella.

Levanté la vista al oír mi nombre. La mujer sonrió y recogió los platos de la mesita.

—Esto es Frisco. Aquí todos adoran a los perros, y nadie se queja —respondió—. El mes de noviembre pasado uno de los vecinos presentó a su perro a las elecciones a la alcaldía, y tuvimos que repetirlas porque el perro ganó.

No sé qué estaría haciendo, pero cayó otro trozo de tostada a la acera. Yo tensé la correa, pero ni aun así estaba a mi alcance.

—¿Quiere que vaya a buscar la sombrilla? —se ofreció Lucas.

—Se ha ido volando por la calle y se ha saltado un semáforo en rojo —añadió Olivia.

La mujer meneó la cabeza.

—Tengo dos hijas. Todos los surfistas de nieve del pueblo están locos por ellas. Si ven mi sombrilla volando, la cogerán. Probablemente ahora mismo haya una pelea a puñetazos para ver quién la trae de vuelta.

Salió otra mujer para ayudarla con los platos, pero yo estaba demasiado preocupada observando la tostada caída como

27

para saludarla. La mujer que había traído el beicon forcejeó con otros palos con tela en lo alto fijados al centro de unas mesas vacías cerca de allí. Lucas se acercó para ayudarla, levantándolos y plegándolos.

—Gracias. Déjelas ahí, apoyadas en la pared; ya enviaré a alguien a que las recoja —dijo ella.

Lucas dejó aquellas cosas de tela, que una vez plegadas casi no ocupaban espacio, y luego él, Olivia y yo seguimos a la mujer al interior. No podía creérmelo. ¿De verdad íbamos a dejar aquella tostada tirada en la acera?

Una vez dentro, el ruido del viento desapareció. Los olores dulces que flotaban en el aire resultaban muy intrigantes: quizá hubiera algo allí dentro que pudiera ayudarme a superar la tragedia de la tostada perdida. Había gente sentada, charlando y masticando, y gran parte de lo que comían era comida que podría llamar la atención de cualquier perro. Me pregunté si lo habrían pensado.

Lucas sonrió cuando la señora del beicon nos llevó hasta una mesa y la mujer de los platos puso unos cuantos encima.

—Uau —exclamó Lucas—. Vaya viento.

La mujer del beicon asintió.

—Son las Rocosas —dijo, sonriente—. Puedes pasar de una calma total a un viento huracanado en menos de un minuto. Nosotros lo llamamos «la temporada del parabrisas», porque cada año, cuando llega esta época, hay que llevar el coche al taller para cambiar las lunas.

Se alejó, llevándose consigo aquel leve olor a beicon que tenía. En el plato de mi chico aún quedaba comida, y en respuesta hice un «sienta» con una postura tan perfectamente tensa que al final Lucas se dio cuenta.

—Oye, ¿te vas a acabar la tortilla? —le preguntó a Olivia.

—¿Quieres decir que después de ese «mollito de manela» sorpresa aún tienes hambre?

—Creo que a Bella quizá podría interesarle el queso de dentro.

Ladeé la cabeza. Además de mi nombre, en aquella frase había otra palabra que reconocí y que me gustaba mucho. Lucas echó el cuerpo hacia delante y alargó la mano hacia el plato de Olivia.

—Oye, Bella —dijo, canturreando—. ¿Te apetece un minitrocito de queso?

«¡Un minitrocito de queso!» Fijé la vista en sus dedos, casi temblando de la emoción, y vi cómo descendían lentamente, con ese delicioso pedazo de queso en la mano. Me relamí, incapaz de controlar los movimientos del morro. Por fin aquel bocado delicioso llegó a mi altura y, con la misma delicadeza con la que solía hacerlo todo en la vida, le cogí el minitrocito de queso de entre los dedos y sentí la explosión de sabor en la boca.

Esos minitrocitos de queso eran una de las cosas que me dejaban claro el amor que Lucas sentía por mí.

Pero el beicon ya se había acabado.

Era un lugar muy agradable, donde la gente se paraba a hacerme caricias al pasar junto a nuestra mesa. La mayoría de ellos me tendían la mano para que la oliera, y desprendían olores dulces y a carne. No obstante, sabía por experiencia que no iban a darme nada de comer. No eran tan amigos.

Los humanos poseen el poder de crear alimentos de lo más deliciosos, y sin embargo dedican muy poco tiempo a comer. Es una de las cosas más sorprendentes de las personas: pueden generar sus propias golosinas y sin embargo no parece que sean conscientes de ello.

Al cabo de un rato, la mujer del beicon regresó y se llevó todos los platos.

—Eh, vamos a ver ese museo —propuso Lucas.

—¿No quieres volver al campamento?

—Ya iremos luego de excursión —dijo—. Pero yo no lo he visto nunca, y Bella tampoco.

—¿Tú crees que dejan entrar a los perros?

—¿En un pueblo donde los perros se presentan a alcalde?

Cuando salimos del restaurante, giré inmediatamente en dirección a la mesa junto a la cual había visto la tostada por última vez, pero había desaparecido.

Yo quería a mi chico, pero se me había llevado allí dentro sin prestar ninguna atención a la comida que había en el suelo, y ahora otra criatura se la habría llevado inmerecidamente.

Estaba segura de que Olivia y Lucas estarían tan afectados como yo por aquella pérdida, pero teníamos que ir a un sitio, así que cruzamos la calle. Yo iba delante, tirando de la correa, como siempre. No sabía adónde íbamos, pero igualmente llevaría a Lucas hasta allí.

Él abrió una puerta y entramos en un edificio viejo, mohoso y de suelos de madera que crujían. Me llegaron diversos olores extraños que no reconocí. Agité la cola, sin entender muy bien qué estábamos haciendo, pero contenta de que lo hiciéramos.

Resultó ser uno de esos sitios en los que Lucas y Olivia iban caminando despacio, parándose a menudo para hablar. Así que hice un montón de «sienta» y me rasqué detrás de la oreja, bostecé y me pregunté si considerarían que me comportaba bien si me echaba una siestecita en el suelo.

Había unas cajas altas de madera y de cristal, y Lucas y Olivia iban parándose delante a mirar su contenido.

—Esto es precioso —comentó Olivia, apoyando un dedo en el cristal.

Había algo en el interior de la caja, pero desde mi posición no podía verlo.

—Aunque oficialmente los lobos grises no han sido reintroducidos en Colorado, se ha producido una serie de avistamientos que hacen pensar que se han abierto paso desde el estado de Wyoming y otros lugares donde sí se ha favorecido la repoblación —dijo Lucas—. Este espécimen fue abatido en las afueras de Monarch en 1939.

—Me encanta cuando hablas con esa voz de locutor de radio —bromeó Olivia, y Lucas le mostró una sonrisa forzada.

—Pensé que te costaría menos de entender si te lo leía yo, en lugar de tener que hacer el esfuerzo tú misma.

—Bueno, la verdad es que me habría costado un gran esfuerzo, pero quizá tú podrías explicármelo con palabras más sencillas, a mi alcance —replicó ella, burlona—. Por ejemplo, ¿tú sabes de qué están rellenos los animales disecados?

—Por supuesto —dijo Lucas, con aire engreído.

—¿De qué?

—Pues sobre todo de… relleno.

Olivia se rio.

Avanzábamos un poco, nos parábamos y luego volvíamos a empezar, como un perro macho marcando el territorio. Era uno de esos comportamientos típicos que un buen perro tiene que aguantar.

Al final rodeamos una de esas cajas, que estaba en una esquina, y me quedé absolutamente paralizada. El pelo de la nuca se me erizó y sentí un escalofrío que me recorrió todo el lomo. No me lo podía creer.

Ahí delante, con un brillo extraño en los ojos y con los dientes a la vista, insinuando un rugido, estaba mi vieja amiga.

Gatita Grande.

31

3

*L*ucas soltó una risita.

—A Bella le parece que este puma es de verdad.

—Si me lo encontrara de pronto, probablemente me diera un ataque al corazón. Es impresionante el aspecto que tiene; parece casi como si estuviera vivo —reconoció Olivia.

Oí mi nombre, pero ni siquiera miré a Lucas. Tenía los ojos puestos en la criatura que estaba delante. Tenía todo el aspecto de Gatita Grande, e incluso olía un poco como ella. Estaba en una pose que me resultaba muy familiar, muy felina y poderosa. Frente a la posición defensiva que solía ver en los gatos domésticos, Gatita Grande solía adoptar una postura relajada, de confianza y tranquilidad. En todas esas veces que habíamos salido de caza juntas nunca me había sentido amenazada por sus musculosas patas o sus garras, enormes y mortíferas. Pero ahora veía en su postura una terrible amenaza, sobre todo teniendo en cuenta que estaba en una casa humana.

Era Gatita Grande. Y aun así, al mirarla, me resultaba evidente que no era ella, en absoluto. Aquella criatura estaba inmóvil y no seguía mis movimientos con sus ojos. Al encontrarme frente a aquella aparición antinatural se me escapó un gruñido involuntario. ¿Qué era esa cosa tan parecida a Gatita Grande, que era ella y al mismo tiempo no lo era? No conseguía entenderlo, y de pronto me sentí vulnerable y asustada. Gatita Grande parecía otra, estaba extrañamente cambiada, y me pregunté si Olivia y Lucas correrían algún peligro.

—No pasa nada, Bella —me susurró Lucas—. Está disecado. No es de verdad. No nos puede hacer daño.

Dio un paso adelante y puso la mano sobre esa falsa Gatita Grande, acariciándole la frente como si fuera un perro.

Esa cosa no reaccionó, no levantó la cabeza ni ronroneó, que es lo que sin duda haría Gatita Grande si la tocaba Lucas.

¿Qué le había pasado? Estaba inmóvil, como muerta, pero no olía a muerto. Aunque tampoco olía a vivo. Básicamente olía igual que aquella sala seca y polvorienta. Los ojos me decían que era mi amiga, pero mi olfato no me decía nada en absoluto.

—No pasa nada, Bella —dijo Lucas, indicándome que me acercara con un gesto de la mano—. Ven a ver.

Yo conocía la palabra «ven». Avancé tímidamente, sintiendo la tensión en las patas. Estaba lista para salir huyendo o combatir, para morder o ladrar.

Pero ni Lucas ni Olivia parecían asustados en absoluto, así que por fin me acerqué al gato paralizado lo suficiente como para poder olisquearlo de arriba abajo. ¿Realmente era Gatita Grande?

Olivia le acarició la cabeza a aquella cosa-gato.

—No te das cuenta de lo enormes que son estas bestias hasta que ves algo así.

—Estos félidos, querrás decir —la corrigió Lucas. Olivia sonrió.

Yo percibía olores de manos humanas y productos químicos, y un rastro apenas perceptible de algo que había estado vivo pero que ahora estaba más tieso que un cadáver tirado en el arcén de una carretera. Levanté la cabeza, miré a Lucas y meneé el rabo, absolutamente confundida. Quizá esa hubiera sido Gatita Grande en algún momento. Pero si así era, algo la había transformado absolutamente, hasta el punto de que ahora era una no-gata, una no-animal.

Seguía teniendo el pelo del lomo erizado; gruñí otra vez.

Lucas se agachó y me acarició para tranquilizarme.

—No pasa nada, Bella, no te puede hacer daño. Mira: ahí hay un ciervo.

Seguí a Lucas hasta el otro lado de la sala, donde había un enorme ciervo inmóvil que miraba sin ver. Olía muy parecido a esa falsa Gatita Grande. Luego Lucas me llevó ante algo que en otro momento había sido un zorro.

Estábamos en un lugar en donde los animales parecían vivos, en pie y en posición de alerta, pero no lo estaban.

Ese lugar no me gustaba nada.

Lucas y Olivia avanzaron lentamente, hablando en voz baja. Yo les seguí porque era una perra buena, pero no le quitaba el ojo a esa cosa, la no-Gatita Grande. No podía dejar de pensar que en cualquier momento abandonaría esa postura inmóvil, se me acercaría y se frotaría conmigo, ronroneando, como había hecho tantas veces viajando a mi lado.

Todo el tiempo que había pasado con Gatita Grande en las montañas había echado tanto de menos a Lucas que aún me resultaba desagradable recordar aquellos días de angustia y de hambre. Pero ahora, en aquella sala, era a Gatita Grande a quien echaba de menos. Me preguntaba si ella también me habría echado de menos; si habría ido en mi busca por los bosques de la montaña, igual que yo olisqueaba constantemente el aire en busca de mi Gatita Grande.

En el otro extremo de la sala un hombre apoyó unas cosas en un estante y vi que se sentaba de golpe, como hacen a veces algunas personas. Se puso una mano sobre la cabeza y echó el cuerpo hacia delante, como si quisiera dormir. Pese a la distancia, percibí cierta sensación de infelicidad. A ese hombre le pasaba algo. Daba la impresión de que necesitaba un buen perro, y me fui al trote hasta él, arrastrando la correa por el suelo, para ver si mi presencia le ponía de mejor humor. Eso es algo que se me da muy bien: poner contenta a la gente triste.

Cuando me acerqué, frunció el ceño, y su gesto no cambió cuando me situé a su lado. En ese momento todo cambió: re-

34

conocí el olor penetrante de su sudor y el inconfundible olor de su aliento.

Alarmada, me senté a sus pies y gemí, pero nadie me prestó atención, ni siquiera él. Así que ladré.

—Bella —me reprendió Olivia desde el otro lado de la sala—. ¡No ladres!

Aquí lo de no ladrar no valía. Estaba haciendo lo que me habían enseñado durante el adiestramiento. Seguí ladrando. Quería que todo el mundo supiera que a aquel hombre le pasaba algo grave.

—Bella —me dijo Lucas, cuando ambos llegaron a mi lado—. ¿Por qué estás ladrando?

Ahora contaba con la atención de mi chico, así que di el siguiente paso. Apoyé ambas patas sobre las rodillas del hombre y le ladré a la cara. El hombre no respondió normalmente. Se limitó a parpadear, confuso.

—¡Siéntate! —me ordenó Lucas.

Percibí la preocupación en su voz y supe que había hecho lo correcto. Me senté. Lucas se inclinó hacia delante y le apoyó una mano en el hombro a aquel hombre.

—¿Se encuentra bien, señor?

El hombre asintió.

—Sí. Perdón. Solo un poco mareado.

—¿Alguna vez ha tenido un ictus? ¿Sufre de alguna forma de epilepsia?

El hombre negó con la cabeza.

—No que yo sepa. ¿Ictus?

Lucas asintió.

—Mi madre los sufría periódicamente. Bella siempre detectaba cuándo iban a llegar, y nos lo indicaba, como acaba de hacer. Ladra con un tono agudo que acabamos aprendiendo a reconocer. Al final la llevamos a adiestrar y obtuvo el certificado oficial de perra detectora de ictus. La forma que tiene de indicarlo es apoyando las patas en la persona y soltando ese ladrido agudo. ¿Está seguro de que se encuentra bien?

—A decir verdad, últimamente estoy teniendo mucho reflujo ácido —dijo el hombre, frotándose el pecho—. He estado tomando antiácidos, pero no me han servido de nada.

—¿El ardor empeora con la actividad física?

El hombre asintió.

—Desde luego. Aunque no es que haga mucho ejercicio. Hace tiempo que quiero apuntarme a un gimnasio.

—Señor, soy médico residente de primer año en el Denver Medical. Tengo que decirle que tiene todos los síntomas de estar sufriendo una cardiopatía, y la señal de Bella lo confirma. —Lucas se giró hacia Olivia—. Creo que sería buena idea llamar a emergencias —observó, sin perder la calma. Olivia asintió y se alejó a paso rápido mientras sacaba el teléfono.

—Bella —dijo Lucas—. Tú quédate aquí quieta.

Yo hice «quieta», sin saber muy bien qué estábamos haciendo. En el aire seguía flotando ese olor penetrante, más intenso que nunca. Lucas se arrodilló para mirar al hombre directamente a los ojos.

—Voy a buscar mi equipo médico al jeep. Usted quédese aquí y descanse, ¿de acuerdo? Enseguida vuelvo.

El hombre asintió. Yo observé, alarmada, que Lucas salía de la sala y luego salía del edificio. Estaba en posición de «quieta», pero todo aquello no tenía ningún sentido para mí. No me gustaba cuando perdía de vista a mi chico. Olivia estaba en el otro extremo de la sala, hablando por teléfono. Yo solté un gemido nervioso, intentando decirle: «¡Tenemos que seguir a Lucas!».

Unos momentos más tarde mi chico volvió. Meneé el rabo de alegría, aliviada de verle. Además, me esperaba alguna golosina de premio por el «quieta» tan perfecto que había hecho. Sin embargo, enseguida me di cuenta de que aquello era una urgencia. Apresuradamente, Lucas colocó su gran bolsa junto a la silla del hombre. Hurgó en su interior como si buscara golosinas para perro, pero, cuando sacó la mano, no tenía cogido más que un pequeño paquete. Mi chico lo abrió y sacó un objeto minúsculo, y al momento mi olfato me confirmó que, fuera lo que fuera, no querría probarlo. Lucas le apoyó la mano en la espalda al hombre, que levantó la cabeza pesadamente.

—Señor, quiero que mastique esta aspirina. ¿De acuerdo?

El hombre seguía triste y emanaba el mismo olor penetrante.

Pero yo recordaba mi adiestramiento y ahora no debía ladrar. Me pregunté si tenía que seguir en posición de «quieta». Miré a Olivia en busca de instrucciones, pero ella seguía hablando por teléfono y no me miró.

—¿Aspirina? ¿No empeorará el reflujo? —objetó el hombre—. Me dijeron que no tomara aspirina.

Lucas negó con la cabeza.

—No, no se preocupe. No creo que sea reflujo, señor. Mastíquela lentamente, por favor.

El hombre asintió.

—Siento que se tome tantas molestias —dijo, pero alargó la mano y Lucas le entregó esa golosina tan poco apetitosa. El hombre se la puso en la boca y empezó a masticar sin muchas ganas.

Tenía la sensación de que estábamos esperando algo. Eché la vista atrás, en dirección a no-Gatita Grande, sintiéndome casi culpable de haberme olvidado de ella a causa de aquellos asuntos de humanos. Pero ella no se había movido y seguía con la mirada perdida.

—¿Cómo se encuentra ahora? —preguntó Lucas—. ¿Algún cambio?

El hombre tragó y se encogió de hombros.

—La verdad es que ahora me siento como apagado.

—¿Apagado?

La mirada del hombre languideció y se volvió vacía como la de no-Gatita Grande.

—¡Señor! —gritó Lucas, alarmado. El hombre cayó hacia delante; Lucas lo sujetó por debajo de los brazos y lo dejó en el suelo. Mi chico se giró, con el rostro tenso—. ¡Olivia!

Olivia cruzó la sala a la carrera, con el teléfono en la mano.

—¡Ya vienen!

Lucas estaba en el suelo, junto a aquel hombre, con la cabeza apoyada en su pecho, más o menos como yo solía dormir apoyándome en él por las noches.

Olivia contemplaba la escena.

—Son las 13.35 e inicio la RCP —anunció Lucas. Olivia se llevó una mano a la boca y Lucas empezó a presionarle el pecho al hombre. Hablaba, pero no se dirigía a mí—. Uno, dos, tres, cuatro…

Decidí que la orden «quieta» ya no estaba operativa. Fui a situarme junto a Olivia porque tenía miedo y no entendía nada. Ella bajó la mano, me la pasó por encima de la cabeza y me sentí más segura.

Miré en dirección a la puerta porque oí un ruido fuerte a lo lejos que me resultaba familiar. A veces, cuando vamos de paseo en coche, se acerca un vehículo a toda velocidad haciendo ese mismo ruido, y pasa de largo. Es como un aullido muy agudo. Un instante más tarde, a través de las ventanas, vi dos camiones que pararon frente al edificio. El segundo de los dos vehículos era enorme; el aullido se interrumpió de golpe. Salieron unas personas de dentro, pisando con fuerza y entrando en la sala a la carrera, cargadas con unas cajas. Lucas se echó atrás, apartándose del hombre que estaba en el suelo. Dos hombres abrieron rápidamente sus cajas, mientras una mujer se arrodillaba y se ponía a presionarle el pecho al hombre, imitando los movimientos de mi chico.

—El paro se ha producido a las 13.35. Llevo con las compresiones torácicas desde entonces —les informó Lucas.

Olivia se metió el teléfono en el bolsillo.

—No han tardado nada en venir.

—Has hecho bien en llamar tan pronto —dijo él, recogiendo mi correa—. Dejémosles sitio.

Aparentemente ahora íbamos a dar un paseo, porque salimos de ese lugar con los extraños no-animales y aquel hombre tendido en el suelo y nos paramos fuera, al sol, junto al camión grande y el otro aún más grande, que estaban

38

en silencio. Observé que desde el techo se proyectaban unas luces intensas.

Empecé a agitar la cola de alegría. Tiré de la correa, arrastrando a mi chico hacia un hombre corpulento de piel más oscura, un buen amigo que hacía mucho tiempo que no veía.

Lucas se rio, sorprendido:

—¿Mack? ¿Qué haces tú aquí?

$\mathcal{M}$ack se giró y entonces me di cuenta, por primera vez, de que realmente era mucho más grande que Lucas. No solo más alto, también más ancho. Abrió la boca, mostrando una gran sonrisa, y hasta eso era más grande.

—¡Lucas! Y mi chica favorita, Bella.

Mack era un viejo amigo, muy querido, pero ya no lo veía tan a menudo por motivos que solo sabían los humanos. Aún acompaño a Lucas a ese lugar, el trabajo, de vez en cuando. Tengo una habitación grande donde todos saben mi nombre. A menudo también está ahí la otra persona de nuestra familia, mamá. Mamá me lleva a unas habitaciones a ver a gente. El trabajo es donde conocí a Mack. Era un hombre triste que me necesitaba. Yo soy una perra buena que da consuelo a los hombres y mujeres que se reúnen en el trabajo, y me doy cuenta de si están tristes y necesitan atención especial. A veces, mamá también necesita que le preste atención, y he aprendido a hacerle notar cuando algo va mal, cuando de pronto la piel se le calienta y emite un olor similar al del hombre que está tumbado en la habitación llena de no-animales.

Mack se agachó a saludarme.

—¿Ahora vives por aquí, Mack? —preguntó Olivia.

—Sí —dijo él, frotándome el pelo enérgicamente.

Más o menos cuando Lucas y Olivia se trasladaron a una casa nueva y me llevaron con ellos, pero no se llevaron a mamá, Mack dejó de presentarse en el trabajo. Su ausencia enseguida se hizo evidente. Ya no olía su perfume, y su olor corporal fue desapareciendo progresivamente de las butacas y los sofás. Los humanos van y vienen y los perros tenemos que adaptarnos, pero lo he aceptado como parte de la vida, siempre que no tenga que decir adiós a Lucas.

Mack seguía sonriendo. Yo meneé el rabo porque veía que estaba contento. La primera vez que nos vimos era un hombre triste y callado, pero parece que con el tiempo fue recuperando la energía. Me eché sobre él y le lamí la cara.

—Oh, mi niña guapa, Bella —respondió. Me estaba diciendo que me quería. Lo notaba en la suavidad de sus caricias—. Echo de menos nuestras charlas, Miss Bella. —Se quedó quieto de modo que pudiera lamerle ambas mejillas—. Vale, Bella, vale —dijo, escupiendo, después de que le plantara un beso en la boca—, ya basta. —Se puso en pie—. Oye, me alegro mucho de veros.

Todos se abrazaron. Yo agité la cola.

—No tenía ni idea de que te habías mudado al condado de Summit —dijo Lucas. Mack seguía sonriendo.

—Fue poco después de vuestra boda. Vine a Frisco en coche a pasar el fin de semana y acabé quedándome todo el verano. Conseguí trabajo talando los árboles afectados por el gorgojo del pino. Hectáreas y más hectáreas de pinos muertos que solo valían para leña. En el condado se dieron cuenta de que necesitaban estar mejor preparados para los incendios forestales y abrieron algunas vacantes en el departamento de bomberos.

Lucas señaló en dirección a los dos camiones y luego otra vez a Mack.

—Me gusta verte así, Mack, trabajando con los bomberos, quiero decir.

—Ya sé lo que quieres decir —dijo Mack, asintiendo—. En lugar de lloriqueando en la asociación de veteranos de guerra, ¿verdad? Tengo la impresión de que, por mucho que me ayudaran en el hospital, pese a que Bella fue un apoyo impagable y pese a los doce pasos y al doctor Gans, lo que necesitaba era romper con todo, un cambio de entorno. Vine aquí y..., bueno, evidentemente ya no soy militar, pero luchar contra el fuego me pareció lo más parecido que podía

41

hacer como civil. Me presenté hace casi un año, pero no me han contratado hasta hace un mes.

—Eso es mucho tiempo de espera —observó Olivia.

Mack se encogió de hombros.

—Bueno, mientras tanto estaba de voluntario en prácticas, de modo que trabajaba y aprendía sobre el oficio. No sabéis lo que significa para mí poder hacer esto, tener un trabajo estable, ayudar a la gente. Y, hablando de eso…, ¿cómo está tu madre?

Lucas asintió.

—Mejor que nunca. Está fuera del estado, asistiendo a clases de adiestramiento de perros de terapia. Dice que es lo que más le apetece hacer en el mundo.

—Por Bella —añadió Olivia.

—Eres una perra muy buena —dijo Mack en voz baja.

Era agradable ver que todos hablaban de mí. Decidí que era el momento de hacer un «sienta» y esperé pacientemente a que Lucas se diera cuenta.

42

—Bueno, ponme al día. ¿Sigues estudiando medicina? —preguntó Mack.

Lucas negó con la cabeza.

—Ya me he graduado. Estoy haciendo la residencia en el Denver Medical. Y Olivia es técnica veterinaria. Trabaja con un grupo de rescate de animales. Yo pensaba que mi horario de trabajo era imposible, pero en cuanto hay una mascota que salvar, no para hasta conseguirlo.

—Tu horario es imposible —confirmó Olivia, socarrona.

La puerta del lugar de los no-animales se abrió y tres personas sacaron al hombre tumbado en una cama con ruedas.

Llevaba una cosa de plástico en la cara y una máquina sobre el pecho. De momento nadie dijo nada. Seguí haciendo «sienta».

Olivia sacó el teléfono.

—Mack, dame tu número. Nosotros venimos mucho a hacer camping por la zona. Te llamaremos.

—Eso sería genial.

Observé intrigada cómo metían la cama con ruedas en el camión grande que estaba detrás del enorme camión que teníamos al lado. Desde luego era un día lleno de sucesos que un perro solo podía limitarse a observar, sin entender nada.

Mack y Olivia estaban uno frente al otro, con los teléfonos juntos.

—Oye, Mack, infórmame de cómo van las cosas. Me refiero a ese hombre —dijo Lucas—. Es la primera vez que hago la RCP a algo que no sea un maniquí.

—¿Estás bien? —le preguntó Olivia.

—Sí —respondió él, encogiéndose de hombros—. Bueno, simplemente he aplicado lo aprendido; la verdad es que ni pensaba en lo que hacía. Pero ahora no puedo dejar de pensar que espero que sobreviva. —Esbozó una sonrisa tímida—. Ya sé que suena un poco raro.

—No hay problema —dijo Mack—. Le seguiré la pista. Y no me parece raro en absoluto. Yo creo que es así como funciona. Los paramédicos siempre hablan de eso, que cuando declaran el código azul luego se sienten responsables del paciente. Bueno, mi vehículo se va. Tengo que irme.

Nos abrazó a todos, especialmente a mí. Yo le di un lametón cariñoso en la cara, contenta de que hubiéramos restablecido el contacto, y esperando que nos viéramos pronto. Aunque tenía la sensación de que no vendría a dormir con nosotros a la habitación de paredes blandas. Se iría con sus amigos. Eso es lo que hacen las personas: se suben a sus vehículos y se van, a veces con perros, a veces sin ellos.

Cuando los dos camiones encendieron sus ruidosos motores y se fueron, ya no hicieron sonar aquel aullido tan molesto, aunque una vez que giraron la esquina oí que uno de ellos volvía a activarlo. A lo lejos, un perro respondió al camión con otro aullido solitario.

Olivia apoyó la mano sobre el hombro de mi chico.

—¿Estás seguro de que te encuentras bien?

Lucas levantó los hombros y los dejó caer otra vez.

—Es la primera vez que experimento lo que es tener la vida de alguien en mis manos, literalmente.

—Tomémonos un minuto. Vamos al parque, que Bella

pueda correr un poco después de tanto tiempo quieta —sugirió ella.

Caminamos hacia el potente olor a limpio de un río que caía con fuerza bajo un puente y luego seguimos el arroyo hasta que llegamos a un claro con hierba. Lucas me soltó la correa. Yo levanté la vista y lo miré.

—Venga, tonta —me animó Lucas con una sonrisa. Yo bajé la cabeza, inhalando los olores de perros y personas que había en la hierba y luego me quedé inmóvil, perpleja. Una ardilla avanzaba a saltitos, parando de vez en cuando para remover la tierra, ¡aparentemente ajena al hecho de que tenía un perro delante!

Yo avancé con la cabeza gacha, convencida de que esta vez la atraparía. Estaba tan concentrada que no me di cuenta de que había un perrito más pequeño corriendo por el prado con el vientre pegado al suelo.

La ardilla se levantó sobre sus cuartos traseros y se quedó mirando aquella nueva amenaza. Yo me lancé hacia delante, clavando las uñas en la tierra. La ardilla reaccionó de golpe y se lanzó hacia los arbustos, junto a la orilla. Trepó a unas ramas bajas que se combaron bajo su peso. Se quedó colgada. La tenía muy cerca. ¡Aún podía atraparla!

El perro pequeño llegó a la base de los arbustos en el mismo momento, pero fue demasiado tarde. Era un macho, e inmediatamente levantó la pata, mientras la ardilla saltaba con agilidad a un arbolillo y trepaba hasta la copa.

El beneficio que pudiera obtener ese perro de levantar la pata en ese momento es algo que solo un macho podría entender. Yo olisqueé la zona por educación, pero no le seguí el juego al perrillo cuando bajó la cabeza para jugar.

Gatita Grande sí sabía cómo cazar. Ese perro no, evidentemente. Cuando yo levantaba una presa, Gatita Grande se quedaba inmóvil, siguiéndola con la vista, y no desperdiciaba energía persiguiendo algo que no pudiera atrapar, aunque tuviéramos hambre. Ese perro, en cambio, me había estropeado la aproximación. Estaba claro que habría atrapado a la ardilla de no ser por la interferencia del perrillo.

Otro perro, también macho, salió corriendo después de que los suyos le soltaran la correa, y entonces sí nos pusimos a jugar. Los tres nos perseguimos mutuamente, parando solo de vez en cuando para que los machos marcaran algún arbusto o alguna roca. Entonces alguien lanzó una pelota y fuimos tras ella, aunque una vez que el macho grande la tuvo en la boca, no había nada más que hacer. Solo podía volver con Lucas y Olivia.

Lucas me ató de nuevo la correa al collar y regresamos al punto donde habíamos encontrado a Mack, pero no había ni rastro de él ni de aquellos ruidosos camiones, así que nos subimos al jeep para… ¡un paseo en coche!

Me senté atrás, asomando la cabeza por la ventana, analizando los olores de animales que traía el viento, olores que no se parecían en nada a los de los animales no-vivos de esa extraña sala con las cajas de vidrio.

Estaba claro que ese gato enorme e inmóvil no era Gatita Grande. Había cometido el error de confiar en mis ojos y no en mi olfato. Ahora me sentía mejor: me gustaba pensar que Gatita Grande estaría en la montaña, y no ahí de pie, rígida, en una habitación polvorienta con un hombre enfermo tendido en el suelo. Aunque ahora, por mucho que lo intentara, no conseguía detectar su olor por ninguna parte. 45

—¿Qué significa esa lucecita? —preguntó Olivia, señalando hacia delante.

—¿Cuál?

—En el salpicadero. La luz roja.

Lucas bajó la mirada.

—Oh, debe de haberse encendido ahora mismo. Es la primera vez que la veo.

—Dice «Airbag» —señaló Olivia.

—Sí —confirmó Lucas, apesadumbrado—. Significa que algo no funciona bien en el airbag. Seguro que no es barato.

—Así pues, si nos estrellamos, ¿no se hinchará el airbag? —preguntó Olivia—. Yo diría que eso es más importante que lo caro que pueda costar repararlo.

Lucas la miró e intentó tranquilizarla.

—No te preocupes; si nos estrellamos, me lanzaré encima de ti para protegerte.

—Genial —dijo ella—. Eso es lo que necesitábamos: otra excusa para que te me eches encima.

Los dos se rieron, así que agité la cola.

—No, en serio —insistió Olivia—. ¿Eso es lo que significa? ¿En caso de colisión no va a funcionar el airbag?

—Sí, podría significar eso. O que el airbag puede hincharse sin previo aviso. Mientras recorremos una carretera de montaña, de pronto, ¡bam! Golpetazo de nailon en la cara.

—Vaaaaale —respondió Olivia, hablando lentamente—. Yo me bajo aquí. ¿Quieres parar, por favor?

Lucas sonrió.

De pronto me llegó un olor intenso y supe que acabábamos de dejar atrás algún animal muerto: otro claro contraste con las criaturas paralizadas de aquella vieja sala.

—¿Sabes lo que me gusta de ti? —preguntó Olivia—. Tienes todo el derecho de estar orgulloso de ti mismo por haberte licenciado en Medicina y haber obtenido plaza de residente. Pero cada vez que alguien te pregunta cómo te va, también les hablas de mí, de mi trabajo y de mi vida. Eres un buen marido, Lucas. Probablemente habría podido optar a algo mejor, pero no estás nada mal.

—Oh, podrías haber optado a algo mucho mejor, Olivia —le aseguró Lucas.

Olivia alargó la mano y se la puso en la nuca. Aquello me despertó una sensación agradable. Estaban haciéndose mimos.

Llegamos al lugar donde habíamos dejado nuestros olores y la pequeña habitación de tela, y Lucas paró el coche. ¡Íbamos a pasar otra noche en el monte! Eso significaba que pasaría todo el rato con Lucas y Olivia. En casa, a menudo me pasaba gran parte del día sola, y era insoportable. Pero allí, en la naturaleza, siempre tenía a mi chico a la vista.

Lucas sacó del jeep una caja metálica que conocía bien, y nada más dejarla en el suelo se dispersaron por el aire unos aromas tentadores. Eran olores a comida, fuertes, sobre todo cuando empezó a manipularla y salió calor de dentro. Los olores eran como recuerdos: de pescado a la parrilla y otras comidas que habíamos disfrutado en la montaña en el pasado.

Observé atentamente a Lucas, que colocó algo de carne dentro de la caja humeante. A veces, cuando íbamos a la montaña en el jeep y pasábamos la noche en la tienda, Lucas encendía un fuego entre unas piedras y cocinaba sobre unos palos largos. Esta noche, en cambio, parecía satisfecho con su caja de metal. (Y yo también lo estaba.) Como siempre, mi cena salió de una bolsa que crujía, pero Lucas me puso en el cuenco algunos restos del plato de Olivia, y eso fue lo que me comí primero.

Un perro sabe lo importante que es comerse primero las cosas más ricas, antes de prestar atención al resto.

Cuando el sol se puso tras las montañas, el aire se volvió más fresco y nosotros nos metimos en la habitación de paredes blandas. Yo dormí entre Lucas y Olivia, con la cabeza apoyada en el pecho de Lucas, igual que él había apoyado la cabeza sobre el pecho del hombre tendido en el suelo.

47

Aún percibía los olores residuales de la caja de metal, y seguía oliendo de maravilla.

No era en absoluto una noche silenciosa. Había animalillos correteando por ahí, y sus olores penetraban en la habitación de tela. Un zorro soltó un chillido que me sobresaltó. El ladrido de un perro por la noche es un sonido bonito y agradable, pero el chillido de un zorro es inquietante.

Me imaginé a Gatita Grande ahí fuera, cazando animales y trayéndomelos para que pudiéramos compartir la cena. A ella le gustaba más cazar a oscuras, mientras que a un perro le gusta más cazar de día, para ver bien a sus presas, como la ardilla que estaba a punto de atrapar antes de que aquel perro pequeño se hubiera entrometido.

Sin embargo, no percibía su olor, y no sabía dónde estaría. El olor que sí me llegó, leve pero inconfundible, fue el del humo.

$\mathcal{M}$e desperté con el sonido de los pájaros, que se comunicaban unos a otros la proximidad del alba. Lo que había empezado, por la noche, como un olor a humo apenas detectable, había aumentado mucho de intensidad, aunque por algún motivo no había conseguido sacarme de mi sueño.

Preocupada, eché un vistazo a Lucas y a Olivia, que en la penumbra no eran más que unas sombras. Tenía miedo y me preguntaba si debía despertar a Lucas. No sabía cómo reaccionaría. Imaginaba que no le gustaría y que me regañaría, como solía hacer alguna vez a medianoche, si es que me ponía a ladrar por algún motivo perfectamente lícito.

Al final decidí sentarme y esperar a que se despertaran, aunque cada vez tenía más miedo. Ahí fuera, en algún punto de las montañas, había un incendio.

Un incendio muy grande.

Aquel olor acre y penetrante se hizo más intenso y me golpeaba en las fosas nasales, abriéndolas. Los olores actuaban sobre mí como si ejercieran una presión, y tuve que esperar, inquieta, bostezando y mirando a la cara a mi chico y a Olivia, deseando que se despertaran e hicieran algo que un perro no puede hacer: combatir el humo.

La luz fue filtrándose poco a poco por los lados de la habitación blanda, y con el amanecer llegaron unas potentes ráfagas de viento racheado que creó ondas en las paredes. Tras una ráfaga especialmente fuerte que dio la impresión de que sacudía toda la habitación, Lucas bostezó y miró su reloj.

—Buenos días, Bella.

Yo agité el rabo y me acerqué para lamerle la cara. Me sentía mucho mejor ahora que estaba despierto. Él sabría qué hacer.

—Vale, vale, gracias por los besos. Y basta. ¡Vale!

Olivia emitió una especie de quejido mientras Lucas gateaba hasta la puerta de la tienda y abría la cremallera. Yo lo seguí, agachada, observándolo mientras él miraba al cielo. Las fuertes ráfagas de viento levantaban guijarros y polvo. Parpadeé para quitarme la suciedad de los ojos y me quedé mirando a mi chico, buscando algún indicio que me dijera cómo debíamos reaccionar al humo.

Se oyó un murmullo de roce de telas y Olivia salió al exterior. Estiró los brazos por encima de la cabeza.

—Necesito un café —declaró, aún adormilada—. Vaya, qué día de viento.

—Ahí hay una nube rarísima. ¿La ves? —respondió Lucas—. Tiene un color muy raro. Hoy no se esperan lluvias, solo viento fuerte.

Olivia miró adonde señalaba el dedo de él y frunció el ceño.

—Eso no es una nube. Es humo.

—¿Humo?

—Es un incendio. Un incendio enorme. ¿No lo hueles?

Lucas aspiró hondo.

—No, la verdad es que no. ¿Tú sí?

—Sí. Ahí se está quemando algo. ¡Míralo!

—Esperemos que no venga en esta dirección —dijo Lucas, mientras abría y cerraba cajas, entre ellas la llamada «nevera», de donde salieron deliciosos olores de carnes y quesos entre aire fresco. Yo agité el rabo mientras él manipulaba unos cacharros y decidí que la nevera me gustaba aún más que la caja de metal caliente.

Olivia se alejó unos metros, dándonos la espalda, con la cabeza levantada. Yo no dejaba de mirar a Lucas, aunque de momento no había sacado nada comestible de la nevera.

—Estoy haciendo café —le dijo.

Olivia volvió junto a nosotros.

—Oye, esto no me huele nada bien.

—¿El incendio, quieres decir?

—Podría venir hacia aquí. Es difícil decirlo. El viento lo está extendiendo por todas partes.

Lucas miró alrededor.

—¿Tú crees que sube desde el valle? Si es así, podríamos quedar atrapados.

—Lo que está claro es que viene del valle, pero si miras abajo, no se ven llamas. Solo humo negro. No sé si deberíamos irnos, por seguridad.

—Hoy íbamos a ascender hasta la cima.

—Lo sé, pero...

Lucas le pasó una taza de metal y ella bebió. Estaban mirándose fijamente, sin hablar. Los perros también nos miramos fijamente unos a otros, pero suele ser cuando nos sorprende ver a otro perro. Lucas suspiró.

50 —Supongo que lo más sensato sería empaquetar, bajar a algún pueblo donde haya cobertura y ver qué está pasando.

—¿Vail? ¿Frisco? ¿Leadville?

—Probablemente deberíamos volver a Frisco.

—¿Por qué me da la impresión de que el factor decisivo en tu elección podría ser cierta panadería-barra-restaurante?

—Rima con mollitos de banela —respondió Lucas, divertido.

—Qué bien, otra sorpresa para tu esposa.

«¡Paseo en coche!»

Lucas volvió a meterlo todo en el jeep y yo me subí al asiento de atrás mientras íbamos por una carretera escarpada y llena de baches, dando botes y bandazos. Olivia tenía la ventanilla bajada, pero no saqué el morro por el espacio que quedaba entre el asiento y la puerta porque con aquel humo me resultaba desagradable. El olor era mucho más fuerte que al amanecer. Esperaba que al final de aquella excursión en coche llegáramos a un lugar donde el aire no estuviera tan cargado de aquel olor a madera quemada.

En un momento dado, Lucas hizo un giro pronunciado y aceleró, iniciando el descenso.

—Está empeorando —le dijo a Olivia—. Sube la ventanilla, ¿quieres?

Observé que la ventanilla de Olivia se cerraba con un chirrido, pero no me importó lo más mínimo. En el otro lado del cristal, la frondosa colina ascendía hacia la cumbre, mientras que en el lado de mi chico trazaba una pendiente muy pronunciada hacia abajo. El viento seguía azotando las ramas, que se balanceaban.

Sentí que ambos empezaban a preocuparse cada vez más. Olivia alargó la mano y le tocó la nuca a Lucas, pero aquel gesto no me consoló lo más mínimo, porque se le notaba la tensión.

—No nos va a pasar nada, ¿verdad? —preguntó—. ¿Lucas?

Él la miró, pensativo.

—El problema es que ni siquiera sabemos dónde está el fuego. Y con este viento podría estar avanzando hacia nosotros y ni siquiera lo sabríamos.

—Me alegro de que nos hayamos ido enseguida.

—¿Aquí es donde se supone que tengo que decir «Mi esposa tenía razón»?

—«Una vez más» —precisó Olivia—. Tu esposa tenía razón «una vez más».

—Sí. Me alegro de que nos hayamos ido enseguida. El humo se está volviendo cada vez más denso.

—¿Crees que deberíamos dar media vuelta? —preguntó Olivia, preocupada.

—Quizá. ¿Puedes mirar el teléfono y ver hacia dónde nos llevaría la carretera en sentido contrario?

Ella sacó el teléfono y lo tocó varias veces.

—Eso no nos va a ayudar. No puedo abrir los mapas. No tengo cobertura. Ni una barrita.

La miré. No entendía qué podía estar diciendo. Estornudé, pero con ello no conseguí aliviar el picor que sentía en el morro.

51

Lucas tosió.

—He cerrado la entrada de aire del exterior, pero aun así se respira mal.

Alargó la mano y tocó algo, y el aire empezó a salir con más fuerza del salpicadero, haciendo más ruido.

Olivia se estremeció.

—Es como si el viento quisiera sacarnos de la carretera —dijo, levantando la mano y cogiéndose del agarrador que tenía arriba.

—No falta mucho para ese mirador, ¿recuerdas? Ahí podemos salir e intentar determinar dónde está el peligro. ¿Vale?

Olivia asintió.

—Me parece bien. Quizá ahí haya señal.

—No nos pasará nada, cariño.

Olivia alargó la mano y le tocó la nuca de nuevo a mi chico, con dulzura. Él redujo la velocidad para tomar una curva cerrada.

52

—¡Lucas! —gritó Olivia.

Lucas frenó el jeep tan bruscamente que a punto estuve de caerme del asiento.

Habíamos encontrado el fuego.

Delante de nosotros, todos los árboles ardían, con unas llamas que rugían con fuerza y se elevaban hacia el cielo negro. Mientras mirábamos, un árbol cayó sobre la carretera, levantando pavesas que se fueron arrastradas por el viento en cuanto el tronco impactó con el asfalto. El olor era insoportable.

—¡Los árboles están en llamas a ambos lados de la carretera! —gritó Olivia, con la voz temblorosa por el miedo.

Lucas, claramente aterrado, hizo marcha atrás, le dio la vuelta al jeep y aceleró todo lo que pudo por la carretera por la que habíamos venido, revolucionando el motor.

—Dios mío… —Olivia, horrorizada, tenía los ojos exageradamente abiertos—. ¡Ahí atrás las llamas se lo han comido todo!

—¿Has visto lo rápido que avanzaba?

—No… O sea… Solo he visto llamas por todas partes, Lucas. ¿Qué hacemos si también está por el otro lado?

Lucas la miró y luego, muy serio, volvió a fijar la vista en la carretera. Íbamos contoneándonos a cada curva, y por el otro lado de las ventanillas los árboles pasaban a toda velocidad, agitando las ramas como si nos saludaran. Yo estaba demasiado nerviosa como para tumbarme, así que me dediqué a mirar hacia delante, con ese intenso olor tan metido en el morro que me lloraban los ojos. Jadeaba de agitación. Quería hacer «a casa», tomar un minitrocito de queso, acostarme en la cama con Lucas y Olivia y que todo volviera a ser normal. Salir de ese lugar aterrador.

—¡Uaaa! —gritó Lucas. Un coche apareció tras la curva, como una exhalación, haciendo sonar la bocina, y Lucas tuvo que dar un volantazo para evitarlo, haciendo crujir los neumáticos contra la grava. El jeep derrapó. Yo salí disparada hacia la puerta. Mi chico agarró el volante con fuerza y frenó, pero quedamos atravesados en la carretera—. ¡Casi nos da! ¿Estás bien?

—Sí. Sí. Pero ¿adónde va? Por ahí está el fuego. —Olivia alargó la mano hacia atrás y se la lamí—. ¿Estás bien, Bella?

—No tardará en descubrirlo —respondió Lucas, con gesto preocupado.

Arrancamos de nuevo y seguimos avanzando cuesta arriba.

—Tenemos que encontrar un lugar donde no haya humo, para ver qué está pasando.

—No entiendo cómo se puede pasar de un día normal de julio a un incendio forestal tan rápidamente —señaló Olivia, angustiada—. No hubo ningún aviso.

—Son los fuertes vientos. Pueden hacer que un incendio minúsculo acabe siendo enorme y que avance a más de treinta kilómetros por hora.

—Es estupendo estar casada con un hombre que ve el canal del tiempo.

Lucas le sonrió, pero sin mucha convicción. Luego sentí que el jeep reducía la marcha. Olivia contuvo una exclamación. Por delante también teníamos árboles en llamas. El fuego era un muro y venía directo hacia nosotros. A gran velocidad.

Lucas se giró en su asiento para mirar atrás mientras retrocedía, provocando que el motor gimiera al acelerar. Mientras tanto daba la impresión de que los árboles iban explotando a nuestro alrededor, entre columnas de humo y fuego que se nos acercaban cada vez más.

Ladré, rabiosa, contra el fuego. Olivia lloraba.

—Oh, Dios, Lucas. Estamos atrapados.

—Aguanta.

Giró el volante y el jeep se ladeó, y al cabo de un momento volvíamos a avanzar por donde habíamos venido.

—¡Acabamos de venir de aquí! —protestó Olivia, agitada—. ¡Por ahí está el fuego!

—Lo sé. —Lucas detuvo el vehículo y todos nos vimos impulsados hacia delante. Miró fijamente a Olivia—. Vale. Ponte en el asiento de atrás y colócale el arnés a Bella. —Bajó a la carretera, se fue a la parte de atrás y empezó a sacar cosas del jeep. Al momento, el humo se volvió mucho más denso e irrespirable.

Olivia se giró en su asiento, viendo cómo Lucas iba sacando cosas de atrás, sin entender lo que pasaba.

—¿Qué vamos a hacer?

—¿Ves ese lago ahí abajo? Si conseguimos llegar ahí, deberíamos estar a salvo. Hay una isla a unos cuarenta metros, quizá, sin árboles. Ahí no hay nada que pueda arder, y está rodeada de agua.

—¿Qué? No podemos ir con el jeep por ahí. No hay carretera; ni siquiera hay un sendero. Está demasiado escarpado… ¡Es la ladera de la montaña!

Lucas volvió con algo en la mano. Yo solté un gemido. No quería quedarme encerrada en el jeep con Olivia; quería que todos estuviéramos juntos. Viendo que el fuego nos rodeaba, lo único que quería era pegarme a mi chico, subirme a su regazo y que me envolviera con sus brazos. Él abrió su puerta.

—Aquí tienes el arnés. Yo creo que toda esta zona quedará engullida por las llamas en cualquier momento, así que no tenemos demasiado tiempo. Sé que es muy escarpado y que hay muchas rocas, pero no tenemos otra salida. Tenemos que llegar al lago, y si lo intentamos a pie, no lo conseguiremos. El fuego avanza demasiado rápido.

—Vale —dijo Olivia—. Confío en ti.

Él dejó su puerta abierta y volvió a la parte trasera del jeep. Olivia echó su asiento hacia delante, subió y se situó a mi lado. Yo le lamí la cara, pero no agité el rabo, porque tenía mi arnés en la mano. A mí no me gusta el arnés porque me impide moverme libremente, con todas esas correas que me inmovilizan. Olivia me lo abrochó mientras Lucas cogía la colchoneta en la que solíamos dormir cuando estábamos en la habitación de paredes blandas y la encajaba en el espacio que nos separaba de los asientos delanteros. Se oyó un zumbido familiar.

A los pocos segundos, la colchoneta empezó a aumentar de tamaño, presionándonos. Olivia la presionó con las manos.

—¿El colchón de aire?

—El airbag no funciona, ¿recuerdas? Esto debería protegeros de golpes. Va a ser un viaje movidito.

—Saca las puertas —respondió Olivia.

Lucas se detuvo y la miró, descolocado.

—No sabemos qué profundidad tiene el lago. Si nos hundimos, hay que poder salir del jeep.

Lucas asintió y al momento se puso a forcejear con las puertas del jeep, que dejó al lado de la carretera.

La colchoneta seguía creciendo.

—¡Yo creo que ya está suficientemente hinchada! —le gritó Olivia a Lucas desde detrás del colchón.

El motor dejó de hacer ruido. Lucas se metió en el cubículo, se ajustó el cinturón y se giró a mirarnos.

—Te quiero, Olivia.

—Yo también te quiero, Lucas.

Se miraron un momento y percibí tanto miedo entre ellos que me puse a jadear. Luego él añadió:

—Agarra bien a Bella.

55

6

Olivia me rodeó con los brazos y el jeep se lanzó hacia delante.

Al cabo de un momento estábamos dando botes y bandazos. El vehículo iba recibiendo fuertes sacudidas que dolían. Olivia chilló cuando recibimos un impacto tremendo que hizo que se me clavara el arnés. El motor rugía y Lucas se agarraba con fuerza al volante; una rama impactó contra el parabrisas con un tremendo golpetazo y salieron volando unos guijarros brillantes por todas partes. Nos inclinamos hacia un lado, luego hacia el otro, y topamos contra algo que nos detuvo, lanzándome contra mis correas.

—¡Oh, Dios, Lucas!

—¡Aguanta!

Lucas movió el palo del suelo y el jeep retrocedió, para luego seguir adelante. Iba girando el volante desesperadamente, y los constantes impactos hacían que me castañetearan los dientes y me lanzaban en todas direcciones. El arnés me aguantaba, pero una serie de fuerzas me impulsaban hacia delante y hacia atrás, unas sacudidas tan constantes que no podía fijar la vista en nada.

—¡Es un acantilado! —gritó Lucas. De pronto nos inclinamos hacia delante, sin más sacudidas, con una extraña sensación de flotar en el vacío, y oí que Lucas gritaba algo más. Luego, con un golpetazo tremendo, paramos de golpe. Nos encontrábamos boca abajo y entraba agua por todas partes, llenándolo todo.

—¡Lucas! —gritó Olivia. Se soltó el cinturón y cayó de cabeza en el agua. Sentí el contacto de sus manos, me liberó de mis correas y yo también caí al agua. Se echó hacia delante y zarandeó a mi chico cogiéndolo de los hombros—. ¡Lucas! ¿Estás bien?

Lucas escupió y sacó la cabeza del agua.

—¡Al final resulta que los airbags han funcionado! —exclamó. Con un chasquido se soltó el cinturón y cayó de cabeza; ahora los tres estábamos en el agua, pero yo era la única que nadaba.

No sabía por qué estábamos ahí, pero me sentía aliviada de que hubiera acabado el descenso en coche por la ladera. No sin esfuerzo salimos del jeep, que estaba del revés, con las ruedas en el aire. Lucas metió la cabeza en el agua y sacó la colchoneta hinchable.

—Flotación —explicó—. Aunque no esté hinchada del todo, funcionará. Vamos hasta esa isla.

Al principio, Olivia y Lucas caminaron —el agua no les cubría del todo—, pero luego tuvieron que nadar, cogidos cada uno a un extremo de la colchoneta, que no estaba muy firme pero flotaba. Ambos respiraban a bocanadas.

El agua estaba fría. Me provocaba un dolor que me penetraba hasta los huesos. Yo no sabía qué estábamos haciendo, por qué habíamos decidido ir con el jeep hasta el lago, pero estaba contenta de estar con mis chicos.

Al poco rato, Lucas y Olivia ya hacían pie otra vez, y al cabo de un rato mis patas dieron con las piedras del fondo. Salí a la orilla y me sacudí. El cuerpo y las patas me temblaban de frío. Estábamos en una pequeña superficie rocosa, en medio del lago, rodeados de agua por todas partes. Las ocasionales ráfagas de aire caliente que llegaban con el viento y que desaparecían tan pronto como llegaban no me ayudaban a recuperarme del frío que tenía en los huesos.

Olivia y Lucas se abrazaron.

—Pensaba que íbamos a morir, Lucas —susurró Olivia—. De verdad.

57

Él asintió y tragó saliva.

—Nunca he pasado tanto miedo, pero lo hemos conseguido.

Yo levanté el cuerpo, apoyada en mis patas traseras, y apoyé las patas delanteras en sus caderas, introduciendo la cabeza entre sus brazos para que los dos supieran que los quería. Necesitaban mi consuelo: yo era una perra buena y notaba esas cosas.

Lucas me miró y sonrió, pero luego frunció el ceño al mirar de nuevo a Olivia.

—Tienes un corte.

Olivia se arremangó y sentí el olor de la sangre que le corría por el brazo.

—Oh, vaya, ni siquiera me había dado cuenta. ¿Habrá sido cuando ha reventado el parabrisas?

Lucas examinó la herida sangrante.

—Necesitas unos puntos. —Miró alrededor—. Vale, volveré al jeep, cogeré mi equipo y unas cosas más.

—¿Qué? ¡No puedes volver a cruzar el agua a nado! Está demasiado fría.

—No lo haré. Nadar, quiero decir. ¿Ves eso? Mira ahí, a la derecha. ¿Ves que ahí el agua es mucho menos profunda? Iré caminando hasta la orilla. El agua no me cubrirá en ningún momento.

—¿Ahí? ¡Ahí es donde está el fuego! No lo dirás en serio.

—Obviamente no subiré por la orilla hacia donde se están quemando los árboles. En cuanto haga pie, giraré a la derecha e iré por el agua hasta el jeep. —Cogió la colchoneta y tosió, tapándose con el puño—. Me llevo esto. No te preocupes. No me pasará nada.

—Voy contigo.

—Sé que lo harías, pero quiero que mantengas presionado ese brazo. Entiendo que es peligroso, pero tenemos que hacerlo si queremos sobrevivir. Necesitamos la cocina y ropa seca. Podríamos morir de hipotermia si no hacemos algo.

—¡Me aterra pensar que vas a ir directo hacia donde el incendio parece más voraz!

—Tú vigila desde aquí. Lo tengo controlado.

Olivia se limpió las lágrimas del rostro.

—Espera, espera. Cuando bajábamos por la montaña, cuando pensaba que íbamos a morir, lo único en que podía pensar era en lo importante que eres para mí. No puedo perderte, Lucas. No te me mueras.

Lucas le puso las manos en los hombros. Le castañeteaban los dientes.

—Yo pensaba lo mismo. En la suerte que he tenido de conocerte.

Otro sentido abrazo, y luego me quedé de piedra al ver que Lucas se giraba y, arrastrando la colchoneta, se dirigía hacia la orilla, caminando por el agua. ¿Qué estábamos haciendo?

De todos modos le seguí, porque yo era su perra.

Durante la mayor parte del camino podía tocar el suelo del gélido lago, pero lo que más me preocupaba era que nos dirigíamos directamente hacia donde estaban el humo y las llamas. Por delante de nosotros la escarpada ladera lanzaba ardientes nubes hacia el cielo y el viento azotaba los árboles en llamas en una tormenta de chispas. Yo no dejaba de mirar a Lucas. Estaba decidida a seguirlo, pero no quería ir a la orilla, donde el fuego lo cubría todo.

—Vale, Bella, ya nos hemos acercado lo suficiente.

Me sentí aliviada cuando Lucas giró y se dirigió hacia el jeep. El cuerpo le temblaba violentamente, y cuando el fondo del lago se hundió, trastabilló y lo vi debilitado.

Al llegar al jeep me subió a la superficie de metal que había entre las ruedas. Se metió dentro, salió con las manos llenas y fue apilando cosas sobre la colchoneta, que se hundió por el centro cuando puso la nevera encima. Con las manos temblorosas dio unos golpecitos sobre la colchoneta.

—Muy bien. Vámonos, Bella.

Salté al agua y nadé tras él. Seguimos un camino diferente para volver, y vi que el atronador incendio estaba mucho más cerca del jeep y de la orilla que antes. Nadamos un poco, y al cabo de un rato vi que Lucas volvía a caminar, respirando agitadamente. Por fin yo también hice pie, pero el lecho del lago era irregular. Lucas tropezó y cayó al agua.

—¡Lucas! —Olivia se lanzó hacia nosotros, chapoteando, mientras yo olfateaba nerviosamente a mi chico. Estaba apoyado sobre las manos y las rodillas, con el rostro casi tocando el agua. Olivia le cogió de debajo de los brazos, tirando de él para ponerlo derecho, y se lo llevó hasta la orilla medio arrastrándolo, medio cargándolo en vilo. Él no soltaba la colchoneta, con todas las cosas que había puesto encima.

Una vez en terreno seco, Lucas consiguió ponerse en pie.

—¡Tienes los labios azules! —exclamó Olivia, y noté el tono de alarma en su voz.

—La cocina —dijo Lucas, casi sin voz, mientras empezaba a quitarse la ropa mojada—. Tenía que haber cogido otra bombona de gas.

Olivia cogió de la colchoneta la caja metálica que yo tan bien conocía y, cuando la abrió, yo giré la cabeza hacia aquel delicioso olor a carnes del pasado.

—No hay problema; hay mucho gas en la bombona. —Se oyó una especie de soplido y sentí el calor que desprendía la caja. Lucas se agachó, cogió unas piedras del tamaño de su puño, las puso en la caja y cerró la tapa. Se puso a buscar en su mochila, temblando descontroladamente.

—Primero tenemos que calentarnos el cuerpo —dijo, arrastrando las palabras—. Ponte ropa seca, cariño.

Olivia echó mano de su mochila mientras Lucas se enfundaba una camisa gruesa y unos pantalones. Al poco rato ya se estaba poniendo un suéter por la cabeza.

—No siento los pies ni las manos —se quejó, tiritando—. Es como vestirse con manoplas de cocina en las manos.

Lucas sacó dos toallas, cogió una herramienta de metal larga y abrió la caja.

—Vale, ahora envolvemos las piedras calientes en las toallas y nos las ponemos contra el pecho y la ropa. Primero tenemos que calentar la masa corporal central, el torso, y luego las extremidades. —Sacó las piedras y las puso sobre una toalla, hizo un paquete y se lo pasó a Olivia—. Ponte esto bajo la camiseta.

—Tú primero.

—No, estoy bien.

—Lucas, parece como si te estuvieras muriendo. Tienes los labios casi negros.

Mi chico asintió y se metió la toalla con las piedras bajo la camisa. Luego metió otras piedras en la caja y la cerró.

—Mientras estabas en el jeep he estado observando el fuego. No creerías lo rápido que avanza. En un minuto se ha comido toda una colina. Más que un incendio parece una explosión.

Lucas meneó la cabeza, apesadumbrado, y sacó las piedras. Olían diferente después de haberlas cocinado. Las metió en una segunda toalla, las envolvió bien y se las pasó a Olivia, que se metió el paquete bajo el suéter.

—¿Qué tal la sensación? —preguntó él.

—Fantástica.

Así pasamos gran parte del día: yo los observé, mientras ellos iban envolviendo piedras calientes con toallas y se las colocaban por delante y por detrás de la ropa. Al cabo de un rato empezaron a frotarme con toallas, y sentí que mi piel cobraba vida de nuevo bajo aquella tela deliciosamente caliente. Decidí echar a correr por toda la orilla, pero no tardé nada en regresar al punto de partida.

Lucas abrió la nevera y echó un vistazo al interior. Yo me lo quedé mirando, esperanzada.

—Haré café, y deberíamos comernos estos huevos duros y un poco de queso, algo que nos aporte grasa. Tiritar consume mucha energía. ¿Cómo te encuentras?

Olivia sonrió.

—Mucho mejor.

El viento aullaba con fuerza y nos traía un humo caliente. De vez en cuando aterrizaban en la pedregosa orilla de la isla unos pedazos de madera chispeantes como brasas.

—Vale, odio tener que decir esto, pero es hora de que me ocupe de tu herida —le dijo Lucas a Olivia.

—¿Por qué te pones tan serio? No es más que un pequeño corte, ¿no?

—Bueno, sí, pero no ha dejado de sangrar, ni siquiera con la toalla atada. Voy a tener que ponerte puntos.

—Vale —respondió Olivia, muy despacio—. Pero sabes hacerlo, ¿no? Quiero decir, que lo has hecho antes.

—Sí, claro. En…, bueno…, uvas.

—¿Qué?

—En realidad,. aún no he puesto puntos a nadie. Hemos practicado con uvas.

—Oh, Dios mío. ¿Has ido a la Facultad de Medicina para convertirte en médico de frutas?

Lucas se rio.

—Se me da bastante bien, no te preocupes por eso —dijo, y de pronto dejó de reírse.

—No te preocupes por eso… —repitió Olivia—. Por eso. ¿De qué debería preocuparme entonces?

—Bueno…, no llevo ningún anestésico en mi equipo.

—Oh.

—Así que probablemente te duela un poco.

—Vas a clavarme agujas en la piel y va a dolerme un poco.

—Mucho. Probablemente te duela mucho, cariño. Lo siento mucho, pero no creo que tengamos elección.

Olivia se sentó en una piedra y Lucas sacó un frasquito de un líquido que olía muy fuerte y un trapo cuadrado.

—Alcohol. Te escocerá —le advirtió.

Lucas le lavó el brazo a Olivia. Ella cogió aire y arrugó el rostro en una mueca. Noté que le dolía mucho.

—¿Estás bien? —preguntó él.

—Tú acaba con esto.

No sabía lo que estaba pasando, pero me dio la impresión de que Lucas le estaba haciendo daño a Olivia. Ella tenía la mirada puesta a lo lejos y se mordía el labio, pero cuando seguí su mirada, solo vi árboles en llamas y el humo negro que flotaba en el aire impulsado por el fuerte viento.

—Listo. Has estado magnífica, Olivia. Yo habría gritado hasta desgañitarme —reconoció Lucas.

—Por eso los hombres no dais a luz —respondió Olivia, quitándole hierro—. Si lo hicierais, cada familia tendría únicamente un hijo.

Nos acurrucamos juntos en la colchoneta húmeda y medio deshinchada para pasar la noche, pero no había transcurrido mucho tiempo cuando me llegó el olor de un animal, salvaje, intenso y desconocido. Levanté la cabeza y miré a la luz de aquel resplandor extraño que se extendía con el humo. Y en la parte menos profunda del lago vi algo, algo muy grande.

Solté un gruñido de advertencia y Olivia levantó la cabeza.

—¿Qué pasa, Bella? —dijo, alargando la mano y acariciándome para tranquilizarme, pero al momento se sobresaltó—. ¡Lucas! ¡Despierta!

Lucas reaccionó de inmediato.

—¿Qué pasa?

Yo dejé de gruñir, porque ya había cumplido con mi trabajo, alertando a los míos.

—Es un oso. ¿Lo ves?

Lucas se giró a mirar y de pronto todos teníamos la vista puesta en aquella enorme criatura de olor húmedo y penetrante, intenso, pese a todo el humo que flotaba en el ambiente.

—¿Es un *grizzly*?

Olivia negó con la cabeza.

—No. Los *grizzlies* están extinguidos en esta región. Pero es un enorme oso negro, y puede ser bastante peligroso.

Estaban diciendo «oso» y decidí que así debía de llamarse ese animal de aspecto tan peligroso. «Oso.»

—Magnífico —dijo Lucas, admirado—. ¿Qué hacemos?

Olivia se quedó pensando un momento.

—Yo creo que de momento basta con que lo tengamos controlado. Está huyendo del fuego; no está interesado en nosotros.

Percibí el olor de otro animal: había varios, una manada. Muy pronto mis ojos confirmaron lo que me había dicho mi

63

olfato, cuando una manada de ciervos emergió de la penumbra y se adentró en el agua poco profunda de la orilla.

—Mira eso —murmuró Lucas.

—Están junto a un oso —observó Olivia, asombrada—. Pero tienen tanto miedo del fuego que ni se preocupan de eso.

Al cabo de un rato, Lucas y Olivia volvieron a bajar la cabeza, pero yo mantuve la guardia. Sabía que el gran oso era un peligro y no le permitiría acercarse.

Cuando salió el sol el oso se fue, y por fin pude dormir. Cuando Lucas me despertó con sus bostezos, los ciervos también se habían ido.

El olor a humo aún era fuerte, pero en su mayor parte las llamas habían retrocedido. El viento se había calmado y oí algunos pájaros que intentaban tranquilizarse mutuamente desde el interior del bosque.

Lucas se puso en pie y miró en todas direcciones.

—El fuego se ha extinguido casi por completo.

—Lo ha quemado todo. No queda combustible —señaló Olivia.

—¿Cómo has pasado la noche?

—Creo que he dormido. Estaba absolutamente agotada de tanto tiritar. Pero no dejaba de despertarme, y no podía evitar observar el fuego. Era casi hasta bonito, ¿sabes? Aunque tenía miedo de que de algún modo pudiera llegar hasta nuestra isla.

Lucas asintió.

—Yo igual. Me preocupaba que pudiéramos quedar cubiertos de humo, pero el viento ha soplado todo el rato y se lo ha llevado.

Cocinaron huevos en la caja del calor y me dieron una parte. Pasó un rato sin que ninguno de los dos dijera nada.

Por fin Olivia dejó su taza de café en el suelo.

—Vale —dijo.

7

*L*ucas asintió.

—Vale. —Se puso en pie y miró alrededor—. No creo que sea seguro alejarse de esta isla en ninguna dirección salvo justo por detrás de donde estamos, a las seis en punto, si el jeep está a las doce. ¿Ves que por lo demás prácticamente en todas partes hay columnas de humo elevándose desde el suelo? Podríamos pisar terreno caliente y quemarnos. Pero esa zona rocosa de detrás no ha sido alcanzada por el fuego. No hay follaje que haga de combustible. ¿Qué te parece? ¿Vamos hacia allá?

—Cuenta conmigo. No quiero pasar otra noche aquí, eso está claro.

Lucas y Olivia se pusieron las mochilas y echaron a caminar por el agua. Yo me mantuve cerca de ellos, pero el agua helada era lo suficientemente profunda como para que tuviera que nadar la mayor parte del trayecto. De la superficie emanaba un intenso olor a humo.

—El lago está negro —comentó Olivia, descorazonada.

—Y frío —precisó Lucas.

Cuando llegamos cerca de la humeante orilla y pudimos caminar sin que el agua me tocara el vientre, Lucas me puso una mano encima a modo de advertencia.

—No te acerques más a la orilla, Bella.

No sabía qué me estaba diciendo, pero me paré a mirarle y noté que daba su aprobación al ver que lo seguía.

—Podrías quemarte las patitas, Bella —me dijo Olivia.

Yo la miré al oír que decía mi nombre.

Lucas se giró y fue caminando por la orilla, con los pies en el agua.

—Siento los pies como si fueran bloques de hielo, pero yo diría que debemos mantenerlos sumergidos en el agua y ver si podemos llegar hasta esa hondonada.

Mi chico mantenía la correa tensa para evitar que subiera a la orilla. Me resigné a tener que caminar sobre el fondo de piedras. No veía ardillas, patos ni ningún otro animal que valiera la pena perseguir, pero al menos ya no estaba nadando.

Cuando por fin salimos del agua estábamos en una zona rocosa que se extendía ladera arriba, sin árboles ni arbustos. Me mantuve cerca de Lucas.

—Probablemente esto sea un torrente estacional que recoge el agua del deshielo y la lleva al lago —especuló Lucas—. Trepemos y veamos adónde llega.

Empezamos la ascensión entre el repiqueteo de las piedras que iban cayendo ladera abajo. El viento nos golpeaba con fuerza, metiéndome el olor a humo en las fosas nasales y haciendo que resultara difícil oler cualquier otra cosa, motivo por el que no detecté a los animales hasta que los tuvimos delante. Eran de un blanco cándido, con el manto muy peludo, y tenían cuernos en la cabeza. Todos eran más grandes que yo, y cualquier perro sabe que una manada es mucho más peligrosa que cualquier animal solo.

Solté un gruñido grave de advertencia.

—¡Cabras de las Rocosas! —exclamó Olivia.

Lucas asintió.

—No creo haberlas visto nunca a una cota tan baja. No pasa nada, Bella.

—¿Tú crees que eso significa que el fuego ha llegado hasta la cumbre de la montaña? —preguntó Olivia, visiblemente preocupada.

—Supongo que estas chicas no habrán querido esperar a verlo.

Lucas me ordenó que hiciera «aquí». «Aquí» es cuando se supone que tengo que permanecer a su lado y no salir corriendo ante cualquier provocación, ni siquiera ante la presencia de una ardilla. No siempre soy una perra buena cuando me piden que haga «aquí», pero eso es porque donde vivimos hay un montón de ardillas que intentan aprovecharse de la situación. No me parece que eso sea culpa mía, pero a Lucas parece que sí.

Estaba claro que el motivo por el que mi chico quería que hiciera «aquí» era porque esas enormes criaturas nos estaban mirando, intranquilas, e iban avanzando por delante de nosotros como si estuviéramos persiguiéndolas a velocidad lenta.

Lucas esbozó una sonrisa tensa.

—Nunca en mi vida he estado más cerca de una cabra de las Rocosas.

No dejaba de decir la palabra «cabra». Por ahí no había ninguna cabra que yo pudiera ver, solo esos extraños animales peludos que no eran perros pero que seguramente desearían serlo.

En un punto donde el camino se volvía más ancho, más que una calle, las extrañas criaturas no-perros y no-cabras se empezaron a apretujar y luego de pronto cambiaron el sentido de la marcha. Lucas tiró de mí al tiempo que él y Olivia se echaban a un lado de un salto. Los animales con cuernos pasaron a nuestro lado a la carrera, haciendo repiquetear las pezuñas contra las piedras. Vi a varias crías corriendo con los adultos. No parecían tener ningún problema con las piedras resbaladizas.

—¡Uaa! —exclamó Lucas, agarrando mi correa con fuerza mientras los no-perros peludos pasaban a nuestro lado. Meneó la cabeza, perplejo ante aquella imagen—. ¿Qué será lo que las ha asustado? ¿Nosotros?

Olivia se encogió de hombros.

—Francamente, yo creo que el fuego las tiene en modo pánico. Simplemente intentan sentirse seguras.

Cuando hubo pasado el último de los animales, Lucas aflojó la correa y seguimos con nuestro paseo.

67

El sol estaba mucho más alto cuando llegamos a un sendero de tierra oscura que desembocó en una carretera llena de socavones y de piedras.

—¿Tú qué crees que deberíamos hacer ahora? —preguntó Lucas—. ¿Hacia arriba o hacia abajo?

—Hacia abajo —dijo Olivia, señalando.

Así que de pronto nos encontramos caminando por el medio de una carretera. Era mucho más fácil. Había sitios donde los árboles aún estaban verdes y frescos, y se mantenían en pie, y otros tan arrasados y quemados que los ojos me picaban y sentía aquel calor oprimente que desprendía el suelo.

La carretera trazaba numerosas revueltas, pero yo tenía confianza en que Lucas y Olivia supieran adónde estábamos yendo. Los humanos siempre lo saben. Tenía el morro bajo y en realidad no estaba mirando a mi chico cuando este exclamó:

—Eh, mira. Es un coche.

Olivia y mi chico me llevaron hasta un coche que estaba parado y con las ventanillas subidas. Olivia apoyó una mano en el pecho de Lucas.

—Cariño, temo que pueda haber alguien ahí dentro. Alguien que esté…

No acabó la frase.

—Voy a ver —dijo Lucas, que dio un paso adelante, puso las manos sobre los ojos, se inclinó hacia delante y apoyó la cara en la ventanilla del coche.

Yo levanté la vista, esperando que Olivia me diera una explicación de lo que estábamos haciendo.

—Aquí no hay nadie.

Lucas abrió la puerta y oí un tintineo.

—Las llaves están puestas. Veamos si arranca.

—Pero el dueño podría estar por aquí, en algún sitio —protestó ella—. No creo que podamos cogerlo, sin más.

Lucas rodeó el coche y meneó la cabeza.

—Está todo quemado por este lado, y las ruedas tienen grietas. Yo creo que quienquiera que fuera al volante lo dejó y se fue.

—¿Así que ahora jugamos al *Grand Theft Auto*? —preguntó Olivia.

Lucas se limpió la frente con la manga y le sonrió.

—En absoluto. Hemos dejado nuestro jeep y ahora nos llevamos un Toyota. Es como en la biblioteca: dejas uno y te llevas otro.

«¡Paseo en coche!»

Lucas no bajó las ventanillas, pero cuando arrancó el coche, de la parte delantera salió un aire delicioso que me llegó hasta el asiento de atrás.

—Está casi sin gasolina. Quizá por eso parara.

—Espero que encontrara a alguien que lo llevara.

La tensión que flotaba entre los dos se había suavizado, pero aún percibía cierta preocupación en el ambiente. Los dos estaban sudando, y su sudor olía a miedo. Yo jadeé, nerviosa.

Nos dirigimos cuesta abajo. En un momento dado noté que el motor dejaba de vibrar, aunque seguíamos avanzando.

—Contacto cerrado. Ahorremos gasolina —explicó Lucas. 69

—Pero ¿podrás frenar? ¿Los frenos no van con el motor?

Lucas presionó el pedal y noté que el coche reducía la velocidad. Él miró a Olivia y asintió.

—Funcionan. Y si nos encontramos con algún problema, volveré a encender el motor.

Fuimos bajando en silencio, hasta que oí algo cada vez más cerca, por delante de nosotros: el sonido de un gran motor que me resultaba familiar.

Me quedé mirando a Lucas, esperando a que él también lo oyera. Giramos una curva con nuestro coche aún en silencio y Lucas irguió la espalda de pronto:

—¡Vaya!

Se inclinó hacia delante, hizo entrechocar las llaves y nuestro motor cobró vida. Llevó el coche hacia un lado de la carretera y se paró. Yo miré por la ventana, meneando la cola, mientras la fuente de ruido pasaba a nuestro lado: dos enormes camiones de esos que le gustaba conducir a Mack, seguidos de una procesión de coches, todos avanzando en dirección contraria. Observé que varias personas agitaban los brazos haciéndonos señas desde las ventanillas.

Lucas se giró hacia Olivia.

—Todos van cuesta arriba. Ingenuos.

Olivia se rio.

—¿Ellos qué van a saber?

—Quizá debiéramos ir con ellos —dijo Lucas, sin moverse del asiento mientras pasaba el resto de la comitiva. Luego nuestro nuevo coche dio un bandazo, giró y emprendió el ascenso, siguiendo la fila de vehículos.

Olivia se giró, me sonrió y luego miró por la ventanilla que había detrás de mí.

—No podemos saber qué sucede ahí abajo, pero evidentemente habrá un motivo para que los camiones vayan en esta dirección, y no en la otra.

—A ver si podemos llegar a su altura y así les preguntamos.

Empezamos a avanzar más rápido, pero al poco rato el coche volvió a quedarse en silencio. Lucas giró el volante y dejó que el coche continuara hacia el arcén hasta que se paró.

—¿Cómo te sentirías si te dijera que acabamos de quedarnos sin gasolina?

—Oh… —respondió Olivia, pensativa—. ¿Y ahora qué?

Lucas frunció los labios y se encogió de hombros.

—¿Ya tienes señal en el móvil?

Olivia sacó su teléfono y lo miró con el ceño fruncido.

—Nada.

—Probablemente no consigamos tenerla durante un rato. Imagino que el fuego no debe de haberles ido nada bien a los repetidores —dijo él, encogiéndose de hombros otra vez—. Supongo que tendremos que seguir a pie.

«¡A pie!» Con la correa puesta avanzamos por el lateral de la carretera y fui oliendo el arcén, detectando olores de animales, pero no de perros. Las fuertes ráfagas de viento silbaban al pasar.

—¿Cuántos coches y camiones dirías que han pasado? —preguntó Lucas.

—Quizá... ¿unos veinte? —dijo Olivia, después de reflexionar un momento—. Eran muchos.

—Yo supongo que todos serán de algún pueblecito de algún punto ladera abajo, y que se trataba de una evacuación organizada. Así que, aunque no sepamos adónde van, ellos sí lo sabrán.

—¿Y si el punto al que van está a veinte kilómetros de aquí?

—Hoy querías salir de excursión, ¿recuerdas?

Avanzamos a paso ligero. Al principio fui tirando de la correa, deseosa de llegar allá donde estuviéramos yendo, pero al cabo de un rato acabé avanzando al paso de mis chicos, y abrí las narices para aspirar todos los olores de aquel lugar.

—¿Cómo tienes el brazo? —preguntó Lucas.

—Bien —dijo ella, bajando la mirada—. No me sangra, y la verdad es que no lo siento. Toda esa práctica con uvas ha valido para algo.

Aún olía a humo. El olor iba y venía con las corrientes de aire, a veces más intenso, a veces apenas perceptible, pero ahí estaba.

Eché la vista atrás otra vez, hacia el lugar de donde habíamos venido, porque había oído otra vez aquel ruido de motor. Un momento más tarde, Olivia y Lucas se detuvieron y se giraron a mirar atrás.

A lo lejos había otro de esos enormes camiones, avanzando hacia nosotros. Lucas le dio a Olivia la correa y se situó en medio de la carretera. Se puso a hacer gestos con los brazos y el gran camión frenó. Por la ventanilla se asomó un hombre, pero no era Mack.

—Nos hemos quedado sin gasolina —le dijo Lucas.

—¿Ese Toyota es suyo?

Lucas asintió.

—Sí. Bueno, no, pero es una larga historia. ¿Hay fuego ladera abajo? Hemos visto pasar muchos coches.

—Aún no, pero se acerca. Acabamos de desalojar a los últimos habitantes de Norwalk. ¿Quieren que los llevemos?

«¡Paseo en coche en el camión grande!»

Lucas y Olivia se sentaron sobre un asiento metálico y hablaron con un hombre que iba vestido como Mack. Yo estaba a sus pies. Las potentes vibraciones del suelo me dieron sueño, pero me desperté de golpe, agitando el rabo, cuando noté que el camión se había detenido.

—¿Qué pasa? ¿Por qué paramos aquí? —preguntó Olivia.

—No sabría decir —respondió el hombre que iba vestido como Mack.

Bajamos del camión. En la carretera, algo más allá, estaban aparcados los dos enormes camiones y una fila de vehículos variados. Había gente de pie junto a sus vehículos, abriendo las puertas, y vi un perro marrón pequeño y otro blanco más grande. El blanco tiraba de su correa para venir conmigo, pero su persona lo tenía bien agarrado. Yo meneé la cola, pero me quedé al lado de mi chico, que se unió a un corro de personas.

¡De pronto olí a Mack! Estaba ahí, pero había tanta gente que no podía saber dónde.

72 Un hombre con camisa blanca estaba en el centro del corro de personas.

—Vale, no tengo todos los datos, pero la situación es esta: el fuego ha cruzado el cortafuegos que cavamos ayer, cortándonos el paso. Y como ya saben, si vamos cuesta abajo, la carretera nos lleva a la zona de evacuación. No hay un modo sencillo de decir esto, amigos, pero estamos en la trayectoria del fuego.

Yo no podía saber qué estaría diciendo el hombre de la camisa blanca, pero provocó que la gente se pusiera tensa y que empezaran a hablar unos con otros. En sus voces, cada vez más altas, se percibía la alarma.

—¿Quiere decir que podríamos morir aquí arriba? —preguntó una mujer.

Camisa Blanca asintió con gravedad.

—He pedido ayuda por radio. El condado está buscando un modo de sacarnos de aquí, pero de momento estamos atrapados.

La gente empezó a hablar aún más fuerte. Yo miré al perro blanco grande y él me miró a mí. Los dos estábamos haciendo «sienta».

—Tenemos que volver al pueblo —propuso alguien, gritando.

—Han dicho que el pueblo iba a incendiarse —objetó otra persona.

—Hay un camino —planteó alguien.

—¿Qué? ¡Por favor, silencio! —gritó Camisa Blanca a la multitud—. Señor, ¿quiere repetir lo que acaba de decir?

Un hombre flaco con pantalones cortos dio un paso adelante:

—Es un viejo sendero, unos novecientos metros hacia atrás. Yo a veces bajo por ahí. Lleva a un viejo campamento de mineros, y de ahí hay un camino que lleva a la carretera principal.

—Enséñemelo.

El hombre flaco y Camisa Blanca se abrieron paso entre la gente y se alejaron. Los otros volvieron a sus coches para hablar entre ellos, pero yo vi a Mack y arrastré a Olivia hasta él. Estaba de espaldas, pero se dio la vuelta cuando di un salto y apoyé las patas sobre él.

—¿Bella?

—¡Bueno, eh, Mack! ¡Esto se está convirtiendo en costumbre! —le saludó Lucas, con una sonrisa tensa.

Mack me dio un abrazo y yo le lamí la mano.

—¿Vosotros estabais en Norwalk?

Olivia negó con la cabeza.

—Estábamos de acampada y tuvimos que huir del fuego… Hemos tenido una noche difícil.

—He pensado mucho en vosotros. Sabía que ibais a pasar la noche en la montaña y estaba preocupado. He intentado llamaros, pero mi teléfono no funciona. Me alegro de que estéis bien. —De pronto se le iluminó el rostro—. Ah, y uno de los motivos por los que quería llamaros era que mi capitán me ha pasado un mensaje. El tipo del museo se ha recuperado. Incluso respira sin ayuda.

Yo eché una mirada a mi chico y lo noté aliviado. Cuando le olisqueé la mano, me tocó la cabeza.

—Me alegro mucho de oír eso. Gracias.

73

—Felicidades, doctor —dijo Mack—. Has salvado una vida.

Olivia abrazó a Lucas.

—Estoy muy orgullosa de ti.

Me giré porque el perro macho blanco estaba levantando la pata y el viento me traía su olor. Cruzamos una mirada.

—Bueno, ¿qué noticias tenemos, Mack? ¿Cómo es de grande el incendio? —preguntó Lucas.

—No creo que se sepa aún —respondió Mack, meneando la cabeza—. Avanza más rápido de lo que nadie podía esperar —añadió, e hizo un gesto, señalando al aire—. Este viento.

—¿Nos van a rescatar? ¿Helicópteros? —preguntó Olivia.

Mack parecía preocupado.

—No lo sé.

Cuando regresó Camisa Blanca, la gente volvió a rodearlo. Perdí de vista al perro blanco, pero vi al pequeño de color marrón. Era una hembra y jadeaba nerviosa.

—Bueno, esto es lo que hay que hacer —anunció el hombre, levantando la voz. Al momento se hizo el silencio—. Los SUV o camionetas de piso alto no tendrán problemas por el sendero. Los camiones de bomberos irán por delante. Pero no es practicable para los coches pequeños. Así que cojan lo que necesiten y distribuyámonos en los vehículos que sean aptos.

—Vamos a ir por un sendero de montaña —dijo un hombre vestido como Mack, meneando la cabeza—. En un camión de bomberos.

Camisa Blanca asintió con decisión.

—No voy a mentiros. La cosa podría ponerse difícil. Pero más vale que nos pongamos en marcha.

Al momento, la gente se puso a hablar, echaron mano de sus coches y empezaron a sacar cosas. Se subieron a los camiones y cerraron las puertas con sonoros portazos.

Mack se giró hacia nosotros.

—¿Queréis venir conmigo?

8

$\mathcal{M}$e quedé perpleja cuando subimos al camión de Mack para un paseo en coche. ¡No dentro del camión, sino encima!

Me subieron a una superficie plana. Vi que había mucha gente apiñada en asientos en la parte de delante, pero algunos de nosotros, Mack incluido, estábamos en la parte más alta, cerca de las ruedas traseras. Algunos de los amigos de Mack se situaron en pequeñas plataformas metálicas a los lados, agarrándose a unos asideros. Mi chico me cogió fuerte del collar con una mano y se agarró a una barandilla de metal con la otra. Olivia estaba a su lado, sujetándose también con ambas manos.

Los coches estaban maniobrando, dando la vuelta. Busqué con la mirada al gran perro blanco y a la pequeña perrita nerviosa. Quería ladrarles desde el techo del camión.

El camión bajó por la montaña chirriando y dando botes, siguiendo a otros dos grandes camiones. Éramos el último de una fila de vehículos. Los árboles al lado del camino estaban llenos de hojas que se agitaban, azotadas por el incesante viento. Yo esperaba que el aire caliente se llevara el humo, pero el olor a madera quemada no se me despegaba del morro. Nadie decía nada, pero todos tosían de vez en cuando.

Cuando paramos, por fin me animé. Camisa Blanca se puso de pie en una plataforma exterior del camión encabezando la procesión, echó el cuerpo adelante y señaló.

—¡Ahí está!

Camisa Blanca y algunos de los amigos de Mack saltaron

al suelo al tiempo que el conductor abría la puerta y salía del camión. Se quedaron de pie, mirando a los árboles como si buscaran ardillas. Yo agité la cola, pensando que nosotros también bajaríamos del camión, pero aparte de aflojar un poco la presión sobre mi collar, Lucas no hizo ningún otro movimiento.

—¿Quiere que baje por ahí, jefe? —preguntó el conductor.

Yo miré a Lucas, que estaba escuchando la conversación. Su cabello y su rostro olían a humo. Me miró, pero no me dio ninguna orden.

—Bueno —murmuró Mack—, desde luego esto se pone interesante.

Olivia meneó la cabeza.

—¿Cómo pueden esperar que el camión baje por ahí? Ni siquiera hay camino. Los camiones de bomberos son demasiado anchos.

—Creo que tienes razón —convino Lucas—, pero si esta parte del bosque empieza a arder, yo prefiero estar en el camión, y no a pie. Probablemente lo consigan.

—Os sorprenderíais de lo que pueden llegar a hacer veintitrés toneladas y seiscientos caballos de potencia —respondió Mack—. Nunca nos hemos quedado atrapados en la nieve, y podemos abatir árboles pequeños como si fueran juncos.

—De todos modos, no va a ser muy divertido si el camión vuelca —señaló Olivia.

Mack sonrió.

—¿Qué parte de eso no te parece divertido?

Olivia negó con la cabeza y Lucas se rio. Yo meneé la cola al oír aquel sonido familiar.

Los amigos de Mack regresaron a los camiones, que volvieron a la vida con un rugido. Lucas volvió a agarrar mi collar con fuerza. Nuestro camión dio un tirón y nos lanzamos hacia los árboles. Avanzábamos más despacio, pero el camión se inclinaba a un lado y al otro, a veces tanto que Olivia y Lucas se miraban, con los ojos bien abiertos. Íbamos derribando árboles, que crujían al romperse. Con cada bandazo yo resbalaba; mis uñas no conseguían clavarse en la superficie lisa del suelo. En aquel lugar, donde no había llegado el fuego, el murmullo de las hojas acariciadas por el viento resultaba reconfortante, pero empezaba a comprender que en cualquier momento podía volver el olor de la madera quemada, al igual que el humo y las llamas. Algo había cambiado en nuestro mundo. Pero mientras tuviera a mi chico al lado, sabía que él se aseguraría de que no corríamos peligro.

Bajamos dando botes, saltos y bandazos, y las sacudidas eran tan fuertes que tuve que abrir bien las patas para evitar salir despedida. Olivia y Lucas salieron despedidos varias veces, para volver a aterrizar con un golpetazo; desde luego no se les veía cómodos. Hubo un momento en que todos nos inclinamos peligrosamente hacia un lado, y el brazo de mi chico se puso rígido, agarrando mi collar con fuerza. Aguantó la respiración y no soltó el aire hasta que el camión volvió a enderezarse.

—¡Ha estado cerca! —exclamó, y luego tosió—. ¿Qué hacemos si vemos que vamos a volcar?

Todos dimos un bote al golpear contra un árbol, que salió despedido hacia un lado, y luego el camión volvió a inclinarse.

—Saltar —respondió Mack, sin más.

Lucas miró a Olivia.

—Lanzaré a Bella todo lo lejos que pueda. Y luego saltamos juntos, ¿de acuerdo?

Nos inclinamos aún más. Olivia asintió, tensa.

—¿Tú crees que entenderá que tiene que alejarse del camión?

Esta vez nos estábamos inclinando mucho. Sentí que Lucas me levantaba del suelo.

—Tendrá que hacerlo.

—Te ayudaré —dijo Mack, extendiendo las manos y sujetándome por ambos lados, justo por delante del rabo.

Con un golpetazo, el camión volvió a enderezarse. Yo resbalé por la superficie de metal, y a punto estuve de salir disparada. Agité la cola, esperando que mi chico me hiciera entender que todo aquello estaba previsto. Las personas saben cosas de los paseos en coche que los perros no alcanzamos a entender. Saben adónde van, y saben que a veces las ventanillas están bajadas y otras no.

La fila de vehículos que teníamos delante iba subiendo y bajando según las ondulaciones del camino. Busqué con la mirada, pero seguía sin ver a los otros dos perros.

Se oyó otro golpetazo, un traqueteo intenso que recorrió todo el camión, hasta el punto de que Olivia tuvo que contener un grito.

—¡Agarraos! —gritó el conductor.

—Buena chica —me dijo Lucas.

De pronto pensé en el último paseo en coche en el jeep. Ese viaje también había sido accidentado y cuesta abajo. Esperaba que este no acabara de nuevo con un chapuzón en un lago.

Unos momentos más tarde, el camión dejó de dar bandazos y trazó una curva cerrada. De pronto nos encontramos en un camino mucho más liso y oí la grava que crujía bajo las ruedas. Lucas y Olivia se sonrieron, y el alivio de mi chico se hizo evidente cuando noté que aflojaba el agarre del collar. El motor del camión vibró bajo nuestros pies y ganamos velocidad.

—No querría tener que repetir eso —observó Mack.

Olivia se echó hacia delante y lo miró.

—Hemos tenido mucha suerte de que aparecierais. Aún estaríamos caminando.

Mack sonrió y se encogió de hombros.

—Algunas cosas son porque tienen que ser.

—Parece que esto se te da muy bien, Mack —observó Lucas.

—Sí. —Los dos se miraron un buen rato y luego Mack se giró hacia Olivia—. No sé si os lo he contado nunca, pero estaba en la Asociación de Veteranos por trastorno de estrés postraumático. Así que temía que esta situación me trasladara al pasado otra vez, ¿sabéis? Pero esta vez no ha muerto nadie. No es como en Zhari. Es… —Se encogió de hombros—. No sé explicarlo. Pero esto me parece algo importante, positivo, y lo otro simplemente era algo trágico y horrible.

El viaje por el camino liso duró un buen rato. Pude echarme, sintiendo la mano de mi chico en mi collar. Desde esa posición no podía ver ardillas ni a los otros perros, pero algunos paseos en coche son así, y los perros tenemos que adaptarnos.

Pasó un rato y de pronto reconocí olores que querían decir que nos acercábamos a un pueblo. Tras una curva, vi edificios a ambos lados de la carretera, y el camión redujo la marcha.

Un hombre vestido como Mack estaba en medio de la calle. Nos hizo señales y todos los camiones se pararon. Me puse en pie para mirar.

El hombre se acercó al primer camión y miró al conductor.

—Bienvenidos al infierno —dijo, a modo de saludo. Se subió al estribo junto a la puerta del conductor y señaló hacia un punto. Seguimos avanzando a marcha lenta.

Las calles estaban llenas de coches; algunos hacían sonar el claxon, y muchos llevaban perros. Yo respondí como corresponde.

—No ladres, Bella.

Era evidente que Lucas no entendía la situación —¡había perros en los coches!—, pero hice lo que me pedía, aunque «no ladres» es una de esas órdenes que raramente acaba con una golosina de premio para el perro que obedece.

Lucas miró a uno y otro lado.

—¿Dónde estamos?

—Es Paraíso —respondió Olivia—. Unos treinta mil habitantes. Yo he estado aquí alguna vez, cuando el refugio de animales se les llena y necesitan que me lleve alguno a Denver.

—Pues parece que los treinta mil están intentando salir de estampida —observó Mack.

—Mucho tráfico, sí —dijo Lucas.

—Ese será el puesto de mando, en el parque, todas esas carpas —apuntó Mack, señalando con el dedo.

El camión avanzó un poco más, se paró y se apagó el motor. Yo bostecé y agité la cola al ver que la gente empezaba a bajar. Mack se dejó caer por un lado y luego levantó los brazos para ayudar a Olivia.

Lucas fijó la correa a mi collar.

—Venga, Bella.

Me levantó y me quedé colgando entre sus brazos. Me gustaba que mi chico me sostuviera en brazos. Con un gruñido, me pasó a Mack, que me agarró contra su pecho y luego me puso en el suelo.

Lucas bajó de un salto y recogió la correa.

—Muy bien. ¿Y ahora qué?

Mack le dio una palmada a Lucas en el hombro.

—Lo hemos conseguido. Voy a volver al trabajo. Me alegro de que estéis bien.

—Gracias por todo, Mack.

Mack se agachó y me acarició tal como hacen las personas cuando dejan a un perro.

—Vamos a ver qué se supone que debemos hacer —sugirió Olivia.

Dejamos a Mack y a sus amigos con sus camiones y caminamos un trecho hasta una zona de hierba donde varios perros macho habían levantando la pata poco antes. El murmullo constante de coches avanzando por las calles, muy pegados unos a otros, era una presencia constante, igual que el olor a madera quemada, mucho más leve pero aún detectable.

Vi mucha gente que se concentraba en torno a unas grandes estructuras blancas que me recordaban la habitación de paredes blandas donde solíamos dormir junto al jeep. Pero estas eran mucho más grandes, y las paredes se agitaban golpeadas por el viento.

Una mujer subió por unos peldaños de metal y se situó en lo alto de una gran caja de madera. Yo me tendí en la hierba cerca de la marca más fresca de un perro macho, anunciando mi llegada a cualquier perro que prestara atención.

—¿Qué pasa? —le preguntó Lucas a un hombre alto.

El hombre se giró y miró a Lucas con un gesto de escepticismo.

—Llevamos todo el día oyendo a funcionarios del Gobierno que hacen anuncios públicos. Hasta el momento, es lo único que hemos conseguido —respondió, burlón.

—Todo el pueblo está evacuando —añadió una mujer que estaba junto al hombre alto—. La caravana de coches y camiones ha empezado al amanecer. Algunos esperan al último minuto porque no quieren quedarse atascados en el tráfico.

—¿Eso quiere decir que el incendio avanza seguro hacia aquí? —preguntó Olivia, agitada—. ¿Hacia Paraíso?

—Aún no nos han dicho nada definitivo —dijo el hombre alto encogiéndose de hombros.

—¡Atención! ¿Pueden prestarme todos atención, por favor? —dijo la señora subida a la caja.

Varias personas respondieron, diciendo cosas como: «¡Eh, escuchad!». Se oyeron dos silbidos, agudos y penetrantes. El ruido de voces menguó, aunque yo aún oía los coches en la calle, a nuestras espaldas.

—Soy Whitney Walker, jefa de la guardia forestal del distrito —anunció la mujer subida a la caja.

Aparentemente no íbamos a ir a ningún sitio de momento, así que me senté y esperé a que Lucas decidiera qué debíamos hacer.

—En momentos así es fácil olvidarse de la fauna —prosiguió la mujer—, pero evidentemente los animales sufren más el impacto que nosotros: no pueden subir a sus coches y macharse. Así que tenemos que entender que miles de animales se han visto desplazados por el fuego. Eso significa que están fuera de su territorio. Están perdidos, confusos y asustados. Algunos depredadores son muy territoriales (como los pumas, por ejemplo) y pueden reaccionar de forma impredecible cuando se ven obligados a abandonar su zona de confort. Manténganse alejados de cualquier animal, incluso de los ciervos. Debemos considerarlos peligrosos a todos. Y en particular hay que evitar acercarse a los animales heridos. Un animal herido podría verles como una amenaza y quizá intente protegerse.

Detecté un olor que se iba intensificando, imponiéndose al del humo, y al girar la cabeza vi un coche que se nos acercaba, con unas cabras que asomaban la cabeza por la ventanilla como si fueran perros. No ladraban, como harían los perros,

81

pero se me quedaron mirando y yo las miré a ellas. ¿Qué tipo de lugar era ese, en el que la gente se llevaba a las cabras de paseo en coche?

Otro hombre subió los escalones de madera y se situó junto a la mujer, que se hizo a un lado. Juntó las manos.

—Muy bien, ahora mírenme todos, necesito que me presten atención —dijo, casi gritando.

—Estamos aquí, sin decir nada. ¿Qué más quiere? —murmuró Olivia en voz baja. Lucas la miró y sonrió, socarrón.

—Soy Steve Holcomb, subdirector de la División de Seguridad y Gestión de Emergencias de Colorado —dijo el hombre—. He estado en contacto con nuestro centro de mando. Tenemos fuego al norte, al oeste y al este. Nuestra única vía de escape es el sur.

Fuera lo que fuera lo que estaba diciendo, no le gustó nada a la gente que rodeaba a Lucas y a Olivia. Algunos de ellos hablaban entre sí en voz baja.

—Vale, vale, un momento, por favor —dijo el hombre—. No he acabado.

Olivia puso los ojos en blanco.

—Lo tenemos controlado. Los camiones de la Guardia Nacional vienen de camino, acompañados de brigadas de bomberos de Eagle River, Clear Creek y Jefferson. Deberían llegar dentro de menos de hora y media. Se ha emitido una orden de evacuación para todo el pueblo. Si tienen vehículo propio, ya pueden ponerse en marcha. Ahora mismo. Si no, quédense aquí, en el puesto de mando. La Guardia Nacional es nuestra única vía de escape, y cuando lleguen los camiones no vamos a esperar a nadie.

Un hombre con un sombrero blando de ala ancha levantó la mano:

—Yo veo el fuego desde mi casa —afirmó—. Está a kilómetros de distancia. Hay dos montañas de por medio. No creo que esté justificado el pánico.

—Aquí nadie habla de pánico —le corrigió el hombre subido a la caja, malhumorado—. Tenemos ráfagas de viento de hasta ochenta kilómetros por hora. Eso significa que el fuego avanza a mucha velocidad. Y se nos echa encima desde tres lados diferentes. ¿Entiende lo que le digo?

—Y cuando nos vayamos, ¿qué? —preguntó otra persona—. ¿Qué le va a pasar a Paraíso?

El hombre miró a su alrededor.

—Quedará arrasado.

83

9

*N*o sé qué sería lo que acababa de decir el hombre, pero la gente se encogió, retrocediendo, como cuando a un perro le dicen «¡malo!». Algunos levantaron las manos y se taparon la boca. Todo el mundo estaba consternado, y empezaron a hablar entre ellos en voz alta. Yo levanté la cabeza, consciente de la tensión reinante. Pero Lucas parecía tranquilo, lo cual era reconfortante. Olivia y él cruzaron una mirada.

—¡Eh! Silencio —gritó el hombre subido a la caja—. ¡Necesito que me presten atención! No he acabado.

El hombre que estaba justo delante de Lucas se llevó las manos a la boca. Al moverlas me llegó un claro olor de asado y levanté el morro hacia él.

—Un momento. Esta es nuestra casa —dijo Manos de Asado al hombre de la caja—. No puede pedirnos que lo abandonemos todo, sin más. Debe de haber algo que podamos hacer.

—Las órdenes son órdenes —replicó el hombre subido a la caja, sin más.

Manos de Asado miró a la gente que tenía a ambos lados. Eran todos como Lucas: todos hombres y todos de la misma edad. Todos meneaban la cabeza.

—¿Quiere que nos vayamos de nuestro pueblo y que dejemos que se queme? —gritó otro hombre entre la multitud.

El hombre subido a la caja se llevó las manos a las caderas.

—No me están escuchando. Tienen que irse. No es una petición. Estoy al mando. Si tienen un vehículo que funcione, súbanse a él y váyanse.

Manos de Asado volvió a hablar, esta vez levantando la voz por encima de la de los demás.

—Vamos a plantar cara al fuego y a salvar nuestro pueblo. No intente detenernos.

Observé que muchas personas reaccionaron asintiendo.

—Si no siguen las órdenes, pueden ser detenidos —replicó el hombre de la caja, irritado.

—¿Y quién va a detenernos, tú? —replicó alguien, burlón.

Observé que la rabia iba extendiéndose entre la multitud como el humo impulsado por el viento, transmitiéndose de persona a persona. Lucas se movió, inquieto, y yo levanté el morro para tocarle la mano.

—Están desobedeciendo una orden directa del Gobierno —dijo el hombre de la caja—. Si lo prefieren, podemos esperar a que llegue la Guardia Nacional y que ellos se lo expliquen.

Olivia se giró hacia Manos de Asado y sus amigos.

—¿De verdad creen que pueden salvar el pueblo?

Manos de Asado asintió.

—Todo depende de cuánto tiempo tenemos. Sabemos lo que tenemos que hacer: talar árboles, cavar un cortafuegos.

—Nosotros estábamos acampados cerca del Vail Pass cuando estalló todo esto —le dijo Lucas—. El fuego se desplazó hacia el sur muy rápido.

Olivia asintió.

—El fuego avanzaba tan deprisa que no pudimos hacer nada. Era como si la montaña hubiera estallado. Nadie ha podido salvar nada. Tuvimos suerte de salir con vida. ¿Y si se quedan atrapados?

En respuesta, los hombres se miraron unos a otros de un modo que dejaba claro que se comunicaban sin hablar.

—Es un riesgo que tendremos que correr —dijo uno por fin. Yo me acerqué un poco más a los deliciosos olores que desprendía Manos de Asado.

—Si se tratara de mi casa, supongo que pensaría lo mismo —dijo Olivia, mirando a Lucas y encogiéndose de hombros.

Lucas asintió.

85

—Mucha suerte, chicos. Nosotros vamos a subirnos a uno de esos camiones de evacuación.

La gente empezó a alejarse del hombre de la caja, que se había girado para hablar con alguien.

Yo seguí a Lucas y a Olivia, que iban a hablar con el jefe.

—Perdone —dijo Lucas. El hombre se giró y le miró con mala cara.

—Usted y sus colegas van a ser pasto de las llamas, y no me importa un comino —le espetó. Decidí al momento que ese hombre no me gustaba.

—No son mis colegas. No los conozco —respondió Lucas, sin elevar el tono—. Solo venía a decirle que soy médico residente de primer año, por si necesita mi ayuda.

El hombre negó con la cabeza.

—Llega un poco tarde. Ya hemos evacuado a todos los que necesitaban atención médica.

—El modo en que habla a la gente hace que no quieran hacer nada de lo que usted propone —le informó Olivia, muy fría.

—¿Busca problemas, señorita? —replicó el hombre, con tono amenazador—. Si busca problemas, ha venido al lugar ideal.

Lucas dio un paso adelante, pero no cambió el tono de voz:

—¿De qué tipo de problemas está hablando exactamente?

El hombre se quedó mirando fijamente a Lucas un minuto y luego se dio la vuelta.

—No dispongo de tiempo para tratar con gente como ustedes —murmuró.

Olivia fue hacia él y abrió la boca, pero Lucas la agarró del hombro con fuerza.

—Oye, veo que en esa carpa hay bocadillos y agua. Cojamos algo de comer y esperemos a que lleguen los camiones.

Olivia suavizó su expresión y asintió, más relajada. Lucas nos llevó al otro extremo del césped, donde había una habitación blanda de la que salían unos olores muy tentadores que se imponían al del humo. Agarró unos paquetitos de suculento aroma y Olivia encontró unas botellas de agua. Abrió una.

—Aquí tienes, Bella —dijo, y se echó el refrescante líquido en la mano ahuecada. Yo bebí, agradecida, y de paso le lamí los dedos.

—Ahí tenemos a Mack otra vez —dijo Lucas, señalándolo. Agitó el brazo y vi a Mack, que estaba entre sus amigos. Asintió y sonrió al vernos. Yo esperaba que viniera con nosotros.

—Busquemos un lugar menos abarrotado de gente para sentarnos —propuso Olivia—. A ver si podemos comer como gente normal.

—Vale —dijo Lucas—. ¡Eh, Mack!

Mack se acercó y yo meneé el rabo, contenta de verle. Bajó una mano y se la lamí; sabía a polvo y a humo a partes iguales.

—En la carpa hay bocadillos —le dijo Olivia.

—Enseguida voy a coger uno —respondió Mack, asintiendo—. Supongo que la evacuación no está yendo muy bien. Solo hay una carretera al sur, y está atascada. Los camiones que han enviado para venir a recogernos se encuentran con atascos constantes.

—¿Deberíamos intentar encontrar a alguien que nos lleve o esperamos a la Guardia Nacional? —preguntó Olivia.

Mack se encogió de hombros.

—No sabría decirte. Los camiones de bomberos serán los últimos que se vayan, pero tenemos buenos sistemas de comunicaciones, así que sabremos cuál es la situación en todo momento. Os guardaré un sitio, si queréis, pero si encontráis otro medio de transporte, tenéis que decírmelo.

—¿Cuál es la situación ahora mismo, Mack? ¿Cómo está la cosa? —preguntó Olivia.

—Mal —respondió Mack, que parecía apesadumbrado—. Lo llaman el incendio más grande de la historia de Estados Unidos. Wyoming, Idaho, Colorado... Todo está en llamas.

—Pero ¿de momento aquí estamos seguros?

—Sé que a la gente no le gusta oírlo —respondió Mack, con honestidad—, pero vamos a abandonar Paraíso. Por lo que parece, el fuego va a arrasar todo esto. En cuanto lleguen los camiones, vamos a cargar a todos los que queden y nos vamos de aquí.

87

Pasó un momento sin que nadie hablara. Yo me quedé mirando fijamente los paquetes de delicioso aroma que llevaba mi chico en la mano, pero él no se dio cuenta.

—Vale —dijo—. De momento vamos a adentrarnos un poco por esa calle, buscando un lugar a la sombra para comer.

—Bueno. Pero no os alejéis.

—No lo haremos.

—Toma. —Mack se llevó la mano al cinturón y desenganchó algo que parecía un teléfono grande—. Mantenlo en el canal diecinueve. Es la frecuencia de la respuesta coordinada. Lo oiréis todo, incluida la operadora del 911. En cuanto lleguen los camiones lo sabréis. Pero cuando lleguen no tardéis, colega. Volved enseguida.

Lucas cogió el teléfono grande.

—Gracias. Quiero decir... Recibido. Diez-cuatro, cierro.

—Quizá sería mejor que un adulto llevara la radio —dijo Olivia, tendiendo la mano.

Todos sonrieron y dejamos a Mack. Confusa, me giré a mirar varias veces, para ver si nos seguía, pero parecía muy ocupado hablando con otras personas.

Lucas se giró hacia Olivia.

—No podemos hacer otra cosa que esperar.

—Supongo. Voy a entrar solo un segundo en esa farmacia —dijo Olivia—. Luego podemos montar ese pícnic.

Lucas la miró y frunció el ceño.

—¿Por qué? ¿Qué te pasa?

—¿Qué me pasa? —respondió ella, mirándolo y ladeando la cabeza—. Lo que pasa es que, cuando una mujer dice que necesita algo de la farmacia, su marido no debe hacerle preguntas al respecto.

—Me han instruido para que haga preguntas.

—Y yo te estoy instruyendo para que te ocupes de tus asuntos —le respondió ella, divertida.

Se sonrieron y luego Olivia nos dejó para meterse en un edificio. Levanté la vista y miré a Lucas, intranquila por haberla perdido de vista. Desde luego no era la primera vez que ocurría, pero en aquel lugar, con el humo y el viento, no las tenía todas conmigo. Solo quería que estuviéramos todos juntos, que nos subiéramos de nuevo al jeep y que volviéramos a casa, o a algún parque para perros.

Olivia regresó y la recibí con alegría, poniéndole las patas en el pecho para que bajara la cabeza y me dejara lamerle el rostro.

—Bella, no seas tonta. Solo me he ido cinco minutos. He traído comida para perros.

—Oh, buena idea. Ahí hay unas mesas de pícnic —dijo Lucas—. Sentémonos a comer y hablemos de algo que no sea el fuego, para variar.

Cruzamos la calle y Lucas y Olivia se sentaron junto a una mesa de madera. Yo me coloqué debajo y escuché los prometedores sonidos del papel que iban desenvolviendo y que liberaba aromas de carne y queso. Estaba segura de que muy pronto me darían alguna golosina, y no me equivocaba; Lucas bajó la mano con un trocito de carne que engullí a toda prisa. De pronto me di cuenta de que tenía más hambre de lo habitual. Luego Olivia puso un papel en el suelo. Meneé el rabo, nerviosa, ante este prometedor avance. Ella se agachó, abrió una lata, y el olor a humo de pronto desapareció, relegado a un segundo plano por el delicioso olor a carne de la comida que volcó sobre el papel. Me lancé sin esperar ni un momento. Estaba deliciosa.

—Buena chica, Bella —me dijo. Yo agité el rabo y ella suspiró—. Sé que parece una locura, pero tengo la sensación de que por fin puedo relajarme.

—Relajarte. Con el fuego acercándose desde todas partes —repitió Lucas, escéptico.

—Tal como has dicho, lo único que podemos hacer es esperar. Los camiones llegarán pronto, y ya has oído lo que nos han dicho; el fuego está a kilómetros de distancia —respondió Olivia—. Hasta parece que el viento sopla con menos fuerza. Y estoy disfrutando de un bocadillo con mi marido. Hacía tiempo que no salíamos a comer fuera. Así que sí: me siento relajada.

Yo seguí lamiendo con desesperación, buscando el sabor

fantasma de mi comida en el papel, y luego levanté la vista en busca de alguna mano que me diera más golosinas.

—No creo haber pasado nunca tanto miedo como cuando conducía montaña abajo hacia el lago, con el fuego persiguiéndonos, haciendo ese ruido —murmuró Lucas al cabo de un momento. Olivia se quedó inmóvil.

—Yo también estaba aterrada. Pero tú decías que no nos iba a pasar nada, y lo has dicho con tal seguridad que te he creído. Es lo que me ha dado fuerzas para sentarme en el asiento de atrás y aguantar.

Lucas inclinó el cuerpo hacia delante y la cogió de la mano.

—Y tú me has dado fuerza a mí. A lo largo de todo esto; no habría podido hacerlo sin ti.

Olivia y Lucas siguieron hablando un rato mientras yo hacía un «sienta» a sus pies, esperando pacientemente. Pero entonces un movimiento me llamó la atención y me quedé mirando, incrédula. Una manada de criaturas desconocidas avanzaban a paso lento y solemne hacia nosotros, llenando toda la calle. Eran enormes, unos animales desgreñados, con el manto oscuro y unos cuernos retorcidos. La cabeza de cualquiera de ellos era tan grande como mi camastro. Ante la amenaza, me eché hacia delante hasta donde me permitía la correa y tiré, ladrándoles furiosamente.

—No ladres, Bella —me regañó Lucas—. No son más que unos búfalos, van de paso. No nos harán ningún daño.

Me quedé atónita con ese «no ladres». ¿Es que no veía aquellos enormes monstruos que venían directos hacia nosotros? A veces, las personas dicen o hacen cosas que un perro no puede entender. Pero dejé de ladrar, porque yo era una perra buena y sabía comportarme, sobre todo cuando aún quedaba carne en la mesa.

—Huyen del fuego —murmuró Olivia—. El de delante tiene el tamaño de un todoterreno.

—Sí, es enorme —dijo Lucas, asintiendo—. No es la primera manada de búfalos que veo, pero nunca los había visto desde tan cerca.

Yo tenía el pelo del lomo erizado y, a pesar del «no ladres», no pude contener un gruñido grave.

—¿Sabes? En algún sitio leí que en Yellowstone son más frecuentes las lesiones por encuentros con bisontes que por el ataque de todos los demás animales juntos.

Olivia se movió en su asiento, nerviosa.

—Quizá deberíamos coger la comida e irnos a otro lugar.

—Sí que parece que vienen directos hacia aquí, ¿no?

Olivia y Lucas se pusieron en pie y yo levanté la vista y meneé el rabo. Y entonces ocurrió algo maravilloso. Lucas se agachó y acercó una mano en la que sostenía un pequeño bocado.

—Bella —me dijo Lucas—. ¿Quieres un minitrocito de queso?

Los dos rieron, pero yo tenía toda la atención puesta en aquella mano. Ya no pensaba en el humo, el viento, ni siquiera en los monstruos que avanzaban por la calle. Lamí los dedos a mi chico en busca del queso, agitando el rabo de felicidad. Un «minitrocito de queso» significaba que Lucas me quería.

Nos alejamos de la mesa, pero yo seguía mirando el paquete de comida envuelto en papel que Lucas llevaba en la mano. Doblamos una esquina y observé que las enormes criaturas seguían avanzando lentamente en la misma dirección, sin girar para seguirnos.

Sabían que no debían meterse con un perro.

—¡Está lloviendo! —exclamó Olivia.

Noté el leve goteo de algo que me iba cayendo sobre el pelo. Sacudí el cuerpo para quitármelo de encima.

—No es lluvia —dijo Lucas, mirándose la palma de la mano—. Mira. Son pequeños granitos de ceniza endurecida y arrastrada por el viento.

—Quizá deberíamos volver al campamento —sugirió Olivia. De pronto, el teléfono que Lucas llevaba colgado del cinto emitió un ruido y los dos se pararon a escuchar. El sonido recordaba vagamente una voz humana.

—*Emergencias. ¿Desde dónde llama?*

91

—*Hay un incendio en Tribute Ridge.*

Yo ladeé la cabeza, porque aquella extraña voz sonaba triste y asustada.

—*Sí, señora, ya tenemos constancia del incendio en el monte Sherwood.*

—*¡No, señorita, no me está escuchando! ¡Esto es en el collado, en Tribute Ridge!*

Lucas y Olivia cruzaron una mirada muy seria y nos pusimos a caminar de nuevo, esta vez más rápido.

10

$\mathcal{A}$lgo tenía asustados a Lucas y a Olivia. Yo me puse en alerta, escrutando el ambiente con la vista y el olfato, intentando comprender a qué se debía. De todos los estados de ánimo de las personas que puede detectar un perro, este, la sensación de peligro inmediato, es el más fácil de percibir, y me llegaba tan claro como un grito. Sin embargo, la causa de las emociones humanas no siempre es evidente. Yo quería ser una perra buena y ayudar a Lucas y a Olivia a afrontar el peligro que les acechaba, pero no sabía de qué se trataba.

El teléfono que Lucas llevaba al cinto seguía haciendo ruidos.

—*Si cree que está en peligro, debería evacuar inmediatamente.*

—¿Tú sabes dónde está Tribute Ridge? —le preguntó Lucas a Olivia.

—No. Es la primera vez que oigo ese nombre.

—Volvamos al campamento.

—Buena idea —respondió ella, asintiendo—. Giremos a la izquierda en la esquina siguiente. Yo creo que la hora punta de los búfalos ya ha pasado.

Giramos al final de la calle y Olivia frenó de pronto.

—¡Oh, no!

Lucas vio adónde ella estaba mirando y meneó la cabeza, apesadumbrado.

—¿Tú crees que esta gente ha dejado aquí a su perro, para que muera?

Al oír la palabra «perro» me di cuenta de que me llegaba el

olor de uno. Un macho nos miraba desde un patio, sin ladrar ni moverse. Estaba atado con una cadena a un poste de metal que salía del suelo. Nos quedamos mirando unos a otros, todos atónitos ante la presencia del perro.

Aunque ese no podía ser el motivo de los miedos de mi chico. No era más que un perro.

—Eh, chico —dijo Lucas, dirigiéndose a él con un tono suave—. ¿Eres amistoso?

El perro sacudió el cuerpo, bajó la cabeza y agitó la cola.

—¿Quieres algo de comer? —le preguntó Lucas.

Lucas se acercó con cuidado al perro y yo observé, atónita, que mi chico abría el paquete de papel y sacaba un trozo de mi carne. Di un paso adelante para enderezar la situación, pero Olivia me tiró de la correa.

—No, Bella. Quieta.

«Quieta» casi siempre supone algo malo.

Lucas le dio parte de mi comida a aquel macho y luego cogió la cadena y la soltó del poste. El perro hizo un «sienta» y recibió más comida. ¡Yo también estaba haciendo «sienta», justo detrás de mi chico, pero él ni siquiera se dio cuenta! Miré a Olivia, perpleja, pero ella no me hizo ni caso, ¡pese a que yo estaba haciendo «sienta» y «quieta» sin recibir nada a cambio!

Lucas acercó al perro nuevo adonde estaba yo. El macho era grande, de color claro, y tenía el corto rabo tieso, hacia arriba, pero lo movía ligeramente. Nos olisqueamos bajo el rabo en señal de respeto, y luego se fue corriendo a un arbusto, tirando de Lucas, que tenía agarrado el otro extremo de la cadena, para levantar la pata. En señal de buena voluntad olí su marca. Meneé el rabo para darle a entender que comprendía que estuviera contento por estar con personas y que no iba a intentar seguir comiendo de mi comida.

Lucas miró a Olivia, desconcertado.

—¿Ahora qué hacemos?

—Tenemos que llevarlo al refugio, para que puedan evacuarlo con el resto de los animales —dijo ella.

—¿Y sabes dónde está?

94

Ella asintió.

—¿Está lejos?

—En este pueblo nada está lejos. Te lo enseñaré.

Echamos a caminar, aunque aquel nuevo perro macho parecía estar muy a gusto con los míos, y eso me inquietaba. ¿Dónde estaban sus humanos? ¿Por qué tenía que compartir los míos con él? La cadena tintineaba cuando golpeaba el asfalto. Me pareció muy molesto.

Al igual que la mayoría de los machos, nos hacía ir más lentos, porque no dejaba de olisquear otras marcas y levantar la pata para dejar la suya encima. Yo iba trotando a paso ligero junto a mi chico, mostrando una conducta mejor, más merecedora de golosinas. Nos detuvimos otra vez para que el macho dejara una nueva marca, y Olivia aprovechó la oportunidad para agacharse y agarrar la chapa de metal que llevaba al cuello.

—Gus —dijo.

Por el modo en que reaccionó el macho me quedó claro que ese era su nombre. Me miró y yo aparté la mirada. Ya sabía que Lucas y Olivia podían hacer cosas increíbles, y que adivinaran el nombre de aquel ladrón de comida no era en absoluto lo más llamativo que les había visto hacer.

Olivia le aflojó el collar.

—¿Eres un buen perro, Gus? Sí, sí que lo eres. Eres un perro muy bueno.

Gus dio saltos de contento. Yo aparté la vista. No me gustaba que Olivia hablara con aquel tono a un perro nuevo, y esperaba que no tuviéramos que llevarlo de paseo con nosotros mucho rato.

El teléfono que mi chico llevaba al cinto hizo de nuevo aquel ruido familiar.

—*Emergencias. ¿Desde dónde llama?*

—*¡Chambers Road! ¡Fuego!*

—*¿Qué...? ¿En qué punto de Chambers Road?*

—*¡Tengo que irme, el fuego está aquí mismo!*

—Oh, Dios mío —exclamó Olivia—. ¿Tú crees que será cerca de aquí?

95

Yo percibí su angustia, ahora aún más pronunciada, y levanté la vista, preocupada.

Gus, si es que así se llamaba, estaba muy ocupado examinando una antigua mancha de orina y no reaccionó.

Los perros macho no suelen servir para mucho más que eso.

Lucas tocó algo del teléfono.

—Voy a… Creo que voy a bajar un poco el volumen del *walkie talkie*. Los camiones aún tardarán un buen rato. No creo que tengamos que oír todas las llamadas a emergencias.

—Vale —dijo Olivia, asintiendo, nerviosa.

Al oírla hablar, Gus levantó la vista, así que tuve claro que era uno de esos perros que reacciona más ante las mujeres que ante los hombres. Porque cuando por fin se dio cuenta de que seguramente estaría pasando algo grave, se giró a mirarme. Yo no le hice ni caso.

Seguimos caminando un rato. No me lo habían pedido, pero básicamente yo estaba haciendo «aquí», pegando el cuerpo a mi chico mientras Gus tiraba de su cadena, moviéndose por todas partes sin ninguna disciplina.

Entonces nos encontramos con otro perro. Era una hembra, también de pelo claro, y más pequeña que yo, pero mucho más peluda que Gus y que yo misma. A diferencia de Gus, corría libre, tras una alambrada que rodeaba el patio delantero de una casa, y se puso a agitar el rabo de emoción al vernos llegar. Paramos frente a la verja y tuve el funesto presentimiento de que nuestro grupo iba a seguir aumentando.

—¿Hola? —dijo Olivia, levantando la voz.

Abrió la verja y el perro macho y yo la seguimos al patio. Lucas dejó caer nuestras correas para que los tres perros pudiéramos examinarnos libremente. Aunque era una hembra, cuando Gus levantó la pata ella olió su marca y también orinó. Yo no suelo hacer eso.

Olivia se fue hacia la casa y subió unos escalones para llamar a la puerta. Luego la abrió y metió la cabeza.

—¿Hola?

Se giró, miró a Lucas y meneó la cabeza. Yo observé, preocupada, cómo entraba en la casa, pero al cabo de un momento salió con una correa en la mano. Se acercó y se la enganchó al collar a la perra nueva. Levantó la vista.

—Esta se llama Trixie.

—¿Y la familia la ha dejado en el patio, sin más?

Olivia se encogió de hombros.

—En la casa no hay nadie.

Me quedé observando, preocupada, mientras Lucas se arrodillaba y le pasaba las manos por el peludo manto a la hembra.

—Hola, Trixie. No puedo creer que tu familia se haya ido y te haya dejado aquí abandonada. ¿Y si llega el fuego? ¿Qué le pasa a la gente?

Se puso de nuevo en pie y salimos todos del patio. Yo no sabía qué estábamos haciendo; solo sabía que ahora llevábamos a otros dos perros. Lucas nos llevaba a las dos hembras cogidas de la correa, mientras Olivia agarraba la cadena de Gus con el puño apretado.

—No quiero pensar que hayan dejado a sus perros en casa a propósito —respondió Olivia, midiendo sus palabras. De pronto, Gus notó que un macho especialmente interesante había rociado la base de una señal de tráfico y le dio un tirón. La hembra me olisqueó amistosamente—. Seguro que se han quedado atascados en el tráfico, o quizá les haya entrado el pánico al recibir la orden de evacuación.

—Sí, claro. Puede ser. O quizá estén en otro pueblo y no hayan podido volver a Paraíso. Supongo que han cortado el tráfico en dirección al incendio —sugirió Lucas.

El asfalto de la calle dio paso a un suelo de grava, y a los lados empecé a ver menos casas y más árboles. Giramos y seguimos un estrecho camino que ascendía por una escarpada colina. En lo alto había un edificio largo y bajo. Al acercarnos oí el ladrido de algunos perros. Estaba claro que los dos perros nuevos también los oían. El edificio tenía una puerta de cristal. En cuanto Olivia la abrió, se nos echó encima el intenso olor de numerosos perros y gatos. La nueva hembra estaba meneando

97

el rabo con fuerza, pero Gus no parecía muy convencido. Yo estaba con mi chico, así que entré en el edificio sin miedo, siguiéndolos a él y a Olivia.

—¿Hola? —dijo Olivia, levantando la voz.

Una mujer bajita con el cabello largo de color claro salió enseguida por una puerta y abrazó a Olivia.

—¡Oh, Dios mío! ¿Qué haces aquí, Olivia?

—Lucas, esta es Diane. Diane, este es Lucas, mi marido.

—¡Oh! —exclamó Lucas al recibir el abrazo de la mujer. Parecía sorprendido—. Encantado de conocerte, Diane.

Diane. Se limpió los ojos y soltó una risita.

—Lo siento, es que estoy tan asustada…

Gus estaba olisqueando un sofá junto a una pared, como si estuviera a punto de levantar la pata. Muchos perros machos marcan el territorio cuando oyen ladridos. Yo eso no lo hago.

Cuando le olisqueé la mano a Diane vi que olía a perros y a gatos, y a lágrimas.

98

—Esta es nuestra perra, Bella —le dijo Olivia a Diane—. Y estos dos son Gus y Trixie, y los hemos encontrado abandonados por sus dueños en sus patios.

Diane asintió.

—Las órdenes de evacuación llegaron de pronto, y obligaron a todo el mundo a marcharse; fue un caos. Dijeron que nadie podía llevarse a sus perros. Fue horrible. Tenemos ocho perros y más de una docena de gatos que ayer no estaban aquí.

—Eso es ridículo —protestó Lucas—. ¿Qué importancia podría tener que la gente se llevara o no a sus perros?

Diane se encogió de hombros.

—Yo creo que la mayoría lo veía así, pero todo el mundo les estaba dando órdenes a voz en grito. La gente entró en pánico. El *sheriff* vino y me dijo que tenía que irme inmediatamente, pero yo le dije: «¿Y los animales?». Y no me supo responder. Así que…

Volvió a encogerse de hombros.

Olivia se agachó y acarició a Gus, que meneó el rabo y me

miró, y yo a mi vez respondí agitando la cola en un movimiento reflejo.

—Bueno, estos dos son un encanto. No te darán ningún problema.

—Les encontraremos un hueco —dijo Diane.

—¿Cuándo los evacuarán? —preguntó Olivia.

Diane la miró fijamente.

—No los evacuarán.

—¿Qué? —respondió Olivia, conteniendo una exclamación.

—Mi hermano ha ido al pueblo a ver si encontraba a alguien que nos ayudara. Mucha gente ha decidido quedarse a salvar el pueblo. Vamos a intentar evitar que se queme el edificio, porque si eso ocurre, perderemos a todos los animales que están aquí.

Lucas dio una palmadita al teléfono que llevaba al cinto.

—Seguro que lo conseguís. He oído que el fuego aún está muy lejos. ¿Tribute Ridge? Quizá no llegue hasta aquí.

—¿Tribute Ridge? —replicó Diane, poniéndose rígida de pronto—. Eso está a solo treinta y cinco kilómetros de aquí. Pensaba que estaba en el monte Sherwood.

La verdad es que no conozco la zona.

—Nos quedaremos a ayudaros —decidió Olivia—. No te preocupes.

Lucas se la quedó mirando.

—¿Quedarnos a ayudarlos? —repitió—. ¿No acabábamos de decidir que subiríamos a los camiones de la Guardia Nacional en cuanto llegaran?

Observé que la hembra miraba en dirección al lugar del que procedían todos aquellos ladridos, con las orejas alerta, inclinando la cabeza hacia uno y otro lado. Había muchos perros asustados en la parte trasera del edificio.

—No podemos dejar que estos animales se quemen vivos —le imploró Olivia. Gus se dejó caer en el suelo con un suspiro, aparentemente ajeno a los ladridos angustiados que se oían al fondo del pasillo.

Lucas frunció el ceño.

—Olivia…

—Ya has oído a la gente del pueblo diciendo lo mismo que nos acaba de decir Diane. Unos cuantos se van a quedar. Van a luchar contra el fuego. Deberíamos ayudar.

—Lo hacen porque esto es su casa.

—Pero ¡se trata de animales inocentes!

Lucas miró a Olivia un buen rato. Ambos transmitían fuertes emociones, pero yo no tenía claro si era miedo o rabia. Los otros dos perros no parecían prestar atención a las personas.

—Lucas tiene razón —objetó Diane suavemente—. Este es nuestro pueblo, no el tuyo.

Lucas y Olivia seguían mirándose el uno a la otra, haciendo esa cosa de hablar sin palabras. Hasta que mi chico se dirigió a la ventana y miró al exterior.

—De acuerdo. Pues entonces creo que lo que hay que hacer es talar los árboles más próximos al edificio. Y quitar la valla de madera. Quizá… —Se giró hacia Olivia—. La verdad es que no lo sé. Pero es lo que decía el tipo ese que estaba en la reunión, el que va a quedarse a combatir el fuego. Hacer un cortafuegos.

—Bien —dijo Olivia—. Y tendríamos que avisar a Mack por radio. Quizá el departamento de bomberos nos pueda ayudar.

—Y no te olvides de mi hermano —le recordó Diane—. Tiene motosierras, y sus amigos también.

Los tres se sentaron en torno a una mesa. Yo no tenía muy claro qué se suponía que debía hacer con los dos perros que se nos habían unido recientemente. No iban a formar parte de mi manada de forma permanente, ¿no? Ellos reaccionaron a todo aquel movimiento por parte de los humanos metiéndose en sendos camastros mullidos, pero yo seguí a mi chico y me senté bajo la mesa, a sus pies, como una perra buena y fiel.

Oí el mismo ruido de antes, como un crujido. Lucas habló por el teléfono.

—Necesito contactar con Mack Fletcher. Soy Lucas Ray.

—*Emergencias: ¿desde dónde llama?*

—*¡Hay fuego a ambos lados de la calle!*

—*¿Dónde se encuentra, señora?*

—*¡En Katsen Road, junto al colegio!*

—*Tiene que evacuar...*

—*¡No puedo! ¡Hay fuego por todas partes! ¡Tienen que ayudarme!*

—¿Katsen Road? —exclamó Diane—. Es donde vivo yo. ¡Es aquí al lado!

—*Teniente.*

Lucas miró a Olivia.

—*Ese es un bombero.*

—*Aquí el teniente Gibbens. Adelante.*

—*Teniente, aquí Jordi. La ladera está en llamas, señor. ¡Parece una colada de lava!*

—*Pasa al canal cinco, Jordi.*

—*¡Hay gente en coche con los neumáticos en llamas!*

—*¡Jordi! ¡Canal cinco, ahora mismo!*

Lucas, Olivia y Diane salieron corriendo por la puerta principal y yo les seguí. Los otros dos perros se quedaron dentro. Todo el mundo miraba al cielo.

—¿Por qué está de color naranja? —preguntó Diane, conteniendo la respiración.

—Es por el fuego —respondió Lucas, compungido—. Pensé que aún estaría lejos —añadió, con el teléfono junto al rostro—. Mack Fletcher, Mack Fletcher, por favor.

—*Estoy buscando a Fletcher. Un momento.*

—*Emergencias. ¿Desde dónde llama?*

—*¡Estoy atrapada en mi casa! Aquí fuera todo está en llamas. ¡Silver Road, 891!*

—*¿Lucas? Cambia al canal veinte.*

Lucas tocó algo del teléfono.

—¿Mack?

—*Hey, ¿dónde estáis, chicos? ¿Estáis bien?*

—Estamos en el refugio de animales. Escucha, esto está lleno de mascotas abandonadas.

—*Tenemos que sacaros de ahí, Lucas. El fuego se acerca más rápido de lo que se podía pensar. Los camiones de la Guardia Nacional llegarán muy pronto. ¿Podéis llegar hasta el puesto de mando o tenemos que ir a buscaros?*

Lucas y Olivia se miraron. Lucas se llevó el teléfono a la boca.

—Mack, yo... lo siento. No podemos irnos.

—*Repíteme eso...*

Olivia se echó hacia delante.

—No podemos dejar que estos animales mueran calcinados, Mack.

Hubo un largo silencio.

—*¿Habéis dicho el refugio de animales?*

—Sí —respondió Lucas.

—*Quedaos ahí. Ahora vengo.*

11

Mientras estábamos en el patio delantero, llegaron dos camionetas traqueteando por el camino. Yo tiré de mi correa, interesada porque la parte trasera de la primera estaba llena de perros, que se pusieron a ladrar cuando me vieron.

Diane saludó con el brazo, sonriendo.

—Ese es mi hermano, Dave.

Las camionetas frenaron con un sonoro chirrido. Un hombre salió de la parte delantera y abrió el cajón de la ranchera. Los perros saltaron al suelo. Nada más bajar dos de ellos se pusieron a pelear, ambos machos grandes, mordisqueándose e intentando subirse el uno al lomo del otro. Yo observé en tensión, con el pelo del lomo erizado. Los otros perros rodearon a los contendientes, inquietos.

—¡Eh! ¡Eh! —gritó el hombre.

Las personas siempre avivan aún más las peleas de los perros, azuzándolos.

Diane se acercó corriendo y los dos perros macho se separaron. Agarró a uno de ellos del collar y el hombre que había gritado agarró al otro. Ambos perros seguían gruñendo, pero era evidente que se sentían aliviados de haber sido apartados de la riña.

Comprendí por qué se habían enzarzado en aquella pelea; la tensión que desprendían aquellas personas era casi insoportable. Pasaba algo, algo terrible y que iba más allá de la comprensión canina, y nos estaba asustando a todos. Levanté la vista y miré a Lucas, buscando una explicación.

—No lo entiendo —dijo el hombre, mientras arrastraba al macho grande hacia donde estábamos nosotros—. En la camioneta estaban perfectamente.

Diane les puso la correa a dos de los nuevos perros, cruzó la valla y se los llevó a la casa. El hombre recién llegado la siguió, con el gran perro negro que se había peleado cogido del collar. El perro me miró mientras se lo llevaban. El resto de los perros no sabía qué hacer; se olisquearon unos a otros y se pusieron a dar vueltas, bien juntos, como una manada. Siguieron a Diane, la puerta se cerró tras ellos y yo me quedé con mi chico.

Del segundo camión bajaron otros hombres, y yo agité el rabo, porque reconocí el olor de uno de ellos: era Manos de Asado, el lugareño enfadado de antes. Le tendió su mano deliciosamente aromática a Lucas.

—Eh —le saludó—. Os he visto antes en la carpa de la tarima. Me llamo Scott, Scott Lansing.

—Lucas Ray —respondió Lucas. Yo levanté la vista al oírle decir su nombre—. Esta es mi esposa, Olivia.

Todo el mundo forcejeó solo con las manos por un momento. Manos de Asado señaló a sus amigos con la mano.

—David nos ha dicho que vais a hacer un cortafuegos en torno al refugio. Hemos venido a ayudar.

—Muchas gracias —respondió Olivia.

—Bueno, hemos traído varias motosierras, hachas y palas —dijo Manos de Asado, con aire decidido—. Plantaremos batalla. Nadie va a decirnos que tenemos que dejar que el pueblo se queme, sin más. Estas son nuestras casas, nuestras vidas. Quizá no podamos salvarlo todo, pero vamos a intentarlo. Tengo seis hombres, contándome a mí. Todos nos criamos en Paraíso.

Mi chico asintió.

—Toda la ayuda es bien recibida. Nosotros tampoco podemos marcharnos. Si este edificio arde, todos los animales del refugio morirán quemados.

—Es lo que nos ha dicho Dave —respondió Manos de Asado, asintiendo—. Haremos que esta sea una de nuestras prioridades, lo prometo.

Los otros hombres estaban descargando objetos de metal de su camioneta. Percibí un olor a aceite y a tierra. Dejaron caer pesadamente sus cosas en el suelo.

Oí algo acercándose, y esperé pacientemente a que Lucas y Olivia también lo oyeran. Por fin apareció en el camino un enorme camión. ¡Meneé el rabo porque yo había estado en ese camión! Pero esta vez no había nadie encima, solo el conductor y Mack, que saltó por la puerta abierta en cuanto se detuvo. Se nos acercó y yo moví la cola con más fuerza y le lamí las manos para darle la bienvenida. Él observó a los hombres de las dos camionetas, que se llevaban sus pesadas herramientas hacia los árboles que había frente al edificio de los gatos y los perros, y se giró hacia nosotros con una sonrisa en el rostro.

—Aquí está vuestra carroza —anunció.

Lucas y Olivia se miraron.

—Mack… —dijo Olivia, buscando las palabras.

Mack levantó una mano.

—Mira, ya sé lo que intentáis hacer. Pero yo he sido entrenado para esto, y no voy a quedarme. Todo el mundo se va.

—Todo el mundo no. Hay perros y gatos y un par de conejos ahí dentro —respondió Lucas con brusquedad—. Si nos vamos y el fuego llega hasta aquí, se quemarán vivos.

Mack se lo quedó mirando muy serio.

—El fuego llegará hasta aquí, Lucas. Y los animales no serán los únicos que mueran quemados.

Uno de los hombres de los camiones se acercó a la casa de los perros que ladraban y dio un tirón a la herramienta que llevaba en la mano. De pronto se oyó un sonoro rugido mecánico. Se agachó junto a la base de un árbol y el rugido adquirió un tono más profundo. No me gustó aquel sonido. Más allá de la pequeña arboleda que había justo donde se habían reunido los hombres con sus máquinas de metal se abría un prado que descendía ladera abajo hasta el camino de tierra. Al otro lado del camino había muchos árboles.

Mack y Lucas parecían tensos, lo cual me intranquilizó. Dejaron de hablar y todos nos quedamos mirando, mientras otras máquinas se unían a aquel coro de ruidos.

Oí un crujido y un momento más tarde un árbol fino cayó ante el ataque de uno de los hombres y su máquina, impactando en el suelo con un golpetazo sordo. Luego cayó otro. De algún modo, las máquinas que llevaban en las manos iban abatiendo todos los árboles, que quedaban a sus pies.

Mack asintió al ver aquello y luego miró de nuevo a Lucas.

—Oye, esta gente vive aquí, es su casa. Y entiendo que no se quieran ir, que no se vayan. Quizá si yo viviera aquí pensara lo mismo. Pero vosotros dos tenéis que venir conmigo. El fuego estará a una hora de aquí como mucho. En este momento no está en absoluto controlado, y cuando llegue aquí dicen que quemará dos millones y medio de hectáreas de bosque de las Rocosas. Eso equivale a la extensión de Nueva Jersey. Esto no es un simple incendio, es un infierno. Las llamas y el calor no se pueden detener.

—¿Sabemos cómo empezó? —preguntó Lucas.

Mack meneó la cabeza, muy serio.

—Parece que este, el de Colorado, fue provocado un par de días después de que empezara el de Wyoming.

—Increíble —exclamó Olivia, indignada.

—El de Wyoming sabemos que se produjo al caer un camión cisterna por un terraplén, justo donde estaban haciendo una quema controlada. Cuando quisieron darse cuenta, ya había llegado a Idaho. Y ahora es todo el mismo incendio, ¿os dais cuenta? ¿Entendéis de lo que estamos hablando? Llamadlo sequía, llamadlo cambio climático, o quizá es que no hayamos estado gestionando bien los bosques. Pero, sea lo que sea, nunca se ha visto nada igual.

Lucas asintió.

—Entiendo, Mack. Pero nosotros solo estamos hablando de un edificio, este. Creo que no nos pasará nada.

—Por Dios, Lucas.

—Mack —insistió Olivia—, estos animales están atrapados

en este sitio, y no es culpa suya. Han sido abandonados por sus dueños o se han perdido. Están indefensos.

—¡Oye, Mack! —gritó el conductor del camión grande. Mack se giró y lo miró—. Los camiones de la Guardia Nacional acaban de llegar. Ha empezado la evacuación. Tenemos que irnos.

—¡Dame un minuto! —le respondió Mack. Yo percibía la tensión en el ambiente—. ¿Y si los soltáis? —dijo, dirigiéndose a Olivia—. A los animales, quiero decir. ¿Su instinto no los hará huir de las llamas?

—El instinto de un perro le lleva a quedarse con la gente —respondió Olivia con voz suave.

Ahora todas las máquinas rugían al unísono y los hombres estaban muy atareados atacando a los árboles, que temblaban hasta caer. Eran grandes coníferas, llenas de ramas, y cuando caían una nube de polvo se unía al humo y salía volando impulsada por el fuerte viento.

—¡Mack! —gritó el conductor una vez más.

Mack miró a los ojos a Lucas y a Olivia.

107

—¿De verdad os vais a quedar aquí? ¿A pesar de todo lo que os acabo de decir?

Olivia señaló al lugar donde estaban los hombres con sus ruidosas máquinas.

—Ellos se quedan. Diane y su hermano se quedan. ¿Qué tipo de persona sería si no ayudara a proteger un refugio lleno de mascotas abandonadas?

Mack miró a Lucas, que se encogió de hombros.

—Cuando mi mujer decide algo, es como si echara el freno de mano. Y yo no voy a dejarla sola en esto. Aquí tienes tu radio.

Mack miró fijamente a mi chico y cogió el teléfono.

—Hace mucho tiempo decidí que dedicaría mi vida a la protección de los animales —añadió Olivia—. No siempre es bonito, no siempre es fácil. Pero contamos con ayuda. No nos pasará nada.

Lucas le puso una mano en el hombro a Mack.

—Vete, Mack. Eres un buen hombre. Nosotros nos encargamos de esto.

—¡Mack! —gritó el conductor, desesperado—. ¡El capitán dice que tenemos que volver ya! ¡Date prisa!

Sacudiendo la cabeza, Mack se giró y volvió junto al gran camión. Se subió al lateral, metió la cabeza y le dijo algo al conductor. Hablaron animadamente un momento. Yo le observé, nerviosa: ¿se iba a ir Mack? ¿No íbamos a subir todos al camión para dar un paseo?

Lucas no se movió.

—¿Qué estará pasando? —le murmuró a Olivia.

—Parece que discuten. ¿Tú crees que están hablando de enviarnos al *sheriff* para que nos detenga? ¿Para que nos obligue a marcharnos?

Lucas negó con la cabeza.

—No, no me lo imagino.

Mack volvió a bajar y, con un sonoro bramido, el gran camión cobró vida y giró en la pequeña explanada, pasando por encima del césped y luego tomando el camino de salida. Mack se quedó allí de pie, observando cómo se iba. Luego, aparentemente abatido, volvió hasta donde estábamos.

Yo meneé el rabo, contenta porque había vuelto.

—¿Qué estás haciendo, Mack? —le preguntó Lucas.

Mack se encogió de hombros.

—Si esto va en serio, lo menos que puedo hacer es ayudaros a entender los riesgos que estáis corriendo. Les he dicho que me dieran media hora, que enviaran a alguien a buscarme cuando estuvieran listos para marcharse. En cualquier caso, los bomberos siempre son los últimos en marcharse.

—Gracias, Mack —dijo Olivia.

—Os diré algo —respondió él, muy serio—. Me enorgullece trabajar a vuestro lado. Sois unos guerreros. Pero eso no significa que esté de acuerdo con la decisión que habéis tomado. Estáis corriendo un riesgo enorme. Un riesgo mortal.

Olivia se enjugó las lágrimas. Yo meneé el rabo, no muy convencida. Esas tres personas destilaban un montón de emociones, todas terribles. Era ese lugar, con todo ese humo y el viento, lo que les causaba toda aquella angustia, estaba segura. Y no entendía por qué no nos íbamos, sin más.

Mack juntó las manos en una palmada.

—Vale, Lucas, quiero que me acompañes. Parece que esos tipos están haciendo lo correcto, talando los árboles que hay junto a la estructura. Esperemos que consigan cortarlos todos.

—¿Yo qué puedo hacer? —preguntó Olivia.

Mack le sonrió.

—Por lo que he visto, hay un montón de cosas que puedes hacer, Olivia. Bueno, lo primero es apartar cualquier cosa inflamable que esté cerca de las ventanas y llevarla al interior. Quita las cortinas. Cierra las ventanas y llena de agua todos los recipientes que encuentres.

—En otras palabras, ocúpate de las labores domésticas —dijo Lucas.

Olivia arqueó las cejas.

—Venga, hombre. ¿De verdad vas a soltarme eso ahora?

—¡Ups! —respondió Lucas, mirando a Mack con una mueca de dolor en el rostro. Mack soltó una risita.

Olivia le dio la espalda a Lucas deliberadamente.

—¿Y por qué tenemos que llenar recipientes de agua? ¿No sería más inteligente abrir la manguera y mantener húmedo el edificio?

Mack negó con la cabeza.

—El agua no es para combatir las llamas. Es para beber. Supongo que muy pronto perderemos presión y entonces la manguera no servirá de nada. El agua de las tuberías se calentará y tendremos sed.

—Ya entiendo.

Olivia dio media vuelta, se fue al interior y yo bostecé, nerviosa, sin entender qué estaba haciendo.

No me gustaba que se fuera, ni tampoco me gustaba el potente zumbido de aquellas máquinas, el viento ni el humo. No me gustaba que hubiera un edificio lleno de perros que ladraban asustados.

Me junté a mi chico, confiando en que, mientras estuviera con Lucas, no podría pasarnos nada malo.

—Vale —dijo Lucas, muy serio—. Sé honesto conmigo, Mack. ¿Qué posibilidades tenemos?

Mack le miró muy serio.

—¿Quieres que sea honesto? La cosa pinta muy mal. El viento viene del norte y arrastra el fuego hacia aquí. Lo que intentan hacer esos chicos es muy loable, pero son unos ilusos si creen que pueden salvar el pueblo.

Lucas tragó saliva.

—Entiendo. ¿Y qué hay de esto? ¿Podemos salvar el refugio?

—No.

Los dos se miraron fijamente.

Mack suspiró.

—¿Puedes hablar con ella? Con tu esposa. Tienes que hacerle ver que esto es inútil.

110   Lucas se giró y miró hacia la puerta por la que había entrado Olivia.

—No he conocido nunca a nadie con un corazón tan grande cuando se trata de animales. Si abandonáramos a estos animales en pleno incendio, no podría vivir tranquila nunca más.

Yo le puse el morro en la mano a mi chico, pero él no reaccionó. Estaba abatido, y yo no conseguía animarle.

—¿Y sacrificarlos? ¿No sería lo mejor?

—No sé si tendrán las inyecciones suficientes, quizá no tengan ninguna. Y… Dios, ¿te imaginas hacer algo así?

—Bueno, ya sabes lo que va a pasar si no podéis salvar el refugio. Olivia y tú habréis muerto para nada.

Lucas seguía mirando el edificio. Yo miré en la misma dirección, pero Olivia no salía.

—Cuando te vayas, ¿te puedes llevar a Bella? —murmuró, en voz baja. Mack se lo quedó mirando un buen rato—. No querría que muriera así.

—Escucha lo que estás diciendo, tío.

—Sé exactamente lo que estoy diciendo.

Mack cogió aire y luego lo soltó silbando. Era un sonido muy triste.

—Te diré lo que vamos a hacer. Vamos a recorrer el perímetro, echar un vistazo a vuestras líneas de defensa y te diré cómo lo veo.

12

Yo pensaba que íbamos a esperar a que Olivia volviera a salir, pero en lugar de eso Lucas y Mack echaron a caminar a paso ligero, a cierta distancia del edificio. Giramos la esquina, Mack se paró y señaló.

—Vale, aquí tenéis un grave problema.

—¿La leña?

Mack asintió.

—¿Y si traslado los troncos?

Mack frunció los labios.

—Tendrías que trasladarla toda. Cualquier cosa que sea inflamable. Hasta los trozos de corteza.

Lucas asintió.

—¿Y dónde la pongo?

Mack suspiró, dio media vuelta y miró en dirección al camino. Habría que llevársela y tirarla en el bosque, al otro lado de la carretera, supongo. Donde la vegetación es menos densa.

Lucas se agachó a recoger un palo y yo observé con interés, aunque era demasiado grueso como para que pudiera recogerlo con la boca. Mack le tocó el brazo a Lucas.

—Veamos primero todo lo demás. Así podremos decidir qué es lo más urgente.

Mack y Lucas echaron a caminar otra vez, así que me puse en pie para seguirles. Me llevaron hasta la parte de atrás del edificio, donde percibí el olor de muchos perros, aunque no veía ninguno. Había una fila de jaulas que recorría todo el patio. Mack asintió.

—Vale, esto me gusta. Las jaulas de la perrera se alargan en perpendicular a la fachada, suelos de cemento y vallas de alambrada. Aquí lo único que podría arder son las casetas de los perros que hay dentro de las jaulas y la hierba en el otro lado de la superficie de cemento. Si caváis una zanja en la parte trasera de estas jaulas y amontonáis la tierra, evitaríais que el fuego se extendiera por la hierba y llegara al refugio. Las jaulas son un buen cortafuegos.

—Me estás diciendo que esta zona no puede arder.

Mack negó con la cabeza.

—No. Estoy diciendo que se puede defender. Es muy diferente. Tenéis que sacar todas las casetas de los perros y llevároslas al mismo sitio donde tiréis la leña.

—Vale. Tomo nota.

Mack miró a Lucas y parpadeó. Parecía que iba a decir algo más, pero luego se giró.

Era un paseo muy raro, con todas esas pausas y toda esa charla, como si estuviéramos otra vez en una sala con urnas de cristal y olor a humedad, viendo gatos muertos en pie.

Seguimos por el otro lado del edificio. Mack miró a Lucas y sonrió.

—Un golpe de suerte. Este patio es grande y me gusta la pista de voleibol con el suelo de arena. Os proporciona un enorme cortafuegos: las llamas se detendrán al borde de la arena y tenéis unos cinco metros de cemento que tampoco arderá. Además, podéis echar arena sobre el tejado para apagar las brasas.

—Vale. Así que primero la leña. Luego las casetas de los perros —dijo Lucas, repasando—. Aquí tenemos más de diez metros de espacio defendible, así que por este lado estamos bien.

Mack asintió.

—Aun así necesitáis cavar una zanja en torno a todo el edificio y poner toda la tierra en el lado de la estructura, pero debo decir que las jaulas de atrás y la zona de juegos de este lado están muy bien. Si tuviera que escoger un lugar para intentar defenderme del mayor incendio de la historia de Estados Unidos, este podría ser el elegido.

113

—¿Así que tenemos buenas posibilidades?

Mack no parecía nada animado.

—No. Sigue siendo una locura.

Lucas dejó que tirara de él hasta el otro lado de la ancha franja de cemento, donde se extendía la superficie de arena, llena de olores interesantes. Los gatos habían usado ese sitio durante mucho tiempo. ¡Era como una enorme caja de arena para gatos!

Lucas le dio una patada al suelo, esparciendo nuevos olores.

—Una vez trasladada la leña al otro lado no debería haber hierba debajo. Solo tierra. Eso es otro cortafuegos.

—Sí, claro. Pero si prenden los árboles, el aire se va a llenar de brasas volando en todas direcciones. Por el lado de la carretera tienes treinta metros de césped seco que llega hasta un edificio de madera. Defender tres lados no valdrá de mucho si el frente avanza.

—Vale.

114   Hice «sienta», pero no porque esperara ninguna golosina. A veces los perros hacen «sienta» porque sí.

—Incluso aquí, en la pista de voleibol, vas a tener que arrastrar la mesa de pícnic hasta el otro lado de la carretera, y sacar el depósito de gas de debajo de la barbacoa y llevártelo tan lejos como puedas.

—Muy bien.

Completamos nuestro paseo regresando a la parte de delante. Manos de Asado y sus amigos seguían arremetiendo contra los árboles. Fuimos con ellos, apagaron sus ruidosas máquinas y se nos quedaron mirando.

—Lo que estáis haciendo está perfecto, buen trabajo —les informó Mack—. Pero luego tenéis que llevaros estos árboles caídos al otro lado de la carretera. La carretera es vuestro cortafuegos natural y es ahí donde tenéis que haceros fuertes. —Mack le tendió la mano—. Mack Fletcher.

El hombre que olía a carne se quitó las gafas de la cara, se secó la frente con el antebrazo y le dio la mano.

—Scott. Scott Lansing.

Se me ocurrió que «Scott» debía de ser el nombre de ese hombre.

—Yo empezaré con la leña —anunció Lucas, y nos fuimos, dejando a Mack con los otros.

Lo que hicimos a continuación no parecía tener ningún sentido. Lucas cogía un puñado de madera tan grande que no podía evitar gruñir por el peso, y luego iba prácticamente corriendo, colina abajo, hasta el otro lado de la carretera, para dejar caer el montón de madera entre los árboles y luego volver atrás. Me había soltado la correa y era divertido galopar al lado de mi chico, pero por lo demás no entendía nada. Cuando estábamos entre los árboles y dejaba caer aquellos palos tan grandes, yo intentaba buscar uno lo suficientemente delgado como para poder agarrarlo, pero cuando lo hacía e iba corriendo hasta Lucas, él no se mostraba en absoluto interesado en lo que llevaba en la boca. Los juegos casi siempre son más divertidos cuando participa un perro, pero a veces las personas no se dan cuenta de ello.

Al poco tiempo, Olivia vino a participar en el juego. No corrían juntos, sino que hacían carreras por separado, arriba y abajo, arriba y abajo.

—Desde luego, hoy no hace falta que vaya al gimnasio —dijo Lucas, jadeando.

—Quizá debieras meterte en casa y hacer las labores domésticas —respondió ella, socarrona.

—Espero muy mucho que acabes olvidando que he dicho eso.

—Ya veremos.

A veces pasábamos junto a Mack, Scott y sus amigos, que carreteaban un tronco caído hasta el otro lado de la carretera.

El viento racheado seguía transportando un fuerte olor a madera quemada. Y aunque mis sentidos me decían que aún era de día, la luz iba desapareciendo, como si estuviera anocheciendo antes de tiempo. Cuando acabaron con el montón de palos, Lucas y Olivia se pararon a beber agua y me pusieron un poco en un cuenco para que pudiera beber yo. Luego en-

115

tramos en la casa de los perros que ladraban. El pelo del lomo se me erizó. No podía evitarlo: las voces de los perros, que se superponían unas a otras, transmitían una terrible sensación de miedo y de abandono, porque olían el fuego y estaban en un lugar extraño, sin los suyos. Los gatos también estaban tensos; ellos no ladraban simplemente porque no sabían.

Cruzamos la sala, que había cambiado mucho: ahora todos los muebles estaban en el centro, y Olivia y Lucas tuvieron que rodearlos para llegar a la puerta de atrás. Salimos al exterior, a un lugar donde era evidente que muchos perros habían pasado muchas noches. Eran las jaulas que había visto antes. Olivia se agachó junto a una caseta muy pequeña y por un momento me temí que me dijera «a dormir», porque era minúscula.

—¿Necesitas ayuda con eso? —le preguntó Lucas, viendo que la levantaba del suelo. Olivia hizo que no con la cabeza. Lucas entró en la jaula siguiente y cogió otra caseta más grande, que se llevó medio en brazos, medio a rastras, atravesando la casa de los perros que ladraban y sacándola por la puerta delantera para luego seguir ladera abajo hasta el bosque.

Muy pronto, uno de los amigos de Scott vino a ayudarnos, y él y Lucas se llevaron las casetas más grandes, cargándolas entre los dos, mientras Olivia se ocupaba de las más pequeñas.

Después de beber un poco más, volvimos a la gran caja de arena para gatos al aire libre. Olivia encontró un cubo, que llenó de arena con una pala. Luego, resoplando un poco, llevó el cubo a la parte delantera de la casa, donde Mack había colocado una escalera. Subió poco a poco, agarrándose con fuerza a cada peldaño, y subió la arena al tejado, donde la tiró. Muy pronto, Mack vino en su ayuda, cargando él también cubos de arena, subiendo y bajando, y echando la arena sobre el tejado de la casa de los perros que ladraban.

Ahí arriba debía de haber muchos gatos.

—¡Lucas! ¡Ven aquí arriba y limpia estos desagües! —gritó Mack desde lo alto.

Yo observé, agitada, mientras mi chico subía por la escalera.

Apoyé las patas delanteras en los peldaños, pero no sabía cómo subir por ahí. El humo estaba volviéndose más denso, Lucas, Olivia y Mack se habían alejado de mí y no podía ir a su lado. Hice un buen «sienta» y esperé, gimiendo de los nervios.

Debieron de oírme, porque los tres volvieron a bajar. Yo meneé el rabo, buscando sus manos con el morro, aunque ellos no se dieron cuenta de lo buena que había sido. Seguramente no habrían visto mi «sienta».

Estaban los tres muy juntos. Lucas resoplaba. Olivia le puso una mano en el hombro, preocupada, y él meneó la cabeza.

—No, estoy bien. Solo un poco mareado —dijo, mirándose la muñeca. Luego miró a Mack—. ¿Tú no tendrías que irte?

Mack se frotó la cara.

—Empiezo a sentirme prudentemente optimista con respecto a nuestras posibilidades.

—¿Nuestras posibilidades?

Mack sonrió con ganas.

—¿Os creéis que voy a dejar que os divirtáis solos, sin mí?

—Mack…

Mack dio una palmada al aire.

—Ve a buscar el depósito de gas. Yo voy a ayudar a estos chicos a trasladar los árboles que quedan. Olivia…

—¿Más arena?

—Lo has adivinado. Es de gran importancia, te lo aseguro.

Seguí a Lucas por la zona de cemento junto a la caja de arena para gatos. Él levantó la tapa de una caja de metal que olía delicioso. Del interior salió un sugerente aroma a carne cocinada tiempo atrás. Pero Lucas no había ido hasta ahí para cocinar. Tiró de una enorme bola de metal blanco que había debajo. Luego nos dimos un paseo, pero esta vez seguimos la carretera un buen rato, hasta un lugar en el que ya no detectaba el olor de Olivia ni el de ninguno de los hombres, aunque aún oía el furioso rugido de las máquinas cortando los árboles. Lucas dejó la bombona en una zona arenosa al otro lado de la carretera, lejos de los árboles, y los dos volvimos a paso ligero. Resoplaba sonoramente, jadeando. Hacía más

117

calor que antes, y estaba más oscuro. Él se llevaba la mano a la boca, tosiendo, y yo empezaba a preocuparme.

Cuando llegamos otra vez al edificio, los hombres de los camiones estaban cavando en la explanada de la entrada con sus palas. Aquello me intrigó, especialmente cuando arrancaron un arbusto de raíz, se lo llevaron ladera abajo y, cómo no, lo tiraron al bosque.

Muy pronto, la mujer llamada Diane empezó a distribuir grandes botellas de plástico llenas de agua. Todos los hombres tosían y jadeaban. Cogieron las botellas y les dieron grandes tragos de agua.

—Empezaré a cavar la zanja de atrás —anunció Lucas.

—¿Cómo están los animales? —le preguntó a Diane el hombre llamado Dave.

—Aterrados —respondió ella.

El teléfono que Mack llevaba al cinto hizo un ruido y él lo cogió.

—Fletcher —dijo. Todo el mundo interrumpió lo que estaba haciendo para escuchar—. Fletcher. Pasa al canal cinco.

Oí aquel ruido raro y miré a Lucas; me devolvió la mirada.

—Fletcher —dijo Mack otra vez.

Yo me senté y me rasqué la oreja.

—*Mack, ¿has perdido la cabeza? Todo esto va a quedar arrasado. Estamos evacuando. Ven aquí inmediatamente.*

—Aquí me necesitan, capitán.

¿Íbamos a quedarnos allí? Doblé las piernas en posición de siesta.

—*Nos vamos dentro de veinte minutos. ¿Me oyes? Haz lo que tengas que hacer, pero si no estás aquí dentro de veinte minutos, te quedas. ¿Me recibes? No podemos esperarte.*

—Recibido. ¿Capitán?

—*¿Sí, Mack?*

—Buena suerte, señor. Ha sido… un honor trabajar para usted. Me dio una oportunidad cuando estoy seguro de que muchos otros no lo habrían hecho.

—*Por Dios, Mack. No sé qué decir.*

—Es mi decisión, señor.

—*Pues… cuídate, hijo.*

Pasó un buen rato sin que nadie hablara. Todos se miraban, unos a otros, y sentí el miedo que desprendían por todos los poros. Luego Scott soltó su vaso de papel.

—Bueno, no podemos quedarnos aquí más tiempo. Ahora vamos abajo, a intentar salvar todas las estructuras que podamos.

—Habéis hecho un buen trabajo —le dijo Mack—. Ahora solo quedan la hierba y los tocones.

—Muchas gracias a todos —añadió Olivia.

Poco después, los hombres empezaron a cargar sus máquinas en la camioneta con un sonoro repiqueteo metálico.

—Scott, espera un segundo, ¿quieres? —dijo Lucas, levantando la voz. Scott le miró, asintió y se quedó esperando junto a la camioneta.

Lucas se acercó a Mack.

—Mack, ¿puedo decirte una cosa? —dijo, y dieron unos pasos. Yo los seguí—. Ya sabes que aún puedes salir de esta ratonera —añadió, en voz baja—. Ve con Scott, súbete a uno de los últimos camiones. Tienes veinte minutos, ¿no?

—Quizá sí —gruñó Mack, que guardó silencio un momento. Tenía la mirada puesta en algo. Luego miró fijamente a los ojos a Lucas—. Supongo que nunca te he contado todo lo que pasó en Afganistán, ¿verdad? Y ahora no es el momento. Pero lo cierto es que yo no estaba ahí cuando pasó lo peor. Me habían enviado a la retaguardia. Para cuando volví al frente, ya había acabado todo. No estaba con mis colegas cuando todo se vino abajo. Eso es lo que me sigue viniendo a la mente si pienso en ello. Eso es lo que no podía dejar de recordar cuando iba a la Asociación de Veteranos. No quiero que me pase lo mismo otra vez. ¿Lo entiendes?

Lucas asintió.

—De acuerdo, Mack.

Scott se acercaba por el camino. El resto de los hombres estaban subiéndose a las camionetas.

—¿Tú te quedas, Dave? —preguntó.

—Sí. Mi hermana —respondió Dave.

—Vale. Volveremos de vez en cuando —le dijo Scott—. Mientras podamos, claro.

Vi como las dos camionetas se alejaban. Las luces quedaban difuminadas entre la niebla. Me pregunté si eso significaría que nosotros también íbamos a irnos pronto. Dave, Lucas y Mack regresaron al patio trasero y se pusieron a cavar por turnos, haciendo un agujero largo y estrecho. Olivia también salió y usó una de las palas un rato. Todos estaban sudando, lo que hacía que me resultara más fácil olerlos, pero los ojos me lagrimeaban por el humo, con lo que cada vez me costaba más distinguirlos, ahora que estaba anocheciendo.

—¿Tenemos que cavar otra zanja en el lado sur? —le preguntó Lucas a Mack, tosiendo.

—No creo. La pista de voleibol y el patio deberían bastar.

—¿Y qué hay del lado norte, donde estaba amontonada la leña?

—Sí, me temo que ahí sí. Justo detrás de donde los troncos han matado la hierba.

—¿Me lo parece a mí o el viento ha amainado un poco? —preguntó Lucas—. Eso es bueno, ¿no? El viento es el principal problema.

—El incendio crea su propio viento. Absorbe oxígeno con tanta fuerza que podría aspirar a un hombre adulto.

—¿Cuánto tiempo crees que tenemos?

—Es difícil saberlo. Pero lo último que he oído es que estaba cerca y viene de este lado del pueblo. Llegará aquí antes que a Paraíso.

Poco a poco empecé a oír un fuerte rugido, como una tormenta que iba cobrando cada vez más fuerza. Miré a Lucas una y otra vez para ver qué debíamos hacer, pero él no dejaba de cavar. Yo también cavé un poco, pero la verdad es que no tenía ningún interés en hacerlo.

Olivia seguía subiendo y bajando del tejado, construyéndose su caja para gatos encima de la casa. Mack y Lucas siguieron cavando, tosiendo, agotados.

Diane salió corriendo desde la puerta trasera y vino a nuestro lado. Sentí su olor antes de verla. Estaba llorando y tosiendo.

—¡Están produciéndose unas explosiones enormes de color naranja en el cielo!

Corrimos hacia la parte delantera y bajamos por la ladera cubierta de hierba hasta la carretera. Los bosques al otro lado de la calzada estaban sumidos en la oscuridad, pero de vez en cuando se producía una explosión que emitía una luz intensa y una oleada de calor me recorría el cuerpo.

—Se nos ha acabado el tiempo —dijo Mack.

13

*P*or un momento, los humanos se quedaron mirando la carretera, mientras el rugido aumentaba de volumen. Todos ellos transmitían miedo, aunque la que más sufría era Diane, que no dejaba de llorar, angustiada. Olivia se acercó a mi chico y le cogió la mano. Una luz intensa atravesó el humo, y el aire cobró vida de pronto, convirtiéndose en una ráfaga de viento que atravesó la explanada silbando en dirección al fuego, para luego volver en dirección contraria, como el aliento de un animal. Parpadeé ante la inesperada ráfaga cargada de partículas y Lucas apartó la cara, tosiendo.

—¡Ahí está! —gritó Mack.

Entonces todos echaron a correr. Del cielo oscuro empezaron a caer palos en llamas y trozos de madera. Dave fue corriendo al edificio, cogió una manguera y roció los trozos más grandes, que crepitaron. Mack se lanzó a por los restos en llamas con su pala y los cubrió de tierra. Las hojas en llamas se perseguían unas a otras como ardillas correteando por los árboles, cruzando la carretera y subiendo por la ladera. Lucas iba a por ellas, pisoteándolas. Olivia bajó por la escalera y fue corriendo con los otros, echando arena por el suelo. Del cielo, cubierto de nubes de humo que parecían chillar, no dejaban de caer partículas en llamas.

Yo me mantuve al lado de mi chico mientras pisaba y pateaba las brasas.

Tenía miedo. Lucas tosía y jadeaba. No dejaba de sudar, y de pronto empezó a llegarme un nuevo olor procedente de sus pies, de los que salía humo. Sabía que las brasas y las hojas en llamas eran malas porque él no dejaba de patearlas con rabia, pero había muchísimas. Cuando una estuvo a punto de darme en el rabo me giré de golpe y di un mordisco al aire.

—¡Lucas! —gritó Olivia desde el tejado—. ¡Deja de pisar el fuego, se te están fundiendo las botas!

Lucas la miró y luego se miró los pies.

—¡Aquí! —le gritó Dave, que se acercó y le lanzó agua a los zapatos. Yo arrugué el morro al percibir ese olor químico—. ¡Hay una pala de nieve en el armario de la entrada!

Entré a la casa a la carrera, siguiendo a Lucas. Era consciente de que Diane estaba atrás, con todos esos perros que ladraban. Mi chico cogió una pala ancha y plana, como la que usaba en invierno. Salió corriendo otra vez y se puso a golpear las hojas en llamas con su pala.

—¡El agua ha perdido presión! —gritó Dave, dejando caer la manguera.

Yo me encogí y me sentí como un perro malo al oírle gritar tan enfadado.

Se oyó un crujido y un árbol alto cayó, con la copa en llamas, cruzándose en la carretera.

—¡Motosierras! —gritó Mack.

Un momento más tarde, Mack y Dave estaban junto al árbol caído con esas máquinas estruendosas. Iban cortando trozos de madera en llamas, que Lucas empujaba con su pala ancha, llevándoselos al otro lado de la carretera, donde el fuego ardía con más fuerza.

—¡Lucas! ¡No te acerques demasiado! —le advirtió Mack.

—Tendríamos que haber cortado los árboles más próximos a la carretera, por el otro lado. ¡Si uno de ellos alcanza la hierba de nuestro lado, perderemos el refugio! —respondió Lucas. Ahora parecía enfadado.

—¡Aquí hay brasas por todas partes! —gritó Olivia, desesperada. El viento se llevaba su voz, alejándola.

—¡Haz lo que puedas! —le respondió Lucas, que de pronto se plegó en dos, tosiendo. Yo fui a su lado, preocupada.

123

Un pedazo de rama en llamas salió volando por los aires y acabó cayendo junto a mí, y me encogí del susto. Tenía miedo, pero Lucas la cubrió con tierra.

—No pasa nada, Bella —dijo, casi sin aliento.

Me sentía una perra mala porque quería salir corriendo, dejar atrás aquel lugar horrible. Pero nunca abandonaría a Lucas.

—¡Ahí va otro! —gritó Mack, después de que otro árbol en llamas cayera sobre la carretera.

Lucas siguió paleando tierra mientras Mack y Dave lo cortaban con sus máquinas. Yo me eché atrás, con la cola baja y las orejas gachas. No parecía que Lucas oyera mis gemidos.

Seguí con la vista a mi chico, que corría de un lado para otro, contemplando aquella actividad frenética, deseando que estuviéramos haciendo alguna otra cosa. De vez en cuando me llegaban los ladridos aterrorizados de los perros encerrados en el edificio de atrás, pero no podía apartar la atención de Lucas, Mack y Dave, que corrían de aquí para allá, cortando madera y empujando los fragmentos hasta el otro lado de la carretera. Ahora todos tosían y jadeaban, y el penetrante olor de su sudor se mezclaba con el opresivo olor del humo y del fuego.

Iban apareciendo pequeños fuegos en la hierba y mi chico no paraba de golpear encima con la pala ancha.

—¡Estamos perdiendo terreno! —gritó, desesperado.

Dave se quedó junto a un árbol caído, mientras Mack corría a ayudar a Lucas a tirar tierra sobre la hierba prendida.

Notaba que estaban aterrados, pero no parecía que fuéramos a subir al coche y a marcharnos de allí. Nos quedamos en aquella explanada en llamas.

Oí el ruido de una camioneta acercándose antes de que los humanos lo percibieran. Miré por entre el humo y vi dos luces temblorosas que se acercaban. Mack, Dave y Lucas levantaron la cabeza y supe que ellos también lo habían oído. La camioneta se acercó y paró en el lado de la carretera que no estaba en llamas. Eran Scott y uno de sus amigos. Bajaron de un salto, arrancaron sus ruidosas máquinas y fueron a por los árboles caídos que ardían en la carretera.

—¡Hemos perdido todo el barrio de Mountain View! —dijo Scott, gritando para hacerse oír con el ruido del viento—. Pero los otros siguen en nuestra calle y allí tenemos el fuego controlado. De momento, ninguna de las casas de esa zona han ardido.

Decidí hacer un «sienta» porque era lo único que se me ocurría. Los ojos me picaban, pero no podía dejar de mirar a los humanos, que seguían con su ataque contra los trozos de madera en llamas. Sus movimientos eran ya más imprecisos, parecían agotados. Pero no pararon.

Hacía tiempo que el sol había desaparecido del cielo, pero eso no cambiaba nada: del bosque en llamas, al otro lado de la carretera, llegaba luz más que suficiente. Todo el ruido procedía del rugido de las llamas. Toda la oscuridad era por efecto del humo.

Cuando Scott se limpió la cara y abrió la mano olí que se había chamuscado los dedos. No se los lamí, pero sí se los olisqueé, y meneé el rabo para hacerle saber que sentía mucho que se hubiera hecho daño. La actividad seguía siendo frenética: todos iban paleando tierra y cortando troncos con sus máquinas, corriendo junto a las llamas, de un lado para otro.

Pasó un buen rato hasta que Scott, jadeando, se acercó a Lucas y le apoyó una mano en el hombro.

—Nosotros tenemos que volver. Buena suerte, chicos.

Scott y su amigo volvieron a marcharse en la camioneta. Olivia bajó del techo y Diane trajo cubos de agua que se fueron pasando unos a otros. Yo bebí con ganas cuando me colocaron un cuenco delante. Todos se pararon un momento y respiraron algo más despacio, tosiendo algo menos. El viento parecía haber amainado un poco y el fuego rugía y crepitaba con menos fuerza.

—Son las seis de la mañana —dijo Lucas, con la voz rasposa, mirándose la muñeca.

—¿De qué día? —respondió Olivia. Ambos se rieron, con una risa extraña, como un graznido.

Entonces todos se quedaron en silencio. Me acerqué a Lucas e hice un «sienta» para que supiera que su perra fiel estaba a su lado.

125

—Creo que lo estamos consiguiendo —observó Mack por fin—. El incendio al otro lado de la carretera ha sido tan intenso que prácticamente ha consumido todo lo que podía quemar.

—Hace unos tres cuartos de hora que no veo ramas en llamas ni brasas en el tejado —apuntó Olivia.

Mack asintió.

Lucas se fue junto a Olivia y tiró de ella para abrazarla.

—Estoy orgullosísimo de ti; has gestionado el tejado tú sola. No debe de haber sido nada fácil.

—¿Has podido ver la parte trasera? ¿Todo bien por ahí? —preguntó Mack.

—Se veía perfectamente. Las llamas estaban justo delante. Tenías razón, Mack, la carretera ha hecho de cortafuegos.

—Bueno, en eso hemos tenido suerte.

—Me alegro de que Scott apareciera justo en ese momento —observó Lucas.

—Sí, ha sido el momento más difícil —reconoció Olivia.

—Genial… —gruñó Mack.

—¿Qué pasa? —preguntó Olivia.

—He perdido mi radio. No sé dónde está.

Un buen rato más tarde se produjo otro cambio: el sol se situó en lo alto del cielo y esta vez sí consiguió atravesar el humo, que se movía como si formara unas enormes cortinas. Reinaba un silencio inquietante, aunque yo seguía oliendo y oyendo el fuego que ardía no muy lejos.

Lucas bebió algo más de agua y se sentó, y yo apoyé la cabeza sobre su regazo. Él me puso la mano sobre el pelo…, pero al momento la mano se quedó inmóvil: se había sumido en un sueño profundo.

Nos quedamos así un rato, hasta que Olivia se acercó y zarandeó a Lucas.

—¡Lucas! Mack te necesita. ¡Es urgente!

Lucas se despertó de golpe y se puso en pie. Aún trastabillando se fue hasta donde mucho tiempo antes había recogido aquellos palos gordos y se los había llevado ladera abajo, hasta el bosque del otro lado de la carretera. Mack estaba allí, paleando tierra a toda velocidad, haciendo un montón.

Lucas se limpió el sudor del rostro.

—¿Qué pasa?

—El viento está cambiando. El fuego ahora volverá por este lado. Tenemos que reforzar esta zanja antes de que todo el prado se incendie.

Por el olor supe que Dave había entrado en la casa. Lucas cogió la pala de Dave y también se puso a cavar a toda prisa. Olivia usó su cubo para sacar arena de la caja para gatos y ponerla en un montón alargado junto a la zanja. La tierra, al contacto con el aire, desprendía un delicioso olor a fresco. La verdad es que me habría gustado meterme en el agujero que estaban haciendo y echarme una siesta, pero Lucas, Mack y Olivia parecían tan asustados que me quedé a su lado mientras trabajaban.

Mack se limpió el sudor del rostro.

—Los árboles son más finos, y los álamos no queman tan bien, así que lo que nos tiene que preocupar, sobre todo, es esta hierba alta. Va a prender rápido, pero si hay suficiente tierra el fuego no pasará a la madera.

Lucas tenía sangre en las manos, y también había sangre en el asa que tenía agarrada. Sentía el olor acre y penetrante del humo cada vez más cerca. ¿Es que iba a repetirse lo mismo una y otra vez? Lucas y Mack siguieron cavando, y Olivia fue apilando arena, aunque mis sentidos me decían que el fuego venía directo hacia nosotros. Muy pronto superó los árboles dispersos de aquella zona, que también se incendiaron, y avanzó rápido por la hierba, hasta justo delante de nosotros. Tosiendo, retrocedimos.

Una vez más nos cayó encima una ráfaga de fragmentos de madera en llamas, y la tierra de las palas enseguida salió volando.

—¡Más vale que vuelva al tejado! —dijo Olivia, dejando caer el cubo.

El calor y el humo eran agobiantes y retrocedimos hasta

127

quedar pegados a la pared de la casa de los perros que ladraban. Las llamas amenazaban con alcanzarnos y el viento nos azotaba, racheado. Tuve que girar la cara.

—¡Mira! ¡No supera la zanja! —anunció Lucas.

Levanté la cabeza para mirarlo con los ojos cubiertos de lágrimas y noté que su estado de ánimo había cambiado: el humo y las llamas habían calcinado la hierba, pero no se extendían por el borde de tierra del agujero largo.

—Está aguantando —confirmó Mack—. Va a funcionar.

Gradualmente, el fuego cedió, aparentemente por decisión propia. Olisqueé el olor acre y ofensivo de la hierba quemada, pero también ese olor iba disminuyendo al retroceder las llamas.

Al cabo de un rato, Olivia bajó de la escalera y se nos acercó. Yo meneé el rabo, contenta de tenerla entre nosotros.

—Ya está —le dijo Mack. Ella lo abrazó y Lucas y yo nos acercamos al trote para que nos abrazara también a nosotros.

Mack se acercó al agujero largo y meneó la cabeza.

128

—Estaba convencido de que lo que acabamos de hacer era imposible.

—Esta vez no ha sido tan fuerte —murmuró Olivia.

—Bueno, ha habido un minuto que ha sido una locura, pero sí…, no ha llegado al nivel de antes, en la parte de delante —comentó Lucas.

Volvimos al interior de la casa donde ladraban los perros y allí estaba Dave, tendido en el suelo boca arriba.

Diane estaba llenando un cuenco con comida para perros.

—Mi hermano acaba de caer fulminado. Al principio pensaba que sería un infarto, pero creo que solo está dormido, y he pensado que en su estado no tenía sentido intentar despertarlo de nuevo.

Me colocó delante el cuenco de comida, en el suelo, y yo me lancé.

Lucas se arrodilló junto a Dave y le cogió la mano.

—Tu hermano está vivo, no te preocupes. Tiene buen pulso. Es solo el agotamiento.

—Le entiendo perfectamente —apuntó Olivia.

—Creo que deberíamos abrir las ventanas. Podemos volver a poner los muebles en su sitio. Y que los perros salgan a las perreras, por turnos.

—Las casetas de perro están al otro lado de la carretera; me temo que se habrán quemado —observó Lucas, con tristeza.

—Imagino que no será lo único que se haya llevado el fuego —murmuró Diane.

El calor salió de la estancia cuando abrieron las ventanas. Los ojos ya no me picaban tanto. Olivia y Lucas empujaron un sofá y lo colocaron bajo una ventana. Se sentaron encima, Olivia rodeó a Lucas con los brazos y al instante cayeron dormidos. Yo me acerqué de un salto, di dos vueltas sobre mí misma y me acosté a sus pies. Por primera vez en mucho tiempo me sentía bien. La situación parecía normal.

Medio adormilada, vi que Diane iba sacando perros y gatos a las jaulas de atrás. Noté que Dave se ponía de pie, trastabillando, bebía un poco de agua y volvía a tumbarse en el suelo. Oí a Mack, que había juntado dos sillones y se había puesto encima, murmurando sin parar, y noté que Lucas y Olivia se recolocaban en el sofá unas cuantas veces para estar más cómodos. Noté que el sol se ponía y que volvía a salir. Diane me llevó a una perrera y yo me tumbé en el suelo, agradecida, pero luego volví a mi sitio, junto a mis chicos.

A la mañana siguiente, el aire estaba mucho más limpio, y Lucas y Olivia se despertaron en cuanto los rayos del sol se filtraron a través del sucio cristal de la ventana.

—¿No has dormido nada? —le preguntó Olivia a Diane.

Diane negó con la cabeza.

—Solo un poco. Me parecía muy egoísta. Yo me he limitado a quedarme en la casa a cuidar a los animales. Vosotros habéis luchado contra el fuego. Les habéis salvado la vida.

—Ha sido una labor de equipo, señorita —puntualizó Mack.

—Le he dicho a Dave que no encendiera el generador hasta que os despertarais, pero ahora que estáis en pie lo pondremos en marcha y así podré hacer café. No tengo mucho para comer, pero hay pan y algo de mermelada.

129

—Pan con mermelada suena divino —dijo Olivia.

—Voy a ayudarte —se ofreció Lucas, levantándose con un gruñido.

Al poco rato, Olivia, Lucas y Diane estaban en la cocina, abriendo y cerrando puertas, y me llegó el olor de algo dulce. Entonces me di cuenta de que algo había cambiado: los ladridos agudos y desesperados habían desaparecido. De vez en cuando se oía algún gemido o algún gañido procedente del pasillo de atrás, pero los perros se habían calmado. Diane me dio otro cuenco rebosante de comida que agradecí mucho. Luego las personas se sentaron a la mesa y se pusieron a comer tostadas. Yo hice un «sienta» impecable junto al costado de mi chico porque…, bueno…, tostadas.

Olía a humo, y me alegré de que no saliéramos al exterior. Pero todos se echaron a dormir, que realmente era lo que más me apetecía. Me desperté cuando sentí una vibración y un ruido grave y potente que me resultaba familiar. Mack también lo oyó. Se levantó de los sillones, se acercó a la ventana y miró al exterior.

—Bueno —dijo, meneando la cabeza en un gesto de incredulidad—. Bueno, bueno, bueno.

130

14

Mack abrió la puerta delantera con una gran sonrisa en el rostro. Yo salí corriendo antes que él y vi exactamente lo que me esperaba: uno de esos grandes y ruidosos camiones con algunos de sus amigos encima. Frenó en la explanada con un chirrido y empezaron a bajar hombres y mujeres que fueron corriendo a abrazar a Mack. Yo les olisqueé las botas, meneando el rabo, para que supieran que, si tenían ganas de abrazos, yo estaba allí precisamente para eso.

Uno de los amigos de Mack tenía en el bolsillo algo que por el olor sin duda era una especie de pollo. Decidí quedarme allí un rato para ver si entendía que normalmente la gente solía tirarme bocaditos de pollo.

Algunos de los recién llegados me sonaban; aun cubiertas de olores de humo y polvo, las personas son reconocibles. En la cama que teníamos en casa yo tenía una manta que conservaba los olores de mi chico. Y aunque yo dormía encima y con el tiempo la había impregnado de mi propio olor, mi manta de Lucas seguía conservando el inconfundible olor de mi chico.

Habría querido hacer un «a casa» con Lucas.

Bolsillo de Pollo dio un paso adelante.

—Mack.

—Capitán.

El hombre meneó la cabeza. Y hasta ese pequeño movimiento esparció aún más olor a pollo por el aire.

—Lo cierto es que no pensaba que pudieras conseguirlo.

—Hemos tenido suerte. Había mucho espacio defendible. Y tenía un buen equipo. —Mack se limpió la frente y miró a su alrededor. Yo seguí su mirada, pero no vi nada más que hierba y árboles quemados—. ¿Cómo está la cosa? En general, quiero decir.

Bolsillo de Pollo se encogió de hombros.

—Bueno, no está nada bien. Contenido en menos de un uno por ciento. Esto ya no es un problema de cada estado: toda la cordillera parece estar en llamas, y ya han intervenido los federales. Ya se han quemado cientos de kilómetros cuadrados. Paraíso ha recibido un buen golpe, pero hay partes del pueblo que han salido bastante indemnes. Vamos a pasar el día apagando fuegos satélite y luego dejaremos que algunos habitantes del pueblo regresen. Pero hay previsión de vientos fuertes toda la semana. ¿Estás listo para volver al trabajo?

—Sí, señor —dijo Mack, con una gran sonrisa en el rostro.

Olivia y Lucas se nos acercaron, y yo meneé el rabo. Con un poco de suerte saldría a la luz el origen de ese delicioso aroma a pollo. Hice un «sienta» preparándome para la comida.

—Os habéis perdido la fiesta —comentó Olivia.

Todos sonrieron.

Mack se giró hacia Lucas y Olivia.

—Yo ahora me tengo que ir. Cuidaos, chicos.

Lucas abrazó a Mack.

—Ten cuidado, Mack.

Olivia se acercó a Mack, le dio un abrazo y le miró a los ojos con solemnidad.

—Gracias a ti todos estos animales están vivos.

—Gracias a todos nosotros —la corrigió Mack. Se agachó y me pasó la mano por la cabeza. Yo meneé el rabo. Le tenía mucho cariño a Mack—. Eres una buena chica, Bella. Gracias por ser una perra antiincendios estupenda.

Los hombres y mujeres se subieron otra vez al camión, que con un sonoro gemido recorrió el camino de salida otra vez. No entendía que alguien llevara pollo encima si no era para dárselo a algún perro.

Un poco más tarde llegó Scott, que nos llevó en su coche. Yo estaba en el asiento trasero con Lucas, y Olivia iba sentada delante. Scott se giró para mirarme justo antes de arrancar.

—¿Habéis podido dormir algo?

—Sí, un poco —reconoció Lucas.

—Mucho —le corrigió Olivia.

—Yo he caído dormido como un tronco —dijo Scott—. Luego me he ido a un bufé libre de tortitas y me he comido más de las que me cabían en el estómago.

Lucas y Olivia se rieron, así que yo meneé la cola.

—¿Cómo está tu…, cómo está tu casa? —preguntó Olivia tímidamente.

Scott esbozó una sonrisa triste.

—Era la última, al final de la calle sin salida, al borde del bosque. Ha sido la única de la calle que no hemos podido salvar. Demasiados árboles.

—Es terrible. Lo siento mucho —respondió Olivia, muy seria.

—No pasa nada. Creo que hemos perdido más parte del pueblo de lo que nadie se imaginaba… En algunos sitios es como si hubiera caído una bomba. —La voz se le endureció—. La verdadera tragedia es que algunos esperaron demasiado y quedaron atrapados en el camino, intentando llegar a la carretera general. Ni siquiera se distingue el tipo de coche en que iban antes de que todo quedara calcinado. No hay modo de saber quiénes son, ni cuántos… —La voz le falló un momento, y Olivia le apoyó una mano en el hombro. Él apretó los temblorosos labios durante un instante—. Tengo que decir que, si hubiera sabido la dimensión que iba a tomar esto, no me habría quedado, pero una vez dentro…

Se encogió de hombros.

—No tenías tiempo para pensar —dijo Lucas, acabando la frase por él.

—Exacto.

—¿Qué proporción del pueblo se ha salvado? —preguntó Olivia.

133

—Bueno, en el barrio de la calle principal no se ha perdido gran cosa; por algún motivo, el fuego pasó de largo. La cosa ha ido así: perdíamos tres calles, en las que todas las casas quedaban arrasadas, pero luego, en la calle siguiente, no se quemaba ni una sola. Es… Este lugar nunca será el mismo. La gente va a quedarse de piedra cuando vuelva.

Lucas asintió.

—Los bomberos nos han dicho que a partir de mañana dejarán que la gente vuelva a sus casas.

—Sus casas —repitió Scott—. La mayoría no tendrá casa a la que volver.

—Nosotros nos quedaremos unos días —le dijo Olivia—. Para ayudar a Diane con los animales.

—En cualquier caso, no podéis regresar a Denver —señaló Scott—, a menos que vayáis a Grand Junction y cojáis un avión.

—Yo veré si alguien necesita la ayuda de un médico novato —añadió Lucas.

—Os diré lo que hacer: la casa de mis tíos no se ha quemado y en el garaje sigue aparcado su Tahoe. Sé dónde están las llaves. Estoy seguro de que no les importará que lo tomemos prestado. Podéis incluso dormir allí. Mucho mejor que en un banco del instituto o en el refugio de animales, aunque allí tienen generador, y mis tíos no.

—Tu familia… ¿consiguió salir? —preguntó Olivia.

Scott se la quedó mirando.

—Aún no lo sabemos.

Nos llevó a un lugar en el que no habíamos estado. Había comida y agua y gente vestida como Mack que olía a humo. Vi que Lucas entraba en una habitación blanda muy grande y que ayudaba a los amigos de Mack de un modo muy raro, envolviéndoles los dedos y los brazos en tela. Algunos se quejaban; evidentemente les dolía. Más tarde, Scott nos llevó a un terreno donde todo era ceniza y madera quemada y montones de ladrillos y piedras. Ya había visto grandes extensiones de bosque quemadas, pero esto era diferente: aquí habían vivido humanos antes del fuego y de vez en cuando aparecía alguna casa intacta entre las ruinas como solemne recordatorio de lo que se había perdido. Pasamos junto a unos extraños terrenos calcinados hasta llegar a una fila de casas en una calle flanqueada por árboles caídos y arbustos arrancados de cuajo, algunos con tierra entre las raíces.

Scott miró a Lucas y a Olivia, compungido.

—Esta es la primera calle a la que llegamos al venir del refugio, cuando aún estábamos llenos de energía. Lo cortamos todo y lo pusimos en el asfalto. Esa es la casa de mi tío. Está abierta. En Paraíso la gente casi nunca cierra las puertas con llave.

Me quedé observando intranquila mientras Lucas y Scott salían del coche, pero me dejaron dentro con Olivia. Ellos no entraron en la casa; levantaron la puerta del garaje y pasaron al interior. Yo salté al asiento de delante y apoyé las patas en el salpicadero para ver mejor. Olivia me pasó la mano por el lomo para tranquilizarme.

—No pasa nada, Bella.

Yo no la miré; seguía observando, nerviosa. ¿Dónde había ido mi chico? Solté un gemido.

«¡Ahí está!»

Lucas y Scott salieron otra vez del garaje y, cuando Olivia abrió la puerta, pasé por encima de ella y me lancé hacia mi chico, meneando el rabo y lamiéndole las manos. Él sonrió.

—¡Bella! ¡Solo me he ido medio minuto!

Olivia se rio.

Scott se fue en su coche, lo que me dejó algo intranquila, pero nosotros nos subimos a un vehículo muy grande que había en el garaje. Lucas nos llevó de paseo en coche, aunque en realidad volvimos a la zona de las grandes habitaciones blandas. Pasamos el día allí, pero cuando el sol se puso volvimos a la misma casa, que era bonita pero olía a otras personas.

No nos fuimos a dormir enseguida. Olivia y Lucas vaciaron la nevera, que curiosamente estaba caliente, y lo metieron todo en bolsas de basura, haciendo muecas ante todos aquellos olores estupendos.

135

—¡Puaj, esto se ha echado a perder muy rápido! —me dijo Lucas.

Yo meneé el rabo.

Cuando se hizo de noche, encendieron velas y las llevaron de un sitio a otro de la casa, y luego dormimos en una cama nueva.

Esa noche soñé que estaba en medio del incendio. Intentaba encontrar a Lucas, pero no lo conseguía. Pero sí vi a Gatita Grande, que estaba aterrada, corriendo para alejarse de las llamas, incapaz de huir. Abrí los ojos, aún adormilada, y sentí una mano sobre mi pata. Lucas estaba inclinado sobre mí, a oscuras.

—¿Bella? ¿Estás bien? ¿Tienes una pesadilla? Estabas gimiendo en sueños.

Mi chico me rodeó con sus brazos y tiró de mí suavemente hasta que apoyé la cabeza en la almohada, a su lado.

—Perrita buena —murmuró, ya casi dormido.

136 Sintiendo su brazo que me rodeaba me sentía segura y querida.

Al día siguiente, Olivia y yo volvimos a la casa de los perros que ladraban. Seguían ladrando, pero simplemente por ladrar, no de pánico. En el exterior una máquina maciza emitía un zumbido rabioso, pero Olivia no me dejó que la examinara.

—No, Bella, eso es el generador.

En el interior vimos a Diane, y Olivia se fue acercando a cada perro y a cada gato y les puso el teléfono delante de la cara.

—Mira a la cámara, Casey —le dijo a uno—. Eh, Socks, mira aquí.

No sabía qué estábamos haciendo, ni comprendía que esperáramos junto a una máquina que iba escupiendo lentamente hojas de papel, una cada vez. No me gustaba que Lucas se hubiera ido y levantaba el morro continuamente, por si volvían las llamas. Estaba nerviosa y no dejaba de mirar a Olivia en busca de alguna señal tranquilizadora.

Me sentí mucho más contenta cuando Lucas regresó cargado de bocadillos. Me senté bajo la mesa mientras Diane, Olivia y él comían. Los otros perros podían ladrar, pero no yo. ¡Los perros buenos no ladran!

—¿Cómo va? Ahora que vuelven todos, quiero decir —preguntó Diane.

Lucas se encogió de hombros.

—En realidad, no son todos. Solo viene un autobús cada vez, y a los que vienen les dejan pasar unas horas en el pueblo. Luego se los llevan otra vez en el autobús. Mack es uno de los bomberos que lleva a la gente por el pueblo en un microbús. Se le ve muy afectado... Supongo que la cosa está muy mal. Les dejan ver cómo han quedado sus casas, establecer contacto con sus amigos y familiares, si los encuentran, y luego tienen que marcharse. Si su casa sigue en pie, los bomberos entran para asegurarse de que es segura y les permiten volver con su propio vehículo al día siguiente. Pero no hay electricidad, y por lo que he oído hay escasez de generadores.

Esa mesa emanaba unos olores deliciosos. Me senté y me quedé mirando a Lucas, pero no parecía que entendiera mi insinuación.

—Pero ¿todo el mundo pudo escapar a tiempo? —insistió Diane.

—Donde hemos puesto la tienda de asistencia médica hay una pared, junto a la biblioteca —respondió Lucas, con un suspiro—. Ahí es donde están poniendo fotografías de amigos y familiares desaparecidos. La lista es larga, así que... aún no lo sabemos.

—Me he pasado la mañana haciendo fotos a todos los animales e imprimiéndolas —le dijo Olivia a Lucas—. Las pondré en la pared de la biblioteca, junto a las de las personas.

—Buena idea —dijo él.

Olivia rebuscó entre sus papeles. Evidentemente, ella tampoco había caído en la evidente conexión entre su bocadillo y una perra buena.

—¿Cuántas fotografías hay ahí ahora mismo, Lucas?

137

Lucas se giró a mirar hacia atrás.

—Oficialmente, el número de desaparecidos es de mil ochocientos.

Diane contuvo una exclamación; Olivia bajó la vista y meneó la cabeza.

Poco después volvimos a subirnos al coche para volver a aquellas habitaciones de paredes blandas. Yo me quedé con Lucas mientras él hablaba con gente y Olivia se fue al exterior. Al poco tiempo perdí interés: hacía mucho tiempo que no jugaba con nada que se pareciera a un juguete para perros, así que no tenía mucha paciencia para quedarme allí esperando mientras Lucas le metía palitos a la gente en la boca.

—Diga «ahh» —les decía.

Luego les quitaba el palito y ellos no reaccionaban. Desde luego, la gente no sabe jugar a tirar del palo como se debe.

—Tiene que entender que es normal que sufra estrés —le dijo Lucas a uno de ellos—. Es normal que se sienta conmocionado. Pero toma medicación para la hipertensión y es necesario que recupere la pauta. Sé que le parecerá que no vale la pena, pero no quiero que deje de tomar la medicación solo porque ha perdido…

—Todo —le respondió el hombre con el que hablaba, en un susurro—. Lo he perdido todo.

Salí a ver qué hacía Olivia y vi que estaba colgando papeles en una pared. La gente se acercaba a mirar. Una mujer soltó un grito de emoción.

—¡Esa es mi Trixie! —exclamó. Se llevó las manos al rostro y se echó a llorar.

Olivia se le acercó y le dio un abrazo. Yo observé la escena, intrigada, consciente de la extraña combinación de felicidad y tristeza en la voz de aquella mujer.

—No teníamos tiempo, la dejamos atrás. Estaba convencida de que estaría muerta —dijo, llorando contra el hombro de Olivia.

—Está en el refugio —respondió Olivia—. Puede venir cuando quiera a buscarla.

—No sé si me dejarán. Dormimos en el instituto; mi casa ha quedado arrasada —respondió la mujer, enjugándose las lágrimas.

—Entonces venga cuando tenga un lugar donde vivir. Nosotros nos ocuparemos de Trixie hasta entonces.

—Algún lugar donde vivir... ¿Eso cuándo será? —preguntó la mujer, buscando la mirada de Olivia.

15

*E*sa tarde, Lucas y Olivia estaban sentados, uno junto al otro, en un banco cerca de las grandes habitaciones de paredes blandas, y yo estaba siendo una perra buena, tendida a sus pies. Ambos parecían cansados: era evidente por los largos períodos de silencio, por los suspiros ocasionales y por el modo en que se quedaban mirando a la nada, como si vieran ardillas, cuando estaba claro que no había ninguna. Sí que vi algún perro. Pero mis chicos se animaron de pronto cuando se nos acercó una figura conocida.

Yo me puse en pie y agité la cola. «¡Mack!»

—Eh, Bella —me saludó Mack, agachándose y tendiéndome una mano para que le olisqueara. Noté un olor a personas y el aroma de alguna comida dulce y penetrante que llevaba pegada a los dedos. Si los perros tuviéramos dedos, nos pasaríamos el día olisqueándolos.

—¿Qué tal lo lleváis?

Lucas y Olivia se miraron.

—Aún tenemos muchos animales en el refugio que no han sido reclamados —respondió Olivia, abatida—. Todas las antenas de teléfono han quedado destruidas por el fuego, así que no hay modo de contactar con sus dueños, y aunque tengamos sus direcciones, en muchos casos las casas han desaparecido.

Mack asintió.

—No es fácil enseñarle a la gente sus barrios tal como han quedado. Todos saben que deben esperarse lo peor, pero supongo que no hay modo de prepararse para esto. ¿Y tú, Lucas? ¿Estás bien?

Lucas esbozó una sonrisa sarcástica.

—Ya no soy el médico del pueblo. Ahora tenemos personal médico más que suficiente. No sé muy bien qué más hacer.

—Por eso quería hablar contigo. Tengo una nueva misión. Estamos buscando zonas remotas en las que se pueda haber quedado gente aislada. Que quizá haya quedado atrapada pero haya sobrevivido al incendio, o que quizá esté más al sur y se crea a salvo. Tenemos que evacuarlos, traerlos a Paraíso.

—¿Corren peligro? —preguntó Olivia.

Mack meneó la cabeza.

—¿No os habéis enterado? Ahora el bosque de Uncompahgre está ardiendo. Algún granjero idiota pensó que sería buena idea crear un cortafuegos con una quema controlada. Con este viento. El Servicio Forestal está enviando a todos sus efectivos. Aunque aún no está controlado en absoluto, por supuesto. Así que… —Mack se sacó una hoja de papel del bolsillo— me han asignado esta misión y me han pedido que busque voluntarios. Se supone que tengo que llegar a esas cabinas de pesca que hay por el camino, ver si hay alguien y evacuarlos. ¿Qué dices, Lucas? Quizá necesiten atención médica.

Mi chico asintió.

—Cuenta conmigo.

—Y quizá también tengan animales domésticos que necesiten ayuda —añadió Olivia.

Se hizo un silencio.

—Olivia…

Ella levantó una mano.

—Si crees que voy a dejar que te metas en un incendio sin mí, te has equivocado de chica, Lucas Ray.

Miré a Lucas y a Olivia y noté que se transmitían algo. Mi chico miró a Mack.

—Ya lo has oído.

—Muy bien —respondió Mack, sonriendo—. Tengo una furgoneta.

—Yo tengo un Tahoe —dijo Lucas.

—¡Mejor aún! —respondió Mack, y los ojos se le iluminaron de pronto.

«¡Paseo en coche!»

Mack iba al volante. Olivia iba sentada a su lado y yo estaba atrás con Lucas, que abrió ligeramente una ventanilla para que pudiera acercar el morro y olisquear. Olía a humo y a árboles, pero no a animales.

Al poco tiempo pasamos junto a un gran grupo de amigos de Mack que estaban junto al bosque, al lado de la carretera. Todos iban vestidos como él y todos llevaban en las manos esas máquinas estruendosas que hacían caer los árboles. Busqué a Scott con la mirada, pero no lo encontré.

—Un cortafuegos —explicó Mack, mientras reducía la velocidad y saludaba a sus amigos con la mano. Ellos le devolvieron el saludo.

Subimos por una ladera interminable y al llegar a lo más alto Mack paró el vehículo. Yo meneé el rabo, expectante, pero no salimos del coche.

—Oh, Dios mío —exclamó Mack, conteniendo la respiración—. Mirad eso.

—Está negro hasta donde alcanza la vista. ¿Es ahí donde nos dirigimos? ¿Ahí? —preguntó Olivia, inquieta.

Mack desplegó un papel.

—No. No, no, la carretera gira hacia el sur un poco más allá. Supongo que no tendría ningún sentido buscar supervivientes hacia el este. Desde ahí y hasta Idaho Springs todo el mundo se ha marchado.

—Mirad todo ese humo —observó Lucas, desolado—. Dios, qué impresión.

Nos pusimos en marcha otra vez y muy pronto iniciamos el descenso, frenando un poco a cada curva. Al cabo de un buen rato observé, aliviada, que el olor a humo era menos penetrante. Pasamos junto a unos árboles sanos. Siempre cabía la posibilidad de encontrar alguna ardilla, así que presté atención. Poco después giramos y tomamos un camino lleno de baches.

—Es por aquí —nos informó Mack.

Volvimos a girar y meneé la cola porque noté el olor de un perro. Había un grupito de casas pegadas a la orilla de un río. Cuando la puerta de uno de estos edificios se abrió, un perro del mismo tamaño que yo, negro y sin cola, salió disparado. Yo gruñí un poco, pero sin dejar de mover la cola.

—No ladres, Bella —me dijo Lucas, que evidentemente no entendía la situación. Estaba mostrándome amistosa y no estaba ladrando. Cuando abrió la puerta, salté para saludar al nuevo perro negro. Era una hembra, y tras ella, del mismo edificio, salió un hombre anciano. Mis chicos salieron del coche para saludarle.

Yo olisqueé educadamente a la perra negra mientras las personas hablaban entre sí.

—Estas cabañas han sido localizadas por el dron del Servicio Forestal —le explicaba Mack al anciano, mientras Perra Negra y yo nos uníamos al grupo—. ¿Hay alguien más aquí con usted?

El hombre negó con la cabeza. Perra Negra le olisqueó la mano, así que yo fui junto a Lucas, para dejar claro quién era mi persona.

—Solo yo —respondió el hombre con solemnidad—. Estaba con un grupo de seis pescadores, pero ellos se fueron cuando llegó la orden de evacuación.

—¿Usted está bien? ¿Ha tenido algún problema con el humo? —preguntó Lucas.

—No. Ha habido algún momento en que la cosa se ha puesto mal, pero Jet y yo nos hemos tirado al suelo para respirar mejor.

—Bueno —dijo Mack, vacilante—. Debo decirle que hay una nueva orden de evacuación en vigor.

—Oh, creo que me quedaré aquí, gracias.

Algo no iba bien; era evidente, porque los humanos de pronto estaban algo tensos. Tanto la perra negra como yo reaccionamos levantando la vista, mirando a los nuestros.

—Señor… —quiso decir Mack.

143

El hombre levantó una mano y Perra Negra la siguió con la mirada.

—La primera de estas cabañas se construyó en 1918. Sigue en pie, y ha habido muchos incendios. Yo creo que estaremos bien.

—En 1918 no habíamos sufrido ninguna plaga de escarabajos —señaló Lucas—. Mire todos esos pinos muertos que hay ahí. Prenderán como la pólvora.

El hombre negó con la cabeza.

—Señor... —insistió Mack.

—¿Y qué hay de Jet? —interrumpió Olivia, con suavidad.

Perra Negra miró a Olivia, así que yo también lo hice.

—Su perra no puede tomar decisiones por sí misma —prosiguió Olivia—. Señor, nosotros nos hemos encontrado en medio del incendio. Rodeados. No se parece a nada que haya podido ver antes. Cuando llega, salta de la copa de un árbol a la siguiente tan rápido que es como ver avanzar a un tren. Si sus cabañas arden, usted arderá con ellas... y su perra también. ¿De verdad quiere eso?

El hombre se la quedó mirando. Mack y Lucas intercambiaron una mirada.

—Venga con nosotros a Paraíso —insistió Olivia—. Por favor. Solo hasta que el fuego esté controlado.

¡Perra Negra se venía de paseo en el coche con nosotros! Ahora Lucas iba sentado con el hombre nuevo y nosotras íbamos en la parte trasera.

Perra Negra quería socializar, pero la parte trasera de un coche no es un buen lugar para forcejeos, así que hice caso omiso a sus avances.

Muy pronto nos encontramos de nuevo en la zona de hierba donde estaban las habitaciones de paredes blandas. El hombre nuevo y Perra Negra bajaron del coche algo vacilantes. Olivia se los llevó hasta una de las habitaciones de paredes blandas mientras yo los observaba, no muy convencida. ¿Adónde iba con una perra nueva?

El teléfono de Mack sonó y se lo llevó a la boca.

144

—Diez-cuatro. —Miró a Lucas—. El capitán viene a vernos.

—Diez-cuatro —repitió Lucas. Se miraron, sonrieron y yo meneé el rabo.

Ahora que no tenía a nadie al lado, decidí aprovechar la oportunidad y colocarme junto a mi chico de un salto.

—Buena chica, Bella —dijo. Le lamí la cara y él se giró—. ¡Vale! ¡Ya basta!

No sabía qué estaba diciendo, pero no era la primera vez que lo decía. Al cabo de un rato, un hombre que ya conocía, que olía como si aún tuviera los bolsillos llenos de pollo, se acercó a la ventanilla de Mack, que estaba abierta. Yo meneé la cola pero sin demasiado entusiasmo, porque ese hombre ya me había decepcionado antes.

—Capitán Butcher —dijo Mack, a modo de saludo.

Bolsillos de Pollo asintió.

—Mack —dijo, metiendo la cabeza en la ventanilla—. Eh, Doc.

Bolsillos de Pollo le entregó a Mack una hoja de papel, pero no le dio ninguna golosina para perros.

—Hay una patrulla de bomberos paracaidistas hacia el sur; han encontrado un campamento infantil y dicen que aún hay gente dentro. Han pedido por radio que se organice la evacuación. ¿Quieres echar un vistazo, Mack? Me han asignado el control operativo de la actuación a nivel local. Me sentiría mejor con alguien en quien confiara. Y tú has demostrado ser bastante hábil.

—Con mucho gusto, capitán.

—¿Control operativo de la actuación a nivel local? —preguntó Lucas, echándose hacia delante.

Bolsillos de Pollo sonrió.

—Tenemos la Agencia Federal de Emergencias, los bomberos del estado, los paracaidistas de la región, voluntarios de Canadá y cinco condados dando órdenes. No es fácil coordinarlo todo. —Señaló con un gesto de la cabeza los papeles que Mack tenía en las manos—. Ahí está indicada la ubicación. Dame un informe de situación cuando estés diez-veintitrés.

—Sí, señor.

El hombre se fue, llevándose consigo su olor a pollo. Yo me quedé sentada y bostecé, bastante decepcionada.

Mack se giró y miró a mi chico.

—¿Quieres venir?

—La verdad es que no estará mal —dijo Lucas—. Estaría bien salir de aquí, ver partes del mundo que no se hayan quemado. ¿Qué es diez-veintitrés?

—Significa «en la posición». ¿Qué hay de Olivia? ¿Tú crees que va a querer venir?

—Oh, ya sabes la respuesta a eso.

Mack asintió.

—Sí, es una guerrera. He conocido a mucha gente como ella en el ejército. De hecho, mi división, la 101, no empezó a enrolar mujeres para el combate hasta 2018. Que nadie te diga que ser mujer y soldado a la vez es una contradicción.

De pronto me alegré al ver que Olivia salía de la habitación de paredes blandas, hablando animadamente con una mujer. No veía a Perra Negra por ningún sitio, aunque su olor seguía flotando en el aire.

Lucas bajó la ventanilla para que pudiera sacar la cabeza y yo respondí moviendo el rabo.

—¡Olivia! ¡Nos vamos!

¡Otro paseo en coche! Asomé el morro y dejé que el viento me trajera los olores que flotaban en el aire.

Tenía la impresión de que el olor a humo era más penetrante que por la mañana, pero mis chicos no parecían preocupados. Al cabo de un rato, Mack redujo la velocidad y nos adentramos en una carretera mucho más estrecha, por entre los árboles.

—Benally —dijo Olivia, leyendo—. Campamento alpino para niños.

Avanzamos un poco más y Mack paró el coche. Miré hacia delante y vi varios coches aparcados en el estrecho camino, cortándonos el paso.

—Supongo que aquí es donde tenemos que bajar —dijo Lucas.

Salimos a dar un paseo y el lugar resultó ser muy agradable: allí no había nada quemado y el humo no me molestaba lo más mínimo, aunque seguía oliéndolo, intenso, por todas partes.

Subimos una cuesta y llegamos a un gran llano cubierto de hierba, con algunos árboles y unos edificios de madera. Era como una ciudad, pero sin calles; solo había senderos.

—Bienvenidos al campamento infantil —dijo Lucas, abriendo los brazos.

Unas cuantas personas caminaban alejándose de nosotros, pero un hombre nos vio y nos saludó con la mano. Se dirigió hacia nosotros y yo guié a Lucas, a Olivia y a Mack hasta donde se encontraba. La ropa le olía a humo y los dedos a pavo. Era una combinación interesante.

—Eh —nos saludó Dedos de Pavo—. Soy Henry Cox, el dueño de este lugar. ¿Venís de excursión? ¿Desde dónde?

Lucas y Mack le dieron la mano y luego se la soltaron.

—Soy Lucas Ray. Esta es mi esposa, Olivia.

Ahora fue Olivia quien le cogió los dedos con olor a pavo, pero luego se los soltó.

—Encantada de conocerle.

—Mack Fletcher, cuerpo de bomberos del condado de Summit —dijo Mack—. No hemos venido de excursión, hemos venido en coche desde Paraíso. Nos quedamos bloqueados en su camino, a unos doscientos metros.

El hombre asintió.

—Estábamos todos preparados para salir cuando recibimos la orden de quedarnos aquí; nos han dicho que hay bomberos paracaidistas de camino. Dicen que hay fuego extendiéndose desde el sur.

Mack y Olivia intercambiaron una mirada. Mack frunció el ceño.

—¿Eso han dicho? ¿Los bomberos paracaidistas? Nosotros hemos oído que está aún bastante lejos.

Dedos de Pavo levantó las cejas.

—Oh, bueno. Pues eso es una buena noticia. El único modo

de ir desde aquí a Paraíso, o en realidad a cualquier otro sitio, es ir hacia el sur y luego tomar la 765. Pero eso ya lo saben, si vienen de ahí.

Justo en ese momento sentí un fuerte picor en la base de la cola. Me giré y me mordí agresivamente en ese punto.

Mack echó mano del teléfono que llevaba al cinto.

—Voy a llamar por radio al capitán Butcher. A ver cuál es la situación.

Me quedé mirando, intranquila, mientras Mack se alejaba, llevándose el teléfono a la boca.

Dedos de Pavo miró a Lucas.

—Tenemos a seis niños y parte del personal que no pudimos evacuar antes de que cerraran todas las carreteras. Y algunos bomberos paracaidistas que llegaron hace un par de horas. Pero, si han venido de Paraíso, quiere decir que las carreteras no están cortadas, ¿no?

—Supongo —dijo Lucas, encogiéndose de hombros—, pero no hemos visto ningún coche. Y hacia el este todo está arrasado.

Dedos de Pavo frunció el ceño.

—Nos dijeron que no nos marcháramos —dijo, girándose hacia las pequeñas construcciones—. Me pregunto si no sería un error.

148

16

*D*edos de Pavo se quedó mirando un momento los pequeños edificios de madera, en silencio. Lucas y Olivia cruzaron una mirada. Yo esperé a ver qué íbamos a hacer a continuación.

—Mi madre creó este campamento —dijo por fin el hombre, con el mismo tono de voz suave—. Yo no era más que un niño. A mis hermanos y a mí nos encantaba. Todos han acabado dedicándose a otras cosas, uno de ellos es abogado en Denver, pero yo siempre he deseado quedarme aquí, cuidando esto.

—Es precioso —le dijo Olivia—. Con todos esos árboles.

Dedos de Pavo la miró, apesadumbrado.

—Supongo que ahora todos esos árboles son el problema, precisamente, ¿no? Bueno, todos han ido a la cafetería. Les enseñaré el camino.

Lucas le hizo un gesto a Mack y le indicó que nos íbamos. Mack asintió, pero siguió hablando por teléfono.

Olivia, Lucas y yo seguimos a Dedos de Pavo por la explanada de hierba, pasando junto a un espeso bosque de pinos. Yo no dejaba de girarme para ver qué hacía Mack. No me gustaba dejarlo atrás. Muy pronto llegamos junto a un gran edificio del que salían agradables olores a comida, deliciosos pese al penetrante olor a humo que lo envolvía todo. Seguí a Lucas, subimos los escalones de madera y entramos.

El techo era alto y había una sucesión de mesas largas. Un grupito de personas, entre ellas unos cuantos niños, estaba reunido en el extremo más alejado de la puerta. Los niños se giraron y me miraron con curiosidad, y yo meneé el rabo en respuesta. A veces creo que los niños existen para que los perros siempre tengan a alguien con quien jugar. Un hombre levantó la mano y la gente dejó de hablar. Era uno de los amigos de Mack, estaba claro, porque todos se vestían parecido, llevaban unos pesados bultos a la espalda y olían como si se hubieran rebozado en ceniza. Este, en particular, tenía un trapo blanco sobre uno de los ojos. Cuando cogió un trozo de papel, noté que temblaba un poco.

—Muy bien —dijo Ojo de Trapo—. Primero, las malas noticias. Tal como todos sabréis, a estas alturas, tenemos el incendio al sur de aquí.

La gente se agitó y murmuró, y él levantó la cabeza y les miró, preocupado, con su único ojo.

—Las Montañas Rocosas se están quemando, amigos. Es lo que hay. Y el viento viene hacia nosotros, así que el fuego se va a extender, pasando por este campamento. No hay tiempo para talar todos los árboles e intentar crear un cortafuegos. Me temo que vais a perder todos estos edificios.

Varias personas se lamentaron en voz baja. Dedos de Pavo bajó la cabeza y se quedó mirando al suelo. Yo no veía que hubiera nada que ver ahí, hasta que, unos momentos más tarde, le cayeron del rostro unas gotas de líquido que impactaron en el suelo.

—Va a venir un helicóptero; debería llegar dentro de unos cincuenta minutos —prosiguió Ojo de Trapo—. Sacaremos a todos los niños, y hay sitio para un par de adultos. ¿Alguien tiene asma o alguna enfermedad pulmonar?

Una mujer levantó la mano.

—Vale, usted va en el helicóptero. ¿Quién más?

Todos empezaron a hablar entre ellos. Lucas se giró hacia Olivia:

—Yo creo que deberías tomar el helicóptero.

—Oh, por el amor de Dios, Lucas —replicó ella, enfadada. Mi chico se mordió el labio.

Percibí un olor familiar y me giré, meneando la cola. Era

Mack. Tiré de mi correa para acercarme a él y le olisqueé la mano.

—Dice que va a venir un helicóptero y que se llevará a los niños y a un par de adultos vulnerables —le dijo Olivia a Mack—. Lo que no dice es cuál va a ser el plan para el resto.

Mack señaló el teléfono con un gesto apesadumbrado y habló en voz baja:

—Acabo de hablar con el capitán Butcher. Dice que antes de enviarnos aquí les habían enseñado unas fotos aéreas equivocadas. Ahora creen que el fuego nos ha cortado las salidas por el sur. Estamos atrapados.

—Un momento. ¿Qué? Acabamos de venir de esa dirección —protestó Lucas—. ¿Cómo puede haber quedado cortado el paso de pronto?

Mack se encogió de hombros.

—Son las últimas noticias, Lucas.

—Volvamos al exterior, esperemos la llegada del helicóptero y tracemos un plan —dijo Ojo de Trapo, dirigiéndose al grupo.

151

No me gustó que Mack nos dejara para ir a hablar con Ojo de Trapo, especialmente cuando todos los demás iban saliendo del edificio. Yo me quedé junto a mi chico, haciendo «aquí» sin que me lo pidiera, porque percibía la agitación en los humanos y eso me intranquilizaba.

Me animé cuando varios de los niños acudieron a verme. No me dieron golosinas, pero me abrazaron varias veces. Dedos de Pavo también me hizo caricias.

—¿Está bien? —le preguntó Olivia. Él se aclaró la garganta.

—Supongo que lo importante es sacar a los niños.

Ojo de Trapo salió con Mack y los amigos que iban vestidos como Mack.

—¿Tienen una piscina? —le preguntó a Dedos de Pavo, que negó con la cabeza.

—No, piscina no.

—Enséñenos el campamento, ¿quiere?

Ojo de Trapo se giró y miró a la gente reunida.

—Chicos, vamos a solucionar esto. Henry nos va a enseñar el lugar para que veamos dónde instalar nuestras líneas de defensa. Os sugiero que os sentéis en las mesas de pícnic. Aún tenemos algo de tiempo.

Nos acercamos a unas mesas y la gente se sentó, pero no había comida. Vi que Mack y sus amigos se iban con Dedos de Pavo.

Un hombre y una mujer se acercaron y se sentaron junto a mi chico y Olivia. No parecía que se hubieran dado cuenta de que había un perro. La mujer tenía el cabello largo y no dejaba de tocárselo.

—¿Acabáis de llegar? —preguntó el hombre.

Lucas asintió.

—¿Cómo? —preguntó la mujer—. Dicen que la carretera está cortada por el fuego.

—Supongo que antes de salir nos informaron mal. Ahora tienen fotos que muestran que el fuego ha cortado la carretera.

—¿Habéis atravesado el fuego en coche? —insistió el hombre.

—No.

El hombre miró a la mujer.

—Yo digo que probemos.

Ella se tocó el cabello.

—Cada vez que el departamento de bomberos nos ha dicho que el fuego estaba acercándose, ha acabado llegando —observó Olivia.

—Y ya hemos intentado dejarlo atrás alejándonos en coche —añadió Lucas—. No se puede.

El hombre y la mujer se pusieron en pie y se alejaron. Lucas alargó la mano y cogió la de Olivia, pero no parecía contento. Me pregunté qué podía hacer para que se sintieran mejor.

No sabía por qué estábamos ahí sentados tanto rato. Si aquel lugar los ponía tan nerviosos, no entendía por qué no dábamos un paseo en coche y volvíamos a ese lugar donde probablemente le estarían dando queso a Perra Negra.

Vi que Mack y sus amigos volvían tras su larga ausencia, pero se pusieron a hablar con otras personas y no se acercaron a nuestra mesa.

De pronto oí un ruido machacón en lo alto, procedente del cielo nublado. Se quedó flotando sobre nuestras cabezas, y al cabo de un rato se materializó en una gran máquina tan ruidosa que miré a Lucas para asegurarme de que todo iba bien.

Fuera lo que fuera, bajó lentamente, se balanceó un momento hacia delante y atrás y acabó posándose en el suelo.

Cuando el ruido empezó a disminuir, Ojo de Trapo anunció:

—Vale. Hora de irse.

De pronto hubo muchos llantos. Todo el mundo quería abrazar a los niños, pero no a la perra buena que tenían justo delante. Luego los niños y algunos adultos fueron corriendo por la hierba hacia la máquina, que seguía haciendo ruido. Una gran puerta corredera se abrió y apareció un hombre, que les hizo un gesto con la mano. Ellos fueron subiendo a la gran máquina tal como yo me subo a veces al asiento trasero del coche de Olivia.

La ruidosa máquina se elevó azotando el aire, ascendió, se ladeó un poco y se alejó por el cielo. Los pocos que quedaron con nosotros se acercaron a Ojo de Trapo. Ahora a mi alrededor solo había adultos. Y no había tenido ocasión de jugar con ningún niño.

—Muy bien —dijo Ojo de Trapo—. Vamos a activar la bomba y sacar agua. Quiero que mojemos sábanas y mantas del barracón de literas y que las llevemos a la pista de baloncesto.

Olivia levantó la mano.

—¿Cuál es el plan?

Ojo de Trapo se giró y señaló algo.

—La pista de baloncesto es un cortafuegos. El cemento no puede arder. No tenemos tiempo para talar los árboles de la zona, pero hay muy pocos. Nos meteremos bajo las mantas húmedas y el fuego hará un barrido.

El hombre de los dedos de pavo se agitó, preocupado.

153

—Se me acaba de ocurrir algo. La pista de baloncesto está cerca del tanque de propano.

El hombre subido a los escalones miró a los amigos de Mack.

—Yo me ocupo —dijo uno de ellos.

—Voy contigo —se ofreció Mack.

Lucas, Olivia, Mack y algunos otros cruzamos la explanada hasta llegar a un gran objeto de metal liso casi del tamaño de un coche.

Mack se descolgó una herramienta dura del cinto.

—Voy a desconectar el tubo —dijo, y se puso a forcejear con un tubo de metal que salía de un extremo de aquel objeto enorme. Por fin consiguió desconectarlo.

—¿Cómo estará de lleno? —le preguntó uno de los amigos de Mack a Dedos de Pavo.

Él meneó la cabeza.

—No mucho. La semana pasada llamamos para que nos lo llenaran, pero aún no han venido.

Lucas, Mack y el resto se pusieron a empujar el gran objeto de metal. Muy pronto empezó a balancearse, y con cada balanceo, adelante y atrás, el movimiento fue en aumento. Cuando aquella cosa enorme cayó de su soporte y aterrizó con un enorme golpetazo en el suelo no pude evitar dar un salto del susto. Inmediatamente echó a rodar colina abajo, pero no llegó muy lejos: al poco rato topó con unos árboles y se detuvo.

Lucas alargó la mano y tocó a Olivia en el brazo.

—¿Estás bien?

Olivia asintió.

—Por algún motivo, esta vez no tengo tanto miedo. Es como si ya supiera qué esperar, ¿sabes?

Levanté el morro. Por el olor, estaba claro que el fuego volvía otra vez. Y lo oía, oía ese ruido que tenía dentro de la cabeza desde el día que habíamos visto a la falsa Gatita Grande en aquella sala con las urnas de cristal.

Mack se nos acercó. Estaba sudando y no sonreía.

—Ojalá hubiéramos podido alejar más ese depósito. —Dejó su mochila en el suelo y se puso a buscar algo dentro—. Por algún motivo, cuando vi a Bella en Frisco decidí coger uno de estos y metérmelo en la mochila. Es un filtro de aire para perros. Me había olvidado de que lo tenía. Lo siento, Bella.

Oí mi nombre y la palabra «perro», pero no parecía que hubiera ninguna golosina de camino. Efectivamente, y no solo eso, sino que Mack sacó lo que parecía ser un cuenco de comida para perros ancho y profundo y me lo puso en la cara. Yo moví el rabo, aunque no sabía qué estaba haciendo. Sabía que Mack me quería y que no me haría daño.

Cuando me colocó el cuenco en el morro, observé algo nuevo: el horrible olor a humo que tanto tiempo llevaba metido en la nariz de pronto era mucho menos intenso. Seguía percibiendo el olor del fuego, pero también detectaba el sabor de un aire limpio. Aspiré profundamente, y mientras tanto vi que la gente iba cargando unas mantas mojadas que chorreaban por todas partes, y que iban amontonándolas en el centro de una gran superficie lisa que parecía como un trozo de carretera. Se movían a gran velocidad, torciendo de vez en cuando el cuerpo para toser. El humo iba formando volutas a nuestro alrededor. Yo esperaba que en cualquier momento llegaran Scott y sus amigos.

—Irá bien, no te preocupes —le dijo Lucas a Olivia. Vi que se abrazaban con desesperación. No meneé el rabo.

—¡Vamos! ¡Vamos! —gritó alguien.

—¡Todo el mundo al centro de la pista de baloncesto! —dijo otra voz.

Todos se fueron corriendo al centro de la superficie lisa de cemento. Había un poste metálico solitario en un extremo que se elevaba hacia el cielo. Noté que un perro macho había marcado la base del poste y habría querido ir a investigar, pero Lucas chasqueó los dedos para hacerme reaccionar.

—¡Bella, ven!

Estábamos en el centro del espacio liso.

—Agachaos todo lo que podáis —ordenó Ojo de Trapo.

155

Mack y sus amigos empezaron a levantar las enormes mantas mojadas. Lucas y Olivia se echaron en el suelo, apoyándose en las manos y en las rodillas, uno junto al otro, pero no para jugar conmigo. Muy pronto los únicos que quedaban en pie eran Mack y sus amigos.

—Vale, chicos, no voy a mentiros —anunció Ojo de Trapo—. Esto va a dar miedo. El fuego prenderá las copas de los árboles y hará más calor del que os podáis imaginar. Pero en la pista de baloncesto no hay nada que pueda arder. Con un poco de suerte las brasas no conseguirán que estas mantas se quemen. Si sucediera, dad voces e intentaremos sofocar las llamas.

—Pegaos la tela a la cara y respirad por la nariz —dijo uno de los amigos de Mack, mientras iba distribuyendo mantas mojadas a la gente.

—¿Cuánto tardará en llegar? —preguntó Olivia.

Mack se giró a mirar y ella se acurrucó junto a Lucas. Lucas me rodeó con su brazo y yo me acosté a su lado.

—Nada —dijo Mack—. Ya está aquí.

17

—¡*T*odo el mundo a cuatro patas, sobre las manos y las rodillas! —gritó Ojo de Trapo—. ¡Bomberos, linternas encendidas!

—Acurrucaos lo más cerca que podáis y manteneos agachados —añadió Mack—. Eso evitará que el aire caliente pase entre vosotros. Imaginaos que las mantas mojadas son el techo de una tienda de campaña: queremos estar todos en el mismo espacio, en el interior de la tienda.

Mack y sus amigos sacaron unos objetos de metal cortos y los movieron, y unos rayos de luz iluminaron los rostros sudorosos y asustados de la gente.

Sentí el terror que emanaban todos y cada uno de ellos a medida que se iban colocando unos junto a otros. No entendía lo que hacían y quería irme de allí, pero los humanos deciden dónde van los perros. Ninguno de ellos echaba a correr, así que yo tampoco iba a hacerlo. Apenas tenía sitio para mí, pero Lucas, tosiendo, tiró de mí, me colocó entre Olivia y él y me agarró fuerte.

Con su brazo alrededor del cuerpo me sentía protegida. Habría querido lamerle la cara, pero aún tenía puesto el cuenco que me había colocado Mack. Jadeé, asustada, pero mi chico y Olivia me necesitaban. Tenían el rostro tenso del miedo y me llegaba el latido de su corazón, desbocado, audible incluso con el ruido del viento. También oía los sollozos y lamentos de los otros.

—¡Preparados! —gritó Mack, con voz ronca.

—Oh, Lucas, no quiero morir —gimió Olivia.

—¡No vas a morir! —le susurró Lucas, con energía—. Olivia, mírame.

Ella le miró fijamente, muy tensa.

—Hemos pasado cosas peores. ¿Recuerdas lo que viste desde el tejado? Vamos a conseguirlo, te lo prometo.

Olivia asintió, llorando en silencio.

El viento trajo aquel aullido ya familiar, el que yo asociaba con un calor y un humo insoportables. En apenas unos momentos, el sonido nos envolvió, aspirando hasta el aire de mis pulmones. Sentí que la manta que nos cubría se calentaba. ¡Hacía mucho calor! Muchas personas se pusieron a hablar, llorando. Estaba claro que estaban afligidas, pero no era un buen momento para portarme como una perra buena e ir a reconfortar a otras personas, porque Olivia y Lucas estaban muertos de miedo.

—Oh, Dios. Oh, Dios. Oh, Dios. Oh, Dios —gritó una mujer.

158   Un hombre se giró y vomitó.

—¡No! —gritó alguien—. ¡Por favor!

El viento abrasador sopló con más fuerza, arrancando algunas de las mantas, que salieron volando. Nos azotó un rugido más terrible que cualquier trueno. Lucas me agarró aún con más fuerza. Una mujer se puso a gritar y siguió gritando sin parar, aún más fuerte que el viento.

Olivia tenía la cara desencajada del miedo.

—¡Lucas! ¡Te quiero, Lucas!

—¡Te quiero, Olivia!

Lucas y Olivia se cogieron de las manos, sin dejar de rodearme con sus brazos.

—¡Aguantad! —gritó Ojo de Trapo, aunque su voz quedó casi eclipsada por el estruendo del aire abrasador.

—¡Lo tenemos encima! —exclamó Mack.

Ahora casi todos gritaban. No eran palabras; solo sonidos agónicos.

Hacía un calor insoportable. Parpadeé, cegada. El aire que respiraba me quemaba la garganta.

De pronto, cuando el ruido alcanzó un volumen tan ensordecedor que pensé que nada podría sonar más fuerte, una enorme explosión llenó el aire y nos golpeó con una fuerza tremenda. Fue como recibir una patada, y me encogí de dolor, pero Lucas y Olivia me agarraron con fuerza.

—¡Eso es el depósito de propano! —gritó Mack.

La luz que tenía en la mano se cruzó con los haces de luz de sus amigos, atravesando el negro humo, que pasaba a nuestro lado a toda velocidad, con un silbido. Los ojos me picaban y me estaba ahogando, y sentí que estaba a punto de perder el control. Todos mis instintos me decían que echara a correr.

Forcejeé y me puse en pie, empujando la manta caliente que nos cubría, pero mi chico tiró de mí, obligándome a tumbarme otra vez.

—¡Quédate aquí, Bella! —me ordenó.

—¿Hay alguien herido? —gritó uno de los amigos de Mack—. ¿A alguien le ha alcanzado algún fragmento de metal del depósito de propano?

—¡Vamos a morir todos! —exclamó una voz desesperada. El hombre que había hablado tiró su manta a un lado, se puso en pie de un salto e intentó salir corriendo—. ¡No podemos quedarnos aquí! ¡Vamos a morir calcinados!

Varias personas reaccionaron con gritos de protesta y chillidos.

—¡No! —Mack se puso en pie de un salto, se abrió paso entre la gente y placó al hombre, y ambos cayeron pesadamente en el suelo—. ¡Abajo! ¡No puede correr más que el fuego! ¡Morirá! —dijo, colocándose encima de él e inmovilizándole los brazos.

La gente tosía; se estaban ahogando. Lucas y Olivia tenían las mantas pegadas a la cara. Yo tenía arcadas y babeé incontroladamente en el interior del cuenco que me había puesto Mack. Sacudí la cabeza, intentando quitármelo. ¡Necesitaba aire!

—¡Lo peor ya ha pasado! —gritó Ojo de Trapo—. ¡Ya ha pasado de largo! ¡Aguantad, aguantad! ¡No falta mucho!

No podía imaginarme un momento peor.

Pero entonces sentí algo. Una leve mejoría. A cada respiración ahogada llena de humo, con cada golpe de tos, la presión del calor sofocante y el viento atronador disminuían.

Mack miró fijamente al hombre que acababa de inmovilizar.

—¿Se ha calmado? ¿No intentará correr?

El nombre negó con la cabeza y Mack le dio una palmadita en el brazo.

—Buen chico —dijo, y se metió bajo las mantas, gateando entre unos y otros. Llevaba un tubo con un cuenco pegado al extremo e iba pasándoselo a la gente, que tosía—. ¡Respiren tres veces! —gritó, para hacerse oír con todo aquel ruido—. ¡Tres veces cada uno!

El vendaval de fuego y calor empezaba a alejarse de nosotros. El viento menguó y el humo empezó a aclararse. Fue un cambio sutil, pero notaba que el fuego había hecho todo lo que había podido y que estaba siguiendo su camino para aterrorizar a gente en otro lugar.

El cemento estaba caliente, casi quemaba. Esperaba que, fuera lo que fuera lo que estábamos haciendo, no durara mucho más. Me sentía una perra mala por no querer hacer «aquí». Mack avanzó a gatas por debajo de las mantas y llegó junto a Dedos de Pavo. Le entregó el cuenco.

—Toma, Henry.

El hombre asintió, agradecido, y se lo puso en la cara. Respiró y, cuando apartó el cuenco, había dejado de toser.

—¿Cómo es que tienes una bombona de oxígeno y los otros bomberos no? —preguntó Dedos de Pavo, con un hilo de voz.

Mack meneó la cabeza.

—No es oxígeno. Es aire comprimido. Los bomberos paracaidistas no lo llevan, pero yo estoy en el cuerpo regular de bomberos. Todo irá bien, señor.

Dedos de Pavo le devolvió el cuenco.

—Eso espero. Pero por un momento he perdido la esperanza.

—Le entiendo.

—Creo que ya podemos salir de debajo de las mantas —dijo uno de los amigos de Mack—. Esto es como una sauna.

Ojo de Trapo se puso en pie.

—Sí, ya no hacen falta. Quitémoslas de en medio.

Todos se pusieron de pie y apartaron las mantas. Ahora veía mucho mejor.

Mack fue de una persona a otra y les dejó que se pusieran el cuenco en la cara. Cuando llegó a Olivia y a Lucas, su haz de luz me pasó por delante de los ojos por un momento. Mack le tendió el cuenco a Olivia, que hizo que no con la cabeza y se lo puso en la cara a mi chico.

—Su tos está empeorando —explicó. Lucas asintió, cogiendo aire y ladrando cada vez que lo soltaba, con el pecho contraído. Luego levantó el brazo, apartó el cuenco y se lo pasó a Olivia.

—Estoy bien —dijo, con voz rasposa.

Una mujer estaba llorando; era la misma que antes decía: «Oh, Dios. Oh, Dios. Oh, Dios». La gente se frotaba los ojos, tosía y miraba alrededor.

Me sacudí. Era como si del cielo cayera suciedad. Miré a Lucas, que tenía abrazada a Olivia. Estiró una mano, con la palma abierta hacia arriba.

—¡Cuidado con las pavesas, pueden estar calientes! —advirtió, levantando la voz.

—Tomen —dijo Ojo de Trapo, y tanto él como sus amigos sacaron cuchillos y empezaron a cortar las mantas a tiras que fueron pasando a la gente—. Si notan algo en la cabeza o en el hombro, quítenselo con esto.

Las cosas habían cambiado. Los árboles habían desaparecido, y ahora solo se veían troncos negros, la mayoría caídos. Aquí y allá quedaban algunos de pie, aún en llamas. Todos los edificios estaban en llamas, emitiendo un humo negro que flotaba en el aire, aunque el olor era menos intenso con aquel cuenco de perro que llevaba en el morro. Todo el mundo se abrazaba, así que meneé el rabo. No entendía muy bien lo que pasaba, pero la sensación de alivio de toda aquella gente iba

161

dejando cada vez más en segundo plano el miedo, y sabía que significaba que el peligro que suponía el fuego ya había pasado.

Lucas fue pasando de una persona a la otra, tendiéndoles una mano.

—¿Se encuentra bien? —les preguntaba a todos. Todos tosían y escupían. Un hombre tenía la voz tan ahogada que no pudo responder.

—Mack, la bombona de aire, por favor —le pidió Lucas.

Mack le dio a mi chico aquel cuenco y él se lo puso al hombre en la cara.

—Le tendré observado, pero yo creo que no es más que la inhalación de humo. No tiene ninguna enfermedad pulmonar que usted sepa, ¿no? ¿Asma? —preguntó Lucas.

El hombre se quitó el cuenco de la cara y negó con la cabeza.

—No.

—¿Es fumador?

El hombre negó con la cabeza otra vez.

—Pero fumé durante veinte años.

Lucas asintió.

—Entonces es eso. Usted respire, tranquilo.

Poco a poco, la superficie caliente que tenía bajo las patas liberó el calor que contenía. Cuando llegaron nuevas ráfagas de viento iban menos cargadas de humo.

—Vamos a esperar un minuto para recuperar el aliento —propuso Ojo de Trapo.

Dedos de Pavo se giró y miró a Lucas y a Olivia con una sonrisa triste en el rostro.

—Esas cabañas de ahí las construimos mi padre y yo durante un verano, los dos solos. Yo siempre lo recordaba, cada vez que entraba en cualquiera de ellas. Y ahora están en llamas. Puedo reconstruirlas, pero ya no podré mirar los marcos de madera que él instaló, o la viga central, y recordar cuando los puso en su sitio.

Lucas asintió, consciente del dolor de aquel hombre.

—Lamentamos mucho su pérdida —murmuró Olivia.

Acabamos sentándonos todos en el suelo. Lucas alargó la

mano y me quitó el cuenco de perro que llevaba en la cara, y yo le lamí las mejillas para darle las gracias.

Ya no se les veía asustados ni a Olivia ni a él, aun cuando seguía oyéndose el ruido de los incendios cercanos y todavía había humo en el aire.

Lucas se llevó un puño a la boca y tosió. Olivia le tocó el hombro. Él asintió.

—Estoy bien —dijo, algo ronco, y se pasó la mano por la cara.

Lo que percibía de la gente que me rodeaba era que estaba exhausta. Algunos estaban tendidos en el suelo, con un puñado de mantas bajo la cabeza, durmiendo. Un hombre roncaba. Yo apoyé la cabeza en el regazo de mi chico.

Me desperté sobresaltada cuando oí algo: un gran motor, muy ruidoso. Luego se oyó un golpetazo, como si dos cosas muy pesadas hubieran chocado, cosas metálicas, y el ruido me recordó el paseo que habíamos dado en el jeep para llegar al lago. Los golpes eran tan fuertes que casi sentía el impacto. Olivia pareció darse cuenta de que estaba intranquila, porque alargó la mano y me acarició la cabeza.

Todos se giraron a mirar en dirección de aquel estruendo. Yo bostecé, nerviosa. Hubo otro golpetazo enorme y luego otro.

—Yo creo que será el camión —les dijo Mack al resto del grupo. Entonces vi qué era lo que hacía tanto ruido: era aquel camión grande y largo en el que solía pasearse Mack. Miré y lo vi chocando con un coche aparcado a un lado con otro sonoro golpetazo, despejando la carretera para poder seguir avanzando. Algunas personas echaron a correr hacia allí.

—¡Paren! —gritó Ojo de Trapo—. Vendrá hasta aquí. Todavía no se puede pisar el terreno.

Levantando humo, el camión avanzó hasta aparcar justo en el cemento, donde estábamos todos. Un hombre bajó del camión y fue hasta donde estaban Mack y sus amigos; se abrazaron y se dieron palmadas en la espalda, todos sonriendo. Observé que el rostro del hombre del camión estaba cubierto de sudor y de manchas de hollín.

163

—¿Qué queréis hacer? —le preguntó a Ojo de Trapo.

—No creo que debamos quedarnos aquí. El humo es demasiado denso —respondió Ojo de Trapo.

El conductor del enorme camión se inclinó hacia delante y escupió en el suelo.

—Bueno, solo hay una carretera y pasa por el centro del incendio antes de enlazar con la 765. Puede ser peliagudo si vamos por ahí.

Dedos de Pavo dio un paso adelante.

—Es el único modo de llegar a Paraíso.

Mack y sus amigos se miraron. Ojo de Trapo se encogió de hombros.

—¿Qué otra opción tenemos?

Nos subimos al camión grande para dar un paseo, pero esta vez Olivia y Lucas se metieron en un pequeño espacio intermedio y otras personas subieron con Mack al tejado, en la parte de atrás. No había sitio para que me tumbara, así que hice un «sienta» a los pies de mi chico.

La gente estaba triste y tenía cara de miedo, cosa que yo no entendía, porque estábamos alejándonos del lugar del cemento caliente. Olivia volvió a ponerme aquel cuenco en la cara, como si hubiera decidido hacerme aún más incómodo el paseo en coche.

Dos de los amigos de Mack fueron pasando cuencos de esos, cada uno con un tubo conectado a un objeto metálico.

—Son para compartir, ¿vale? Hay que compartir las máscaras —dijo Ojo de Trapo desde la parte delantera de la cabina.

El camión avanzó con un rugido y sentí el humo en el ambiente, no solo en la nariz: me quemaba los ojos, saturaba el aire. El rugido del fuego fue volviéndose cada vez más intenso. Daba la impresión de que íbamos directos hacia el incendio. Solté un gemido que quedó atrapado en mi cuenco.

Lucas le pasó su cuenco a Dedos de Pavo y tosió, tapándose la boca con la mano. Olivia cogió del brazo a Lucas, con los ojos cubiertos de lágrimas.

—Estoy preocupada por ti, cariño. ¿Estás seguro de que te encuentras bien?

Lucas asintió y tosió otra vez, mientras Dedos de Pavo le pasaba de nuevo el cuenco a Olivia. Yo apreté el cuerpo contra las piernas de mi chico, nerviosa. Ahora sentía calor, oleadas de calor transportadas por unas corrientes de aire cada vez más fuertes. No entendía qué estábamos haciendo.

—¿Cuánto falta? —le preguntó Lucas a Dedos de Pavo, casi sin voz.

—No mucho. Quizá kilómetro y medio hasta llegar a la 765.

—Un kilómetro y medio más con todo este humo… —dijo Olivia, señalando alrededor—. No sé cómo vamos a soportarlo.

Tanto Olivia como Lucas tosían. Yo estaba babeando en el interior del cuenco que tenía pegado a la boca y estaba segura de que acabaría vomitando otra vez. No veía nada y el único olor que me llegaba era a humo negro.

—¡Tenemos que volver! —chilló una mujer con una voz muy aguda.

—¡No podemos! —respondió Lucas, con voz rasposa, negando con la cabeza.

—¡Aguantad, amigos! —gritó Mack—. ¡Ya casi estamos en el desvío!

165

18

$\mathcal{T}$enía el olor penetrante y acre a madera quemada en la lengua y en la nariz, más intenso de lo que había podido imaginarme. Jadeé; tenía la garganta dolorida. Lucas echó el cuerpo hacia delante, apoyando las manos en las rodillas, y Olivia se acercó y le puso aquel cuenco en la cara. La mujer que había estado chillando se desvaneció y Dedos de Pavo se arrodilló junto a ella. Ambos desaparecieron entre el humo negro. Estaba oscuro como si fuera de noche.

Luego el camión se inclinó hacia un lado y todo el mundo se agarró donde pudo. Yo salí resbalando por el suelo de metal, aunque intenté clavar las garras. Ya no veía a Lucas, pero me tenía agarrada del collar, con lo que me frenó.

—¡Ya está! —gritó Mack, con la voz ahogada y jadeando.

La gente gritó de alegría, así que meneé la cola, pero no entendía nada. El camión dio un salto hacia arriba y la fuerza del movimiento me lanzó contra las piernas de Lucas. La vibración del motor alcanzó un volumen superior incluso al del fuego, imponiéndose a todo lo demás. Levanté la vista y vi el rostro de mi chico, que tosía con la mano en la boca. Luego el humo empezó a moverse como una corriente de viento, silbándome al oído. Miré a Lucas, que se limpiaba los ojos y escupía a la carretera. Cada vez se le veía mejor entre aquella niebla negra, que se iba disolviendo. Aspiró con ese cuenco en la cara y luego, con un gesto de la cabeza, se lo pasó a Olivia. Ella le respondió con una débil sonrisa.

Incluso con aquel cuenco en el morro notaba que el olor

del fuego iba disminuyendo. Lo estábamos dejando atrás. Veía cada vez mejor, y el estruendo y el calor iban menguando. Lucas alargó la mano y me quitó el cuenco de la cara. Yo parpadeé para quitarme el agua de los ojos.

—Bueno, yo diría que ya estoy listo para volver a la vida normal —exclamó mi chico, con voz rasposa.

Olivia tosió y luego sonrió.

—¿Recuerdas cuando me pediste que me casara contigo y me prometiste que harías que todos los días fueran interesantes? Bueno, pues desde luego eso lo has cumplido.

Se dejó caer hacia un lado, buscando a mi chico, que se agarró a un asidero con una mano mientras la cogía a ella con la otra. Se besaron y yo meneé el rabo y metí la cara entre sus cuerpos, porque estaban haciendo «amor» y sabía que querían que formara parte de aquello.

La calidad del aire fue mejorando por momentos. Muy pronto el paseo en el gran camión mejoró aún más, cuando bajamos la velocidad y pude oler el lugar en el que habíamos estado antes: era el pueblo con las grandes habitaciones de paredes blandas sobre la hierba.

Esa noche, Mack nos llevó a nuestra nueva casa, pero yo pasé la mayor parte de los días siguientes en la casa de los perros que ladraban. El resto de los animales estaba en las casetas de las jaulas de atrás o en el patio que quedaba detrás del edificio, pero a mí me permitieron acostarme en una cama de perro en el suelo, cerca de Olivia, porque era una perra buena. Eso sí, no me dejaban subir al sofá: no era tan buena.

Yo saludaba a la gente que llegaba, sola o en grupos, y ellos siempre se ponían contentos al verme. Cuando Diane u Olivia iban a la parte trasera del edificio y volvían con un perro o un gato, los recién llegados se ponían a reír o a llorar de alegría y los animales se ponían contentos de ver a los humanos… aunque con los gatos no resulta tan fácil estar seguro.

Se me ocurrió pensar que entendía por qué estaba tan contenta la gente: la vida es mejor con un perro. Los gatos no son perros, pero tampoco están mal. El macho que había formado

167

parte de mi manada por un breve espacio de tiempo, Gus, salió
con una correa al cuello junto a un hombre alto, y Trixie salió
de la puerta con una mujer que lloraba. De haber sabido que
cada uno de ellos tenía a su propia persona, no habría descon-
fiado tanto de ellos. A veces, en lugar de quedarme con Olivia,
Diane y los animales, me llevaban a aquel espacio abierto con
las grandes habitaciones de paredes blandas, con Olivia, Lucas
y el resto de la gente. Cada vez se veían más coches por las
calles y más humanos caminando, y muchos de ellos estaban
tristes y necesitaban acariciarme y abrazarme. Vi a niños y, de
vez en cuando, a algún perro nuevo. Los niños y los perros no
parecían tristes.

La tarde siguiente, Lucas estaba en el interior de una de
las habitaciones blandas hablando con personas —percibía su
olor— y, si me concentraba, conseguía separar su voz del murmullo de las conversaciones que se mezclaban a mi alrededor.
Yo estaba sentada bajo una mesa larga, a los pies de Olivia. Ella
no estaba comiendo, pero yo hice un buen «sienta», porque
en el pasado bajo esa misma mesa ya había recibido alguna
golosina.

A veces, algún amigo, conocido o desconocido, se sentaba a
hablar con Olivia, y yo lo olisqueaba desde debajo de la mesa,
y percibía lo que todos tenían en común: todos tenían aún encima ese olor a humo.

En un momento dado, Olivia se puso rígida de pronto.

—¿Qué está pasando? —le preguntó a un hombre que estaba sentado delante.

Ambos se pusieron en pie, así que por supuesto yo también
lo hice, pensando que iríamos a dar un paseo, o que por lo menos quizá nos darían un gran bocadillo.

—No lo sé —respondió el hombre—. Pero evidentemente
está pasando algo.

—Todos llevan armas. ¿Por qué llevan armas?

Noté el tono de alarma en su voz, pero no veía ni olía nada
que pudiera preocuparle. A las personas les pueden pasar muchas cosas que en realidad un perro no consigue detectar.

—¡Scott! —gritó Olivia. Miró a ambos lados y cruzó la calle hasta la camioneta de nuestro amigo Scott. Yo la seguí de cerca.

Scott bajó la ventanilla.

—Hola, Olivia.

—¿Qué está pasando? ¿Por qué van armados todos estos hombres?

—¿No lo has oído? —respondió Scott—. Han visto un par de pumas en el interior del término municipal. Habrán tenido que abandonar su territorio por culpa del fuego y ahora están aquí, en el pueblo.

—Bueno, pero no podéis dispararles, sin más. Probablemente tengan miedo y simplemente necesiten encontrar el modo de salir de aquí. ¡No han venido hasta aquí para cazar, por Dios!

Scott negó con la cabeza.

—No podemos arriesgarnos, Olivia. Acuérdate de lo que dijo la jefa de la guardia forestal del distrito: los depredadores, fuera de su territorio, son impredecibles y agresivos. Están a punto de volver muchos niños a Paraíso… Niños, perros y otras mascotas. No podemos dejar que haya pumas merodeando por ahí.

—Eso está mal, Scott. Es desproporcionado. No puede ser legal y desde luego no es ético. Dejad que se encargue el departamento de control de animales.

—Sí, bueno, también me dijeron que no debía quedarme a defender el pueblo —le recordó Scott—. A veces hay que adaptar las normas a la situación. Si quieren detenernos, que lo intenten.

—¿Y de verdad crees que es buena idea disparar con la escopeta dentro del pueblo? Tú mismo lo has dicho; ahora hay niños y mascotas.

Scott frunció el ceño.

—¿Podríais esperar un poco? He visto a esa jefa de la guardia forestal hace un rato. ¿Podríais posponerlo hasta que hable con ella?

Scott soltó un suspiro.

169

—Bueno.

—¡Gracias!

Olivia se dio media vuelta y salió corriendo. Yo quise seguirla, pero Scott asomó la cabeza por la ventanilla.

—¡Eh, Bella! Me alegro de verte, chica. ¿Quieres un trocito de cecina de pavo? —dijo, y me ofreció una golosina deliciosa que le cogí de la mano con delicadeza. ¡Era la segunda persona que conocía con dedos de pavo! Era algo estupendo, consistente, y mientras la masticaba me di cuenta de que Olivia se había metido en alguna de las habitaciones de paredes blandas y había desaparecido.

Normalmente habría ido tras ella, pero Scott me tendió otra golosina.

Un camión paró junto a nosotros. A través de las ventanillas abiertas me llegó el olor de dos hombres.

—¡Scott! Parece que los han visto junto al supermercado. ¿Vienes?

Scott miró hacia el lugar al que había ido Olivia, pensativo, pero luego asintió. Me lanzó otra golosina.

—Perrita buena, Bella. Ve a casa.

Cogí el bocado al vuelo. No entendía por qué me acababa de decir «a casa». «A casa» significaba ir en busca de Lucas, y yo sabía exactamente dónde estaba.

Cuando Scott se fue me quedé sola en la calle. Caminé sin rumbo un rato y descubrí una caca que había dejado una perra hembra. La olisqueé con curiosidad.

¡Entonces vi una ardilla! Estaba cavando en la hierba muerta, junto a la base de un árbol negro. Bajé la cabeza. La ardilla dio unos saltitos. ¡No me había visto! Me acerqué, pero levantó la cabeza. Sí. Echó a correr, giró y trepó a toda prisa por el árbol quemado. Yo apoyé las patas delanteras en el árbol y miré hacia arriba, y ella me miró a su vez.

Esperé a que volviera a bajar para intentarlo de nuevo, pero al cabo de un momento saltó de una rama, aterrizando en otro árbol, y siguió trepando. Las ardillas a menudo saltan de árbol en árbol y a mí eso me resulta muy irritante.

Busqué con el olfato algún indicio que me dijera que la ardilla iba a bajar otra vez para poder jugar a perseguirla, pero no había ni rastro. Y entonces un sutil cambio de viento me trajo algo que flotaba en el aire… aparte del humo. Era un olor animal, salvaje pero familiar a la vez. Cuando me giré en aquella dirección no pude evitar menear el rabo. Conocía aquel olor como el mío propio. Había habido una época en que respiraba ese olor a todas horas del día y también mientras dormía.

Era Gatita Grande.

Estaba cerca.

La orden de «a casa» no me la habían dado ni Olivia ni Lucas. Eché una mirada atrás y, sintiéndome algo culpable, recorrí la calle al trote en dirección a mi vieja amiga.

Pasé a toda prisa junto a montones de madera chamuscada y edificios de ladrillo ennegrecidos, giré una esquina reducida a ruinas y seguí por un ancho camino de tierra hasta una extensión de hierba. Por el olor debía de haber un arroyo cerca, y aquel rincón se había librado del fuego, lo cual resultaba refrescante: la hierba y las hojas húmedas se balanceaban agitadas por el viento. No vi ninguna casa cerca: aquello recordaba un parque para perros, y varios perros macho debían de haber pensado lo mismo, porque habían dejado su señal. Vi unas grandes rocas y algunos árboles que se habían librado del fuego. Y era ahí donde iba a encontrar a mi amiga Gatita Grande; mi olfato me lo decía.

Ahora su olor a animal salvaje era intenso, pero no intenté rastrearlo para buscarla entre las rocas o los arbustos. Sabía que me estaría viendo; estaba a campo abierto, sobre la corta hierba. Me quedé allí, agitando el rabo, insegura de si me recordaría siquiera después de tanto tiempo.

Pero había algo más: por el olor, había otros felinos con ella.

Un momento más tarde detecté un movimiento, y Gatita Grande salió de entre el follaje y se quedó allí, mirándome. Yo di unos pasos adelante, vacilante, sin dejar de menear el rabo, y luego me detuve. Lo que pasara después dependería de ella.

Avanzó sigilosamente, mostrándose por completo, y bajé la

171

cabeza, como para jugar, en señal de bienvenida. Era fantástico volver a ver a mi amiga.

Los gatos no menean el rabo, no olisquean culos; en realidad, no se muestran amistosos con los perros, ni siquiera entre ellos. Pero Gatita Grande hizo una cosa... una cosa con la que sabía que me demostraría que aún me recordaba. Yo habría querido tirarme encima y jugar con ella, pero me quedé inmóvil, moviendo solo la cola, esperando mientras ella avanzaba cautelosamente hacia mí. Se detuvo delante de mí, moviendo el morro mínimamente. Y entonces lo hizo: bajó la cabeza y se frotó contra mí, mientras emitía ese sonido grave y vibrante que le salía del pecho.

Oh, sí. Gatita Grande me recordaba.

Percibía el olor a otros felinos: seguían escondidos en las rocas. Miré en esa dirección, intrigada.

Gatita Grande se dio media vuelta y miró por encima del hombro, de un modo que yo ya había aprendido mucho tiempo atrás que significaba que quería que la siguiera. Me acerqué al trote, deseosa de conocer a esos nuevos amigos.

Me quedé de piedra cuando nos introdujimos por entre aquellos densos arbustos y vi quién nos esperaba allí atrás: ¡dos cachorros!

En realidad, no eran tan pequeños: aunque no eran tan grandes como el gato montés del conejo, eran más grandes que cualquier otro gato que hubiera conocido, salvo por Gatita Grande. Pero eran más pequeños que Gatita Grande cuando nos conocimos, aquella vez que yo estaba haciendo «a casa», buscando a Lucas.

Había un Gatito Pequeño y una Gatita Pequeña. Cuando me acerqué, ambos fueron corriendo a esconderse detrás de Gatita Grande. Yo meneé el rabo y bajé la cabeza en gesto amistoso, pero ellos se me quedaron mirando, sin más. Al final me tiré al suelo y me puse panza arriba, como para que me la acariciaran.

Gatita Pequeña fue la más valiente de los dos y por fin se adelantó, olisqueando tímidamente, mientras Gatita Grande observaba, impasible. Pero cuando me puse en pie de un salto, Gatita Pequeña retrocedió a toda prisa, con los ojos bien abiertos. Aparentemente no estaba interesada en jugar a pelearse conmigo, ni su hermano tampoco. Gatita Grande ahora era madre. Aquellos eran sus cachorros, y yo esperaba que todos me siguieran para que pudiera enseñárselos a Lucas. ¡Menuda sorpresa se llevaría!

Cuando era pequeña, a Gatita Grande le encantaba jugar a un juego en particular. Decidí probarlo y, cuando salí corriendo como si quisiera huir, me giré para ver si Gatita Pequeña me seguía, pero ella no se movió. No quería jugar a «persígueme».

De pronto detecté el olor de otro animal diferente y levanté la vista. Eran los monstruos: aquellos enormes animales que habíamos visto antes de que todo el mundo se pusiera a jugar con la tierra durante el gran incendio. Ahora aquellas bestias gigantescas avanzaban lentamente por la calle, perfectamente visibles porque no había casas; solo ceniza en el suelo. Muy pronto pasaron junto al ancho camino de tierra que llevaba a aquel parque para perros. Tras ellos iba un camión que de pronto paró tras el rebaño de enormes animales, que no le hicieron ni caso. Las puertas del camión se abrieron y aparecieron hombres a ambos lados, apuntando lo que parecían unos palos largos en dirección adonde estábamos los felinos y yo. Yo meneé el rabo en señal de buena voluntad. Los dos cachorros estaban jugando entre ellos y no prestaban atención, pero vi que Gatita Grande estaba alerta, observando a los enormes monstruos y a los hombres que se habían apostado a ambos lados del camión.

Vi un fogonazo y algo de humo y oí un sonoro chasquido que se me metió en los oídos. Gatita Grande se puso rígida. El palo del otro hombre hizo el mismo ruido y me sorprendió ver que junto a Gatita Pequeña se levantaba de pronto una polvareda.

Gatita Grande y yo nos miramos y me pregunté si estaría recordando aquel mismo ruido, el mismo olor, del día en que nos conocimos. El día en que su madre murió, tendida en la

173

tierra. Y entonces ambos nos giramos por otro motivo: con las dos sonoras detonaciones, la tensión se había extendido por el rebaño de monstruos, ¡y de pronto el gran macho de delante viró y echó a correr por el camino donde estábamos jugando nosotros! Al momento, todas las otras bestias le imitaron y echaron a correr tras él. Todo el rebaño se lanzó hacia nosotros, pateando el suelo estruendosamente.

Gatita Grande salió huyendo y los gatitos la siguieron. Yo también corrí, siguiendo a Gatita Grande, que enseguida se distanció de mí y de sus cachorros. Corríamos a toda velocidad por rocas y hierba, esquivando piedras y ramas. Percibía el olor de mi amiga, pero era muy rápida, y muy pronto la perdí de vista entre la maleza.

Gatita Grande no querría que Gatito Pequeño y Gatita Pequeña acabaran pateados por los monstruos que teníamos detrás. Pero se había asustado y el miedo la había llevado a abandonarnos.

174   Decidí quedarme con los cachorros.

19

Seguíamos el rastro de Gatita Grande, pero estábamos quedándonos atrás. Había salido corriendo a tal velocidad que ya solo la podía seguir con el olfato; los cachorros parecían seguirme a mí, más que el rastro de su madre. De algún modo, ahora que habían cambiado las circunstancias, ya no desconfiaban de la perrita amiga de su madre. Yo no habría querido tener que hacerme cargo de aquellos cachorros, pero acepté la responsabilidad instintivamente. Gatita Grande y yo formábamos parte de una misma manada: nos habíamos visto separadas por el tiempo y la distancia, pero seguíamos siendo una manada. Pensaba volver con Lucas, por supuesto, pero de momento lo que me pedía mi instinto era seguir a mi amiga.

Gatita Grande era muy veloz, pero el olfato me decía que no la teníamos demasiado lejos. Ascendimos por una colina cubierta de hierba, donde unos árboles caídos —que Gatita Grande habría podido superar de un solo salto— nos frenaron la marcha.

Ya no teníamos a aquellas bestias enormes cargando contra nosotros, y los hombres estaban mucho más atrás, pero Gatita Grande no parecía haberse dado cuenta: seguía moviéndose. Y se movía de un modo nada natural. La gata que yo conocía solía avanzar por el terreno corriendo de un lado al otro, buscando dónde ocultarse, como si se considerara una presa, pese a ser una de las criaturas más feroces de las montañas. Pero lo que percibía con el olfato era un camino recto. Gatita Grande no estaba corriendo hacia ningún sitio en particular; estaba huyendo.

Me concentré en el olor de Gatita Grande y percibí su hambre; notaba el olor a humo en su piel y también su miedo.

Que Gatita Grande tuviera miedo era algo nuevo para mí; no la había visto asustada desde que era cachorro.

Las crías y yo llegamos junto a Gatita Grande en lo alto de una colina ennegrecida por el fuego, lejos de donde habíamos empezado nuestra andadura. Avancé por un pedregal y llegué junto a ella. Todos estábamos jadeando. Los ojos de Gatita Grande parecían más grandes de lo normal y no me saludó como si me conociera, no se agachó para recibir a sus cachorros, que se situaron junto a su costado, buscando protección. Tenía las orejas hacia atrás, pegadas al cráneo, y se la veía nerviosa, presa del miedo.

Abajo, en la base de la colina, podía ver y oler un enorme incendio que avanzaba por la ladera que teníamos enfrente. Gatita Grande estaba aterrada. Yo no podía decirle que, cuando había fuego, Lucas, Olivia y los otros humanos le echaban tierra encima, sacaban mantas para taparnos y conseguían que todos estuviéramos a salvo.

Aunque parecía exhausta, Gatita Grande se giró y volvió a salir huyendo. Yo no tenía otra opción que seguirla, ya que los cachorros apenas conseguían mantener el paso de su madre. Sin embargo, ahora avanzaba más despacio, con lo que resultaba más fácil tenerla a la vista. Ya no estaba atenazada por el pánico, aunque era evidente que quería alejarse lo más posible de la amenaza del fuego. En el pasado había tenido muchas veces la sensación de saber adónde me llevaba. Su modo de caminar no dejaba dudas sobre la seguridad que tenía en sí misma.

Pero esta no era una de esas veces. Sabía que quería escapar del fuego, pero el fuego estaba por todas partes, y la hacía huir en direcciones diferentes. Cuanto más corríamos, más notaba que aquella sensación iba en aumento; entonces cambiábamos de trayectoria e íbamos en otra dirección hasta topar con una muralla de humo que nos hacía cambiar de dirección otra vez.

Ahora Gatita Grande se movía impulsivamente, sin pararse en ningún momento, echando a correr de vez en cuando y sin previo aviso. Verla comportarse así me asustaba; parecía ajena al hecho de que sus cachorros apenas podían seguirla; ajena a mi presencia, concentrada únicamente en la necesidad urgente de huir del peligro.

En un momento dado olí agua y me aparté deliberadamente de Gatita Grande, que notó que cambiaba de dirección y se giró a mirarme. Gatita Pequeña me siguió y Gatito Pequeño fue corriendo con su madre.

Encontré un arroyuelo y, haciendo caso omiso al sabor amargo a madera quemada que flotaba en la superficie, bebí con avidez. Muy pronto se me unió toda la familia felina.

Ahora que tenía algo de agua en la barriga, Gatita Grande parecía algo más calmada. Me preguntaba si habría entendido ya que todo estaba ardiendo a nuestro alrededor, y que lo más inteligente sería ir en busca de personas que se ocuparan de nosotros y que nos llevaran en coche junto a Lucas.

El sol se estaba poniendo en el horizonte, adoptando una forma curiosa que más bien recordaba la luna, tras la cortina de humo que pintaba el cielo.

No podíamos seguir huyendo. Aunque se habían refrescado un poco con el agua, los cachorros parecían exhaustos. Sabía que necesitaban descansar, y el brillo apagado de los ojos de Gatita Grande me decía que ella también estaba en las últimas.

Me dejó que la guiara, y muy pronto encontramos un lugar que parecía seguro junto a unos árboles caídos y chamuscados. Gatita Grande empujó a sus cachorros con el morro para que se resguardaran. Los pequeños se pusieron muy tensos cuando yo me metí en el mismo hueco con ellos, pero luego Gatita Grande se unió al grupo, y eso pareció tranquilizarlos. Yo había conocido a muchos otros gatitos en el pasado, y normalmente la cosa iba así: la desconfianza y el miedo iniciales daban paso a la aceptación cuando acababan por entender lo buena perrita que era.

Nos dormimos, pero apenas había empezado a oscurecer cuando Gatita Grande se despertó.

177

Yo ya sabía lo que iba a pasar a continuación: en cuanto se hizo oscuro, Gatita Grande se me quedó mirando un buen rato y luego se fue sin más. Ese era el patrón: Gatita Grande cazaba de noche, lo cual no tenía ningún sentido. Los perros saben que el momento de cazar es cuando se ven bien las presas, pero lo cierto es que los gatos no prestan ninguna atención a las cosas que les pueden enseñar los perros.

Estaba cansada y lista para dormir, pero Gatito Pequeño y Gatita Pequeña decidieron de pronto que era hora de jugar. Se pusieron a forcejear y a pelearse. Yo me los quedé mirando con resignación. Estaba medio adormilada, pero cada vez que estaba a punto de caer dormida uno de los cachorros me daba un empujón. Aparentemente ya había sido aceptada en la manada.

Aguanté pacientemente sus empujones porque ahora que su madre estaba de caza eran responsabilidad mía. Era lo que habría querido Gatita Grande, y lo que habría querido Lucas. Lucas y Olivia solían ocuparse de los gatos que se encontraban.

178 Los gatitos estaban tendidos contra mi cuerpo y el sol estaba a punto de salir cuando el aire cargado de humo me trajo el olor de Gatita Grande. Yo agité la cola, porque por el olor supe que traía comida.

Cuando apareció, en la penumbra, llevaba un pequeño ciervo entre las mandíbulas.

Al oler la sangre, Gatito Pequeño y Gatita Pequeña se desperezaron y compartimos la comida, tal como habíamos hecho Gatita Grande y yo tantas veces en el pasado. Los cachorritos no parecían sorprendidos de tener que comer junto a un perro, aunque Gatita Pequeña se paraba de vez en cuando a olisquearme la cara, intrigada.

No me sorprendió que, después de comer lo suficiente, Gatita Grande se llevara los restos más allá de las rocas y que se pusiera a rascar la tierra hasta cubrir la presa, tal como había hecho siempre cuando acabábamos de comer. Otra costumbre gatuna a la que no veía ningún sentido.

Gatito Pequeño y Gatita Pequeña se quedaron observando a su madre, como embelesados. Me pregunté si estarían tan perplejos como yo ante aquella conducta. No tenía forma de hacerles saber que era, sencillamente, algo que le gustaba hacer a Gatita Grande.

Sabía lo que ocurriría a continuación: pasaríamos unos días allí mismo, alimentándonos con lo que quedaba del ciervo, manteniéndonos ocultos durante el día y cazando de noche. Bueno, Gatita Grande sería la que cazara. Era el patrón de conducta que habíamos establecido mucho tiempo atrás. Pero ahora, por supuesto, yo me quedaría con la familia, porque los gatitos eran demasiado pequeños como para dejarlos solos. Lo que significaba que no haría el «a casa» sola para volver con Lucas: tendría que llevarme los cachorros conmigo. Sabía que probablemente me estaría llamando, pero por otra parte tenía claro que el fuego había bajado desde las montañas, creando una barrera que me separaba de mis humanos. No me lanzaría a las llamas sola, sin Lucas a mi lado para guiarme.

Todo aquello me tenía confundida y nerviosa. Me costaba mucho tomar decisiones. Necesitaba a mi chico para que me dijera qué hacer.

Al día siguiente oí varias veces un sonoro crujido, seguido del estruendo de un árbol que caía de pronto. Era como si los árboles, consumidos por el fuego, de pronto hubieran perdido las ganas de mantenerse erguidos. Muchos de los que quedaban en pie habían perdido la fuerza y tenían las ramas caídas, como pesados miembros que se inclinaban hacia el suelo, calcinados. Los cachorros se sobresaltaban cada vez que oían aquel ruido, y se quedaban mirando a los árboles.

Las noches siguientes, las rondas nocturnas de Gatita Grande fueron improductivas. Nos estábamos quedando sin comida, y yo empezaba a desesperarme. Y no se trataba solo del hambre que sentía yo: los cachorros eran pequeños y necesitaban comer con frecuencia.

El olfato me decía que las llamas que nos habían amenazado se estaban debilitando, que estaban perdiendo fuerza en nuestra zona. Aunque sabía que seguía habiendo fuego ahí fuera, me sentía ya más segura. Por el olor estaba claro que muchos lugares habían quedado como el bosque de los árboles negros muertos: no ya en llamas y con un calor abrasador, sino humeantes y transitables.

Así que ahora ya podía hacer «a casa», ir en busca de Lucas. Pero no mientras mis cachorritos estuvieran muertos de hambre. Tenía que asegurarme de que Gatita Grande podía ocuparse de ellos.

Me quedé tumbada, jadeando del calor, sintiendo los olores que me traía el viento, de las llamas que se avivaban y se apagaban en los árboles, cercanos y distantes. Echaba de menos a mi chico. Quería comer de su mano, hacer «sienta» y ser una perra buena.

Me pregunté si, en el caso de que Gatita Grande no consiguiera encontrar comida, me seguiría al pueblo, donde me esperaban Olivia y Lucas. ¿Entendería que estaba llevando a mis gatos a donde pudieran comer?

Cayó la noche y yo me preparé para hacer guardia y cuidar a mis cachorritos, que parecían haber desarrollado unas temerarias ansias de ver mundo que se activaban en cuanto se ponía el sol. Había aprendido a evitar que se alejaran demasiado yendo a su encuentro y empujándolos con el morro, igual que hacía Gatita Grande. De vez en cuando tenía incluso que soltarles un gruñido, sonido que parecía fascinarles. Cuando lo hacía, se me quedaban mirando, atónitos. Pero lo entendían, especialmente cuando Gatita Pequeña parecía decidida a dejar a su hermano en la madriguera y salir a pasear sola. Yo siempre salía corriendo tras ella, me plantaba delante y le ladraba. Eso la asustaba, se daba la vuelta y volvía a la carrera a la madriguera, donde la esperaba su hermano para darle empujones un buen rato.

De noche me convertía en la madre gata de Gatito Pequeño y Gatita Pequeña.

Afortunadamente, Gatita Grande había conseguido cazar algo por fin, y al amanecer regresó con una presa. Saciados y recuperados, nos pusimos todos a jugar juntos. Gatita Grande y yo forcejeamos como siempre habíamos hecho, y cuando yo caía al suelo, los gatitos se me tiraban encima. Ahora que tenía la barriga llena, revolcarme con mis gatitos era todo un placer.

Después eché una siesta con Gatita Grande y los cachorros, y pensé que sería mi último día con ellos. Ya tenían comida. Yo podía volver con mis humanos, sabiendo que los gatitos estarían bien. Lamentaba mucho no poder quedarme con mi familia felina, después de que hubieran recorrido un camino tan largo para encontrarme. Igual que yo había buscado a Gatita Grande, ella me había estado buscando a mí. Pero quizá si hacía ese «a casa», Gatita Grande se volvería al lugar donde viviera ahora, allá donde fuera. En casa, donde vivíamos Lucas, Olivia y yo, había una mujer al otro lado de la calle que tenía gatos. Lucas la llamaba la «señora de los gatos» y a mí me gustaba cruzar la calle e ir a visitarla. Esperaba que Gatita Grande estuviera viviendo con alguien así. Ella desconfiaba de los humanos en general, pero también lo hacía mi madre gata cuando yo era pequeña, antes de ir a vivir con Lucas, y ahora mi madre gata estaba con una mujer que la cuidaba. Los gatos siempre pueden encontrar una persona que los quiera, aunque desde luego para un perro es mucho más fácil.

Gatita Pequeña bostezó, y vernos a todos allí tendidos me llenó de paz y de amor. No sería fácil decirles adiós a ella y a su hermanito. Cuando había dejado a Gatita Grande, varios veranos antes, ella ya era adulta. Aquellos cachorritos aún no lo eran, pero yo ya había pasado demasiado tiempo lejos de mi chico.

Como siempre, la presencia de comida fresca no cambió en nada los hábitos de Gatita Grande, que seguía saliendo cada noche a cazar.

Cuando se fue aquella noche se giró y me miró, y yo me pregunté si sabría ya que había decidido que la mañana siguiente los dejaría a ella y a los cachorros.

Cuando desapareció entre las sombras me di cuenta de lo mucho que los echaría de menos a los tres. Habíamos pasado muchas cosas juntos. Pero había tomado la decisión.

A la mañana siguiente me despertó un fuerte viento y de

pronto me di cuenta de que Gatita Grande no había vuelto aún. El viento me lanzó a la cara un humo que me irritó los ojos: en algún lugar, bastante cerca, una gran arboleda estaba siendo devastada por las llamas. Los gatitos se acurrucaron en la sombra, estornudando, mientras yo recorría la zona incansablemente, olisqueando en busca de algún rastro de Gatita Grande. No sentía su presencia, ni su olor. Debía de haberse alejado mucho.

Volví a pensar en su huida desesperada la última vez que se había visto amenazada por las llamas. Y aquel nuevo incendio la había pillado cerca, quizá estuviera huyendo sin rumbo.

Estaba preocupada. No era un buen momento para estar lejos de sus cachorros.

En todo el día, Gatita Grande no dio señales de vida y tampoco volvió por la noche. Gatito Pequeño y Gatita Pequeña parecían nerviosos y se me pegaban más de lo habitual, intentando que jugara con ellos y los tranquilizara. Gatito Pequeño frotaba la cabeza contra mi hombro y hacía aquel ruido vibrante con la barriga, exactamente igual que su madre.

Cuando salió el sol, a la mañana siguiente, me desperté sobresaltada, convencida de que había oído a Lucas llamarme por mi nombre. Sin embargo, no había ni rastro de su olor en el viento: solo aquel humo omnipresente. Los cachorros estaban durmiendo plácidamente. Me sacudí, me estiré y salí de la madriguera.

Ni rastro de Gatita Grande. Había desaparecido.

20

*M*e invadió una sensación de miedo y soledad mientras observaba a los gatitos profundamente dormidos a mis pies. Estaban tan tranquilos, ajenos a todo, confiando plenamente en la perrita buena que los estaba cuidando.

Pero yo sabía cosas que ellos no sabían. Mi experiencia anterior con Gatita Grande me había enseñado que las montañas eran un lugar peligroso. Cualquier depredador podía ver en los cachorros, e incluso en una perrita solitaria como yo, una presa comestible. Aunque ese no era el único peligro que corríamos. El fuego seguía ahí fuera, arrasando con todo lo que encontraba. Y luego estaba el hambre, que podía dejarnos sin fuerzas y acabar incluso con nuestras ganas de vivir.

Yo solo sabía cazar comida de las manos de las personas o, indirectamente, de los grandes bidones que contenían los restos de las cenas de los humanos. Pero esas oportunidades se habían visto drásticamente reducidas con el fuego. Ahora, cuando olisqueaba el aire, no detectaba personas, solo humo.

Estábamos absolutamente solos.

Un gemido de impotencia se me escapó de entre los labios. Quizá los humanos no volvieran nunca, ahora que volvía a haber llamas por todas partes. Pero sin ellos yo no podía proteger a mis gatitos.

Lo único que podía hacer era un «a casa», en busca de Lucas. Él sabría qué hacer con Gatito Pequeño y Gatita Pequeña. Él se ocuparía de nosotros, nos daría cariño y un minitrocito de queso.

Pensar en la comida hizo que de pronto sintiera un hambre tremenda. No quedaba gran cosa de la carcasa de la última presa de Gatita Grande. Desperté a los cachorros dándoles un empujoncito con el morro y les hice entender que era hora de comer. Ellos aceptaron mis instrucciones y comimos lo que sería nuestra última comida en aquel lugar seguro.

Quedaba un leve rastro del olor de su madre en la superficie de la carcasa; me pregunté si a los gatitos les consolaría de algún modo.

Sentía que Lucas estaba muy lejos: tardaría un tiempo en encontrarle. Decidí ponerme en marcha esa misma mañana.

Yo esperaba que Gatita Grande volviera pronto a aquella madriguera, y que al ver que ya no estábamos allí nos siguiera. Tenía la sensación de que una gata madre siempre podía encontrar a sus cachorros. En cualquier caso, no podía esperar más, así que nos pusimos en marcha.

Pero no conseguía ser una perrita buena y hacer un «a casa», porque el fuego parecía decidido a frenarnos, empujándonos en otra dirección. Ahora lo olía constantemente; a veces, el cielo se oscurecía de día, cuando nuestro camino nos llevaba demasiado cerca de las llamas. Desesperada por volver junto a Lucas, mantuve un paso firme, avanzando todo lo rápido que podían tolerar los cachorros. De noche se dejaban caer, hechos un ovillo, demasiado agotados para jugar o darse empujones.

Yo también estaba agotada. Encontramos agua; había arroyos y estanques, algunos contaminados con el sabor ya familiar de las brasas caídas, aunque de todos se podía beber. Aun así, teníamos hambre, y al cabo de un par de días me quedó claro que los cachorros se estaban quedando sin fuerzas.

Teníamos que encontrar comida o no sobrevivirían muchos días más.

Confiaban en mí, pero no entendían el fuego. No parecían tener miedo del peligro que les amenazaba; solo se mostraban hambrientos y cansados. Cada vez que les permitía parar para recuperarse un poco, me daban golpecitos con las patitas, no para jugar, sino en un intento desesperado de comunicar su necesidad de comida.

Tenía mucho miedo. Cuando los cachorritos se agazapaban contra mi cuerpo por la noche, su calor y el suave sonido de su respiración despertaba en mí un amor tan intenso como el que había sentido por Gatita Grande. A veces bajaba el morro para olisquear su pelo suave, para aspirar su olor. Deseaba desesperadamente cuidarlos bien, pero estaba fracasando.

Cuando nos encontramos con una carretera se mostraron reticentes, igual que solía hacer Gatita Grande. Se acercaron a aquella nueva superficie de mala gana, olisqueándola, probablemente desconfiando de los olores a humanos y a máquinas que desprendía la grava. Pero para mí una carretera era un camino fácil por el que alejarnos del fuego. Optamos por una solución intermedia, caminando por el borde de la carretera y manteniéndonos ocultos dentro de lo posible. No habíamos llegado muy lejos cuando vi algo raro: objetos que reconocí como de origen humano. Vi bolsas, una pequeña pala y otros objetos tirados a un lado de la carretera. Era como si varias personas hubieran estado caminando por allí y de pronto hubieran decidido dejar todas sus pertenencias. Aún olían mucho a humano: no podía hacer mucho tiempo que habían abandonado aquellos objetos.

El más interesante de todos era una gran mochila exactamente igual a la que solía llevar Lucas. Estaba tirada en el suelo, junto al camino, y tenía la parte superior abierta. Los gatitos me observaron, alarmados, cuando me acerqué, y movieron la cabeza y se encogieron un poco cuando vieron que metía la cabeza en la abertura, pero es que ahí dentro olía a algo comestible. Saqué algunas prendas de ropa y las tiré a un lado, y luego extraje una gran bolsa que rompí con los dientes. La recompensa fue una carne seca suculenta y algo crujiente. Yo engullí con fruición, mientras Gatito Pequeño y Gatita Pequeña me observaban, aparentemente perplejos. Pero luego se acercaron, algo más interesados, cuando saqué un tubo largo y duro de lo que resultó ser una carne especiada. Dejé que se lo repartieran, y se lo comieron con tantas ganas que me hicieron sentir una punzada de vergüenza por haber dejado que pasaran tanta hambre.

Saqué más paquetes, y a Gatita Pequeña no hubo que animarla para que se acercara a uno y se comiera su contenido. Gatito Pequeño no lo hizo hasta que lo abrí de un mordisco y lo sacudí violentamente, como si fuera un par de calcetines de Lucas. Salieron disparados trozos de comida por todas partes, y Gatito Pequeño se lanzó a buscarlos y se puso a dar bocados a la carne seca.

Todo lo que se podía comer lo compartí con los cachorros. No mostraron ningún interés en una galleta esponjosa con un delicioso sabor a miel dulce, así que eso me lo comí yo. Aunque estén muertos de hambre, muchas veces los gatos rechazan bocados que los perros sabemos que no hay que desestimar.

Algo más recuperados tras el aperitivo, seguimos adelante a paso más ligero, y al cabo de un rato dejamos la carretera, cuando se hizo obvio que giraba en dirección adonde más denso era el humo.

Gatita Grande me había confiado el cuidado de sus gatitos y yo estaba haciendo todo lo que podía. Pero me desalentaba la idea de que ni siquiera eso bastara. Seguía teniendo la sensación de que sabía en qué dirección debía ir para llegar a Lucas, pero no estábamos avanzando en ese sentido, ni mucho menos. Nos veíamos obligados a ir hacia delante, huyendo del fuego.

En un momento dado salimos de un bosque calcinado y llegamos a un prado de hierba verde que se había salvado de las llamas. Había caballos, con el morro pegado al suelo. Daba la impresión de que estaban comiendo hierba, algo que yo podía hacer de vez en cuando, pero desde luego no con el entusiasmo que mostraban aquellas enormes criaturas. Gatito Pequeño y Gatita Pequeña se quedaron fascinados con los caballos, no podían dejar de mirarlos. Y de pronto me sorprendieron, bajando el cuerpo hasta tocar el suelo con el vientre y avanzando sigilosamente hacia uno de los más pequeños. Los caballos levantaron la cabeza al unísono y se quedaron mirando. Los cachorros dieron un respingo cuando un caballo dio un paso adelante, pero siguieron avanzando con el vientre pegado al suelo al ver que ese mismo caballo volvía a bajar la cabeza para seguir comiendo hierba.

Aquello me daba mala espina. No sabía qué pensaban que estaban haciendo los dos cachorros, pero estaba claro que sus movimientos habían llamado la atención de los caballos. Esos herbívoros eran muy grandes y fuertes, y sus pezuñas parecían muy peligrosas. Y dado que no estaban corriendo, supuse que no tenían el más mínimo miedo a los cachorros que se les acercaban.

Al final entendí qué estaban haciendo los gatitos: estaban acechando, con unos movimientos muy parecidos a los que hacía yo cuando perseguía a las ardillas. Pero aquello no eran ardillas: no iban a salir corriendo para subirse a un árbol. Sabía que, si les permitía seguir con su caza, podían acabar matándolos. ¡Y no podía permitirlo!

Así que ladré.

Aquello tuvo un efecto inmediato. Ambos gatitos se giraron y me miraron, atónitos. Los caballos, por otra parte, se me quedaron mirando muy fijamente. Yo volví a ladrar, cargando contra ellos y mostrando los dientes, y uno de los caballos se giró y arrancó a trotar. Al momento, todos los demás caballos se echaron a galopar por el campo.

Gatita Pequeña se puso en pie de golpe, como si fuera a ir tras ellos, y yo ladré varias veces a modo de advertencia; bastó para que se detuviera de golpe. Me acerqué a los cachorros al trote y los olisqueé para hacerles saber que los quería y que no estaba enfadada, pero que no debíamos dedicarnos a perseguir caballos. Los caballos podrían decidir darse la vuelta y perseguirnos a nosotros.

Me resultó tan difícil comunicarles aquello a los gatitos como habría sido con otro perro, pero me pareció que, viéndome menear el rabo y girándome deliberadamente en dirección contraria, entendieron que quería seguir adelante y que debían

187

seguirme. Y lo hicieron, aunque Gatita Pequeña se paró varias veces y se giró a mirar en dirección a los caballos.

Un día después de que hubiéramos encontrado la mochila a un lado de la carretera volvía a tener hambre y sentía que las tripas se me pegaban. Estaba siguiendo un sendero de los humanos. Me daba cuenta de que el camino me estaba apartando de la dirección en la que quería ir y curiosamente también me daba cuenta de que no me preocupaba demasiado. De pronto, el viento me trajo el rastro de un olor suculento a carne. Aceleré el paso y los cachorros, débiles y aletargados, hicieron un esfuerzo por mantener el ritmo.

A regañadientes me siguieron hasta una zona donde el terreno era negro, evidentemente asustados por el olor a fuego que flotaba en el ambiente. Los árboles de aquel lugar carbonizado no tenían ramas y apuntaban hacia el cielo. Habían quedado completamente calcinados. Avancé directa hacia lo que olía como si alguien estuviera cocinando carne, y los dos gatos me siguieron, pegados a mis talones, evidentemente sin entender qué estaba haciendo o adónde iba.

Ya me había dado cuenta de que los gatos no reconocían los olores más obvios del mismo modo que los perros.

Al final encontramos el origen de aquel aroma. Estábamos en una zona donde las rocas formaban una barrera natural que impedía avanzar. Y en la base de esas rocas había un grupo de criaturas de cuatro patas, algún tipo de ciervo. Habían muerto quemados y habían quedado asados allí mismo. Los gatitos no tenían muy claro que aquella carne quemada fuera comestible, pero yo no tenía tantas manías. Me puse a comer y, al ver el gusto con que disfrutaba de una comida que tanto se había hecho esperar, se unieron al banquete, dando primero unos bocaditos tímidos y luego mordiendo con decisión. Me reconfortaba tanto oír los mordisquitos de aquellos pequeños dientes como llenar mi propia panza. Cuando Gatito Pequeño levantó la vista y me miró, tuve la seguridad de que veía la gratitud en sus ojos.

Una vez saciada, decidí explorar la base de aquella pared de rocas. Tal como había pasado otras veces, dejamos atrás aquella área calcinada y nos encontramos con una zona de arena con algunos matojos de hierba sin quemar.

Los gatitos querían echarse a dormir y yo les dejé subirse uno encima del otro al pie de las rocas. Olisqueando, encontré una poza alimentada por un pequeño manantial que surgía por una grieta entre dos rocas. Apenas había espacio para que pasara entre las rocas, pero eso es lo que hice, y encontré una pequeña cueva en el interior. El agua caía por la pared, cubierta de musgo, y las gotas formaban una charca que rebosaba por entre las dos rocas, saliendo al exterior.

Me giré y vi que los gatitos me seguían al interior de la cueva, preocupados al ver que me había apartado. Cuando me tendí en el suelo para echar una siesta rápida en una zona mullida, cubierta de arena, vinieron enseguida conmigo, ronroneando y frotando sus cabecitas contra mi vientre, y enseguida se quedaron dormidos. Por primera vez desde que nos había abandonado su madre, sentí que estaba haciendo lo correcto para cuidar a mis cachorros. Pensé en Gatita Grande, esperando que no hubiera acabado como los ciervos asados, atrapados por el fuego.

Ya era de día fuera de la cueva cuando me desperté. Los gatitos seguían durmiendo. Me aparté de ellos y volví adonde estaba el rebaño de ciervos quemados. Tras comer un poco, cogí uno de aquellos grandes animales con los dientes y tiré de él, caminando hacia atrás. No había recorrido mucho trecho cuando mis mandíbulas me obligaron a darme un respiro, pero seguí tirando, pensando que, si podía arrastrarlo hasta nuestra nueva guarida, podría animar a los gatitos a que se quedaran quietos un tiempo, y quizá así su madre podría encontrarnos. De momento, nuestra madriguera parecía segura, ya que el aire no olía a humo.

Mientras descansaba para recuperarme del esfuerzo, un movimiento me llamó la atención, y me giré de golpe.

«Zorro.»

189

21

*E*l zorro me miraba con aquellos ojos claros, respirando agitadamente. Yo miré atrás. Abrió la boca y me preparé para un chillido irritante, pero solo mostró sus dos filas de dientes un momento y luego volvió a cerrar la mandíbula. Nos miramos fijamente.

Aquella amenaza inesperada me hizo reaccionar con un gruñido, aunque muy tenue. Yo era más grande: no habría sido buena idea atacarme. Pero los animales desesperados toman decisiones erróneas, así que seguí mirándolo fijamente con el pelo del lomo erizado.

No me gustaban los zorros. Eran animales salvajes, con afilados colmillos, y no se hacían amigos de los perros ni de los humanos. Había perseguido a unos cuantos en el pasado, y solían ser muy ágiles huyendo, aunque en realidad nunca había querido atrapar a ninguno; desde luego no como deseaba atrapar una ardilla. No tenía ningunas ganas de descubrir lo que se siente cuando un zorro te muerde el morro.

Ese zorro podía hacer daño a los cachorros; incluso podría verlos como presas potenciales. Aunque prácticamente eran del mismo tamaño que el zorro, Gatito Pequeño y Gatita Pequeña aún se movían por el mundo con la inocencia de unos cachorrillos vulnerables. Necesitaban mi protección. Y si eso suponía enfrentarse a aquel zorro, lo haría sin dudarlo.

Sin embargo, mientras me preparaba para el combate reconsideré la situación. Percibía el olor del zorro y notaba que estaba aterrado y muerto de hambre. La carcasa que yo estaba arrastrando le impulsaba a avanzar, aunque el miedo lo retenía. Estaba claro que no sabía qué hacer, si enfrentarse a un enemigo más grande que él con la esperanza de conseguir comida o retirarse sin intentar robar algo de comer.

El zorro y yo seguíamos mirándonos fijamente. Aunque no era un perro, el pequeño depredador que tenía delante me estaba comunicando con total claridad su desesperación. Yo era mucho más fuerte, especialmente ahora que acababa de comer, y aun así me desafiaba porque yo tenía comida y él no. Ya no sentía aquella tensión y la cresta que se me había formado en el lomo desapareció. Aquella criatura no era malvada; simplemente intentaba sobrevivir en un mundo enloquecido con el fuego.

La comida que tanto deseaba el zorro estaba ahí, entre los dos. Yo retrocedí, invitándole a comer del ciervo quemado. El hambriento animal avanzó con prudencia, tímidamente, temblando a cada pequeño movimiento que yo hacía. Sin apartar la mirada de mí, bajó la cabeza y se puso a comer con desesperación. Yo me quedé mirando, sin hacer nada.

Después de haber pasado tantos días comiendo con los cachorros, relativamente modosos, me sorprendió la energía con que atacaba la comida el animal que tenía delante. Estaba claro que un zorro se parecía más a un perro que a un gato, a pesar de sus orejas y de su cuerpo felino. Aun así, no había visto nunca un zorro con correa. Supuse que envidiarían a los perros por nuestra conexión con las personas.

El zorro consiguió arrancar un pedazo de pata de la carcasa y, echándome una última mirada, se fue corriendo con él.

Seguí el rastro del pequeño depredador con el olfato y cuando comprobé que estaba lo suficientemente lejos me relajé.

Estaba cayendo la noche y los cachorros ya estarían moviéndose por ahí. Bajé el morro para seguir arrastrando la carcasa quemada y de pronto los olí. Levanté la cabeza y los vi acercándose a la carrera. No pude evitar agitar el rabo, contenta de ver cómo venían en mi busca. Di gracias de que no me hubieran encontrado antes, cuando plantaba cara a un depredador.

Me olisquearon, luego olisquearon el ciervo y, cuando bajé la cabeza, lo agarré con las mandíbulas y me puse a tirar. Se me quedaron mirando intrigados, con un brillo en los ojos que denotaba su curiosidad.

Gatita Pequeña no tardó en decidirse y vino a mi lado, agarrando el cuerpo del ciervo con los dientes. Empezó a retroceder, ayudándome a arrastrar la comida hacia la guarida. Gatito Pequeño vaciló un poco, pero luego siguió el ejemplo de su hermana. Entre los tres conseguimos avanzar más rápido, y muy pronto llegamos a la entrada de la cueva. Conseguimos meter el ciervo en nuestra madriguera y observé, complacida, que Gatita Pequeña echaba tierra y arena sobre el cuerpo, mientras Gatito Pequeño la miraba, como si estuviera aprendiendo una lección. Luego ambos bajaron la cabeza y bebieron del agua que goteaba por las grietas de la pared de musgo.

Ahora tenía claro que había encontrado un lugar seguro donde esperar el regreso de Gatita Grande. Los dos pequeños no abandonarían aquella provisión de alimentos hasta que se acabara. Podían descansar, comer y jugar sin alejarse demasiado. Así era como se comportaba su madre cuando tenía su edad.

Por fin había conseguido crear una situación que me permitiría alejarme algo más en busca del rastro de Gatita Grande sin tener que preocuparme por mis gatitos.

Y eso es lo que hice la mañana siguiente. Dejé atrás los olores familiares del territorio que rodeaba la guarida y trepé a una cresta rocosa, para luego bajar por un pedregal y llegar a una arboleda muy por debajo. Me sentía contenta. Tenía la barriga llena y mi familia felina estaba segura en la guarida. Podíamos quedarnos allí hasta recuperar fuerzas y luego, con o sin Gatita Grande, reemprenderíamos la búsqueda de Lucas, que tenía la impresión de que estaría a una distancia considerable: el fuego estaba más cerca que él, así que tendría que ir con cuidado cuando volviéramos a ponernos en marcha.

Seguí mi olfato cuando detecté el rastro de unos conejos, aunque no encontré ninguno. Una pequeña extensión de prado florido sin quemar me atrajo, por el simple placer de disfrutar de la tierra húmeda y fresca. Vi pasar una gran sombra, levanté la vista y vi un ave enorme que llevaba entre las garras a un pequeño roedor. Las criaturas de la montaña ya empezaban a recuperarse del trauma causado por el fuego.

Estaba a mitad del descenso cuando una ráfaga de aire me trajo el inconfundible olor a cánidos. Pero no eran perros. No se trataba de ninguna criatura que hubiera conocido. Reduje el paso, concentrándome, observando los bosques que se extendían por debajo de mí. Cuando vi una sombra moviéndose entre los árboles, me sobresalté. Había aprendido que los animales que yo consideraba aquellos perros pequeños y malos se llamaban coyotes, y que eran salvajes y podrían incluso intentar darme caza, pero eran pequeños, más pequeños que yo. Solo podían constituir una amenaza si formaban una manada. Pero estos cazadores tenían un olor diferente y, por lo poco que vi de ellos, estaba claro que eran más grandes que yo.

No eran perros, pero fueran lo que fueran vi a bastantes de ellos. No estaba segura de que hubieran detectado mi presencia, pero si así fuera, tendría que volver atrás y regresar a la guarida.

Me giré y observé, atónita, que Gatito Pequeño y Gatita Pequeña bajaban trotando por la ladera hacia mí, como si estuviéramos de paseo por el barrio con Lucas.

Me entró el pánico. No había duda de que los depredadores del bosque verían a aquellos cachorritos como una comida fácil. No me atreví a girarme para ver si ya estaban subiendo por la ladera para alcanzarnos. Quería ladrar, quería advertir del peligro a los cachorros, pero mantuve silencio, con la esperanza de que no nos hubieran visto. Jadeando, llegué junto a los cachorros y, para su sorpresa, seguí corriendo en dirección a la guarida. Miré por encima del hombro y los vi corriendo detrás de mí; evidentemente habían notado lo agitada que estaba, si no ya la amenaza a la que nos enfrentábamos.

Habíamos cubierto la mayor parte del camino de vuelta a la cueva cuando percibí que los grandes cazadores se habían acer-

193

cado. Miré atrás y los vi, siguiéndonos. Tenían un manto de pelo hirsuto y claro, unos ojos oscuros y brillantes y el morro largo, y no meneaban la cola. Nos perseguían deliberadamente, sin ocultar sus mortíferas intenciones.

Cualquiera de esos animales sería un rival temible. Una manada podía destrozarnos a mis cachorritos y a mí. Me los imaginé rodeándonos, echándose encima de mí en grupo mientras a los cachorritos los apresaban sin dificultad y se los llevaban. Lo último que oiría sería el llanto de los gatitos aterrados.

Para protegerlos tenía que desviar el ataque, atraerlos, dar tiempo a los cachorros para que escaparan. Me rezagué ligeramente, combatiendo el pánico que me atenazaba. Los cachorros no se detuvieron a mirar por qué había bajado el ritmo, sino que siguieron huyendo en dirección a la guarida. De algún modo, el miedo que habían visto en mí les había transmitido la necesidad urgente de ponerse a salvo.

194

Noté que los depredadores ganaban terreno. No solo eran más grandes, también eran más rápidos. Iban a atraparme.

Ahí delante teníamos la guarida. Vi que Gatita Pequeña se colaba por la grieta, seguida de su hermano. Jadeando, aceleré el paso. Sabía que los depredadores se estaban acercando cada vez más. Ahora no solo los olía, sino que también los oía. Los sentía ahí mismo, pero hasta que no llegué a la abertura entre las rocas no miré atrás: de pronto vi que estaba a apenas unos pasos del animal más cercano. Era una hembra, de mirada decidida. No obstante, vaciló un momento a la entrada de la cueva, lo que me dio la ocasión de colarme por la rendija y girarme.

Con los pulmones agotados, gruñí.

A la hembra se le unió el resto de la manada y se pusieron a dar vueltas allí mismo, mirando por turnos por la rendija de la oscura cueva. No tenía dudas de que percibían nuestro olor. Estaba claro que me oían. No ladré; me limité a mantener aquel gruñido grave y continuado, con los labios levantados, mostrando los dientes.

Los cachorros, a mis espaldas, movían la cabecita arriba y abajo, olisqueándose mutuamente, nerviosos. Ahora sí sentían el peligro.

Probablemente, los enormes cánidos cabrían por la abertura, pero no tendrían espacio de maniobra, de modo que no podían atacar en manada. El primero que intentara colarse pagaría un alto precio si quería enfrentarse a mí, encajado entre las rocas, sin espacio para girar. Y el daño que le hiciera al primero serviría de lección a los siguientes.

«Intentad entrar y sabréis lo que le pueden hacer a vuestros morros los dientes de un perro.»

Pasara lo que pasara, haría lo que hiciera falta para proteger a los gatitos.

Cuando acaricié a Gatito Pequeño con el hocico, sentí su corazoncito desbocado en el interior de su caja torácica. Cada vez que me movía, los cachorros cambiaban de posición, situándose siempre detrás de mí.

La gran hembra cazadora acercó un ojo de mirada gélida a la rendija de la entrada. Yo me eché hacia delante, mostrándole los colmillos. Quería llevarse a mis cachorros. No se lo permitiría.

Ya no tenía miedo.

Aquella noche, los depredadores dieron rienda suelta a su frustración con un quejumbroso aullido. Era un sonido escalofriante, que no se parecía a nada que hubiera oído antes. Se elevaba hacia el cielo de la noche, y poco después oí un aullido de respuesta procedente de algún lugar lejano.

Teníamos comida, teníamos agua que caía por la pared de musgo y yo estaba decidida a no abandonar la cueva hasta que regresara Gatita Grande.

La mañana siguiente, el olor penetrante y aceitoso de los cánidos había desaparecido. Salí al exterior con precaución, mirando alrededor con desconfianza, pero no vi a aquellas bestias asesinas.

Detecté el olor del lugar donde habían pasado la noche, acurrucados unos junto a otros, esperando seguramente que saliera, dejándoles el camino libre para atacar a mis cachorros, pero al final habían perdido la paciencia. Seguramente podían encontrar una comida más fácil, sin tener que abrirse paso a dentelladas por una rendija entre las rocas.

Por seguridad, permanecí en el interior de la cueva con mis cachorros todo aquel día y toda la noche, olisqueando de vez en cuando en busca de cualquier rastro de la manada de depredadores. Si me concentraba, conseguía detectar un leve olor, pero era como tantos otros olores que flotaban en el aire, leve y distante, nunca lo suficientemente fuerte como para considerarlo una amenaza.

Cuando decidí que ya no corríamos peligro, salimos a la tenue luz del atardecer. Los gatitos y yo pasamos el resto del día arrastrando la última carcasa que quedaba en la zona quemada del bosque hasta la guarida. Y justo cuando lo hacíamos uno de los altos árboles se separó del suelo por la base y cayó con tal estruendo que los dos gatitos salieron corriendo aterrados. Yo me los quedé mirando, pensando que aquella era una reacción tonta. Al fin y al cabo no era más que un palo grande.

Al cabo de un rato volvieron, con Gatita Pequeña a la cabeza, por supuesto. Los tres trabajamos juntos y conseguimos arrastrar aquel ciervo hasta la cueva.

Ahora sabía que podía dejar allí a los gatitos, y que estarían seguros, con agua y comida para varios días.

Era una buena guarida. El arroyuelo proporcionaba el agua suficiente, especialmente por la parte donde se encharcaba.

Decidí que me aventuraría más lejos para ver si detectaba algún rastro de su madre en el viento. Si ella seguía cazando de noche, tendríamos suficiente comida para mantenernos fuertes mientras hacíamos ese «a casa» en busca de Lucas.

Pero lo cierto era que no sabía siquiera si Gatita Grande seguía con vida.

Al amanecer me puse en marcha y avancé a paso firme, con el fuego siempre al lado como referencia. Seguí senderos la mayor parte del tiempo, lo que me hizo el trayecto más fácil.

No había ni rastro de Gatita Grande. Nada. Levanté el morro y aspiré el aire, concentrada, separando todos los olores, buscando el suyo.

Y de pronto, entre todos aquellos olores que flotaban en las montañas en verano, descubrí un rastro apenas perceptible de un olor familiar. Sabía dónde estaba.

197

22

Cada perro tiene su olor propio, igual que las personas. Y, como las personas, algunos perros huelen mejor que otros. (Los perros recién bañados son los que huelen peor.) Cuando conozco bien a un perro, puedo recordar su olor sin tener que usar el olfato. Lo percibo en mis sueños, y a veces, al pasear, me encuentro con otros perros que tienen unas notas de olor parecidas que me lo recuerdan. De modo que cuando el viento me trae el mínimo rastro de un viejo amigo, sé exactamente de quién se trata.

Varios inviernos atrás, cuando atravesaba aquellas mismas montañas en busca de Lucas, dejé atrás a Gatita Grande y me encontré con un perro grande y desgreñado llamado Dutch. Durante un tiempo viví con Dutch, con un hombre llamado Gavin y otro hombre llamado Taylor. No tenía claro cómo había ocurrido todo aquello, porque las personas deciden dónde viven los perros, y adónde van y lo que comen. Yo estaba haciendo «a casa» en busca de Lucas, y de pronto me encontré con que tenía una correa atada al collar y estaba con Gavin, Taylor y Dutch. Muy pronto comprendí que Dutch también llevaba poco tiempo con aquellos dos hombres, porque aquel lugar no olía a perro. (¡Sorprendentemente, hasta entonces Gavin y Taylor habían vivido sin perros!)

Un perro bueno obedece a la gente que se porta bien con él, así que yo me sentía culpable porque, a pesar del afecto que me dispensaban los dos hombres, siempre buscaba la manera de escaparme y hacer «a casa». Dutch, por otra parte, adoraba a Gavin y a Taylor, a Gavin especialmente, y los aceptaba como parte de su manada. Por eso, Dutch se sorprendió tanto cuando aproveché la primera oportunidad para escaparme y volver a las montañas. Me siguió un rato cuando me fui, porque éramos una manada, pero al final me dejó y se volvió a su nueva casa. Él no sabía nada de Lucas y yo no podía explicárselo. Pero yo nunca olvidé a aquel perro grande y desgreñado, ni a los dos hombres de buen corazón que me acogieron y me dieron cariño y una cama caliente en la que dormir.

Ahora percibía el olor a Dutch, claro e inconfundible como el de cualquier otro perro con el que hubiera tenido relación. Aún mejor, era un olor reciente. Aún flotaba en el aire, no salía del suelo. Dutch no estaba cerca, pero estaba por ahí, y de pronto sentí la urgente necesidad de encontrarlo. Me imaginé saltándole encima y jugueteando con él y, en ese momento, simplemente no concebía que hubiera algo más importante.

Sentía el peso de los gatitos que había dejado solos. Había creado un vínculo invisible con ellos que no se podía romper. Pero tenían comida y agua y una guarida fácil de defender; estarían seguros por un tiempo. Así que me lancé en busca del origen de aquel fantástico aroma canino.

Poco después me llegaron otros olores familiares. ¡Yo había estado en ese camino antes! Muy pronto crucé un arroyo y recordé que ya lo había vadeado antes con Dutch. Ahora jadeaba tanto de la emoción como del agotamiento. Seguía el rastro de Dutch, pero también el de Gavin y Taylor. Cuando los perros viven con personas que los quieren, se crea un vínculo que no se rompe nunca. Los perros nunca dejan de querer a los humanos que los han cuidado, aunque acaben viviendo con otras personas.

Me encontré con un camino de grava que seguía una trayectoria tortuosa. Yo había seguido aquel camino, atada a una correa con Gavin y Taylor. Olisqueé el aire y detecté un olor penetrante. Dutch había levantado la pata y mojado una piedra allí cerca. Me acerqué y la examiné con atención. Estaba claro que marcaba esa piedra con frecuencia, aunque yo no le veía

199

nada especial. Mi trote se convirtió en un esprint, haciendo caso omiso a las protestas de mis fatigados músculos.

Afortunadamente, toda aquella zona se había librado del fuego. Los árboles estaban cubiertos de hojas, sobre las hierbas revoloteaban los insectos y de vez en cuando me llegaban olores de animales del bosque. Giré, segura de lo que hacía, y me metí por un camino que subía por la ladera, y ahí estaba: una de las dos casas en las que vivían Gavin, Taylor y Dutch.

La otra casa estaba lejos, siguiendo una carretera que emitía un murmullo bajo los neumáticos. A aquel lugar Gavin y Taylor lo llamaban «casa» y a este, «la cabaña». Al acercarme vi que la cerca de madera que rodeaba el patio trasero era nueva; aún olía a madera fresca. Por el olor supe que los dos hombres y mi viejo amigo Dutch estaban dentro de la cabaña.

Subí los escalones de la entrada, rasqué la puerta delantera y ladré, impaciente, esperando que la abrieran.

La respuesta a mi llamada llegó inmediatamente, en forma de ladrido de Dutch. No sabía que era yo, pero cuando oía a un perro lo reconocía, y estaba comunicando a los demás que había un intruso en el porche.

Notaba su presencia al otro lado de la puerta. Tenía el morro pegado a la rendija bajo la puerta y aspiraba con fuerza. Cuando lo oí gemir, supe que me había reconocido.

—Vale, vale, espera —le regañó una voz familiar.

Gavin abrió la puerta y yo quise saludarlo, contenta, pero Dutch se me tiró encima, gimoteando, e inmediatamente intentó subírseme encima. Era tan grande como recordaba, mucho más pesado y fuerte que yo, y me derribó. Me puse en pie de un salto y empecé a juguetear con él, y un momento más tarde conseguí esquivar sus muestras de afecto el tiempo suficiente como para llegar junto a Gavin.

Gavin estaba desconcertado y con la boca abierta. Se me quedó mirando, atónito, y yo aproveché para acercarme y ponerle las patas en el pecho, agitando el rabo. Le lamí la cara, haciendo caso omiso a Dutch, que iba de un lado para otro, chocando conmigo, deseando jugar.

—¿Bella? —dijo Gavin, incrédulo—. ¿Bella? ¡Bella! ¿Has vuelto a casa? —Se giró y miró al interior de la casa—. ¡Es Bella! Oh, Dios mío, Taylor. Está aquí. ¡Bella ha vuelto a casa!

Viendo que estaba apoyada sobre mis patas traseras, Dutch se unió a mí y Gavin se tambaleó bajo el peso combinado de nuestras patas delanteras, hasta caer de culo en el suelo. Sentí el olor de Taylor, y luego lo vi aparecer tras una esquina. Llevaba un trapo en una mano y un vaso en la otra.

—¿Estás seguro?

—¿Que si estoy seguro? —respondió Gavin, sin poder contener la risa—. ¡Mírala! ¡Es Bella!

Gavin se quedó tirado en el suelo. Yo intenté lanzarme a sus brazos, que tenía abiertos, pero Dutch me apartó por la fuerza para adueñarse del abrazo él.

Dutch siempre había sido el perro de Gavin.

Di media vuelta y me fui trotando hacia Taylor, que se agachó y me tendió una mano para que la oliera. Taylor tenía las manos oscuras y había perdido el pelo de la parte superior de la cabeza. Tenía una sonrisa radiante y una voz profunda y agradable. La actitud imperturbable de Taylor ante las cosas siempre me había parecido más próxima a la de mi chico, Lucas, que a la de Gavin, pero por algún motivo que desconocía Lucas y Taylor aún no eran amigos.

—¿Eres Bella? —me susurró.

Yo meneé el rabo y le lamí la mano. Estaba muy contenta de verle otra vez y de oírle decir mi nombre.

—¿Cómo podemos saber que es la misma perra?

—¡Bella! —me llamó Gavin—. ¡Ven con papi!

Yo reconocí el «ven» y fui con Gavin.

Las rodillas de Taylor crujieron cuando volvió a ponerse en pie. Se quedó mirando a Gavin con la cabeza torcida.

—¿Papi? —repitió.

—¿No lo ves? Se perdió, pero ha encontrado el camino de vuelta a casa —exclamó—. Oh, Dutch, qué contento estás de ver a tu hermanita. ¡Toda la familia junta otra vez!

201

Taylor asintió.

—Sí, claro. La familia.

—Es el día más feliz de mi vida. Bella, ¿quieres una golosina? —Aún sentado en el suelo, Gavin se metió la mano en el bolsillo. Dutch y yo reaccionamos de golpe, prestando la máxima atención. Él sacó unos bocaditos de pollo y nos dio uno a cada uno. Dutch se tragó el suyo aparentemente sin masticar, pero en mi opinión el magnífico sabor de aquel pollo se merecía que lo degustara, y yo me tomé mi tiempo.

—¿Qué dice en su collar? —preguntó Taylor, al cabo de un momento—. En la placa.

Gavin alargó la mano y me agarró del collar.

—Dice Bella, por supuesto —respondió, triunfante.

—Mmmm —dijo Taylor, asintiendo—. ¿Pone algo más?

Gavin siguió toqueteando mi collar. Entonces sucedió algo; bajó los hombros y pareció entristecerse.

Dutch dio un paso adelante y le dio un reconfortante lametazo a Gavin en la cara.

—Hay un nombre y un número de teléfono. Lucas Ray —admitió, a regañadientes—. El prefijo es de Denver.

—Ah —respondió Taylor, como si ya se lo esperara.

—Estamos bastante lejos de Denver —dijo Gavin, poniéndose en pie y apartando a Dutch.

Yo soy más grande que la mayoría de los perros, pero Dutch es más corpulento, tiene unas patas enormes y un espeso manto de pelo ensortijado. No tiene el morro tan respingón como el mío, pero sí mucho más grueso. Por un momento pensé que, si quisiera, poniéndole una pata encima podría mantener a Gavin inmovilizado en el suelo hasta que Taylor acudiera a ayudarle.

—Lejos de Denver —repitió Taylor—. ¿Y?

—¿Sabes qué, Taylor? Nuestra perrita ha vuelto a casa por fin. ¿Recuerdas lo desolados que nos quedamos cuando la perdimos? ¿Lo mucho que buscamos? Antes de que empieces a buscar nubes de tormenta, ¿no podemos darnos un momento y disfrutar de la ocasión?

Taylor levantó las manos.

202

—No digo que no podamos disfrutar de la ocasión. Yo también me alegro de verla. Pero pertenece a ese tal Ray. Probablemente ya le pertenecía la primera vez que nos la encontramos.

Gavin negó con la cabeza.

—Cuando la encontramos estaba muerta de hambre. ¿Recuerdas? Tenía incluso peor aspecto que ahora. Si vivía con la familia Ray, no le estaban dando de comer. Alguien así no se merece un perro. Tú mismo lo dijiste.

—Yo no dije eso —replicó Taylor—. ¿Cuándo he dicho yo eso?

—Lo que importa es que Bella está en casa y que tenemos que darle de comer.

Dutch y yo levantamos la vista al oír aquella palabra, en señal de aprobación.

—Vale —concedió Taylor—. ¿Y luego qué?

—Luego deberíamos celebrarlo. Abrir una botella de champán.

—A lo del champán me apunto —dijo Taylor, con una sonrisa—. Pero luego deberíamos llamar a ese número de teléfono de la placa y ver qué nos tienen que contar, ¿verdad? No estarás diciendo que no hay que llamar.

—Bueno, primero démosle de comer —insistió Gavin con tozudez—. Está casi tan flaca como la primera vez que la encontramos. Porque evidentemente este tal Ray no la está tratando bien.

—Ya he pillado tu argumento, Gavin.

Nos dieron un cuenco de comida a cada uno. Por el modo de comer de Dutch, más bien tranquilo, tuve claro que no hacía mucho tiempo que había comido, pero para mí era la primera comida de perro de verdad en mucho tiempo. Desde luego, un cuenco de comida recibido de las manos de una persona cariñosa sabe mejor que un ciervo salvaje asado en un incendio.

Después de comer, Gavin nos dejó salir al patio.

Dutch marcó el terreno, levantando primero una pata trasera y luego la otra, y yo olisqueé atentamente aquel olor tan característico suyo. Yo también tenía que hacer pipí, pero después ambos dimos media vuelta y volvimos a las puertas correderas de cristal, como habíamos hecho tantas veces en el pasado.

Aunque era maravilloso estar ahí fuera con Dutch, en el patio, la emoción y el nerviosismo de los hombres hacían que sintiéramos la necesidad de volver corriendo al interior para estar con ellos.

—Muy bien —decidió Taylor—. Llamemos a Lucas Ray.

23

Dutch y yo seguimos a Gavin y a Taylor, tan contentos, mientras ellos se dirigían a la mesa y se sentaban en unas sillas. Hicimos «sienta», a la espera de los platos de comida de persona que debían aparecer, pero lo único que había entre los dos hombres era un teléfono. Dutch me echó una mirada para ver si yo entendía lo que estaba sucediendo, pero luego fijó la vista en Gavin, notándole la tensión que yo también detectaba. Como siempre, Taylor parecía más tranquilo. Gavin tocó su teléfono y luego se oyó un ruido extraño.

Oí lo que recordaba levemente a una voz humana:

—*¿Diga?*

Taylor y Gavin se miraron. Taylor echó el cuerpo adelante y se aclaró la garganta.

—Hola. Buscamos a Lucas Ray. ¿Es usted?

Habían pronunciado en más de una ocasión el nombre «Lucas», lo que me sorprendía, porque no había ni rastro de él por ninguna parte. Ni en el olor a polvo de los rincones, ni en el de la moqueta o los muebles, y desde luego tampoco en el aire.

—*Soy el doctor Ray. ¿Puedo preguntar quién llama, por favor?*

—Me llamo Taylor —respondió Taylor, vacilante—. Taylor Patrone.

Gavin se echó hacia delante.

—Y yo soy Gavin Williams. Hemos puesto el manos libres.

—*Vale...*

Hubo un breve silencio. Taylor asintió, y Gavin le devolvió el gesto y volvió a echar el cuerpo hacia delante.

—Queríamos preguntarle, doctor Ray... ¿Tiene usted una perra llamada Bella?

—*¡Sí! Se perdió en la montaña. El fuego nos separó. ¿La han encontrado? Quiero decir... ¿Tienen a mi perra o..., Dios..., solo han encontrado su collar?*

—Eh... —dijo Gavin, que levantó la vista buscando la ayuda de Taylor.

—Entonces quizá podría contarnos un poco cómo llegó a sus manos Bella —sugirió Taylor.

Hubo una pausa.

—*A mis manos. La verdad es que no veo qué relevancia puede tener eso.*

—¿Podría darnos ese gusto?

—*Vale... Bien, si sirve de algo. Adopté a Bella cuando era cachorrito. Vivía al otro lado de la calle, en una casa abandonada, con un montón de gatos callejeros. Cuando era jovencita, la envié con unos amigos a las afueras de Durango, al sur. ¿Conocen la zona?*

—Hum-hum —respondieron ambos hombres.

Dutch seguía haciendo un «sienta» admirable, pero yo cada vez era más pesimista. A veces, las personas se sientan a una mesa, pero eso no quiere decir que siempre sea para comer.

—Un bonito lugar —observó Taylor—. Junto a ese río.

—Fort Lewis College —añadió Gavin.

—*Sí, claro. Lo que quiero decir es que eso es prácticamente Nuevo México. Está muy lejos. Pero no tuve opción. Bella pasó a tener prohibida la permanencia en Denver por ser una pit bull. Aprobaron una legislación que discriminaba por razas, aunque todo el mundo estaba en contra. La asamblea municipal votó para derogarla, pero el alcalde lo vetó. No es un tipo muy listo. Al final se presentó una petición popular para votar la medida y la inmensa mayoría decidió su eliminación.*

Gavin reaccionó al instante:

—¡Oh! —dijo, mostrándole una gran sonrisa a Taylor—. Vale, entendido. Es que no estamos hablando de una pit bull. Nuestra Bella tiene marcas de color pardo y marrón. Y unos ojos marrones preciosos, que cuando los miras te fundes.

Taylor sonrió y movió la cabeza.

—*Sí, esa es la cuestión. En Denver, un perro no tenía que ser un pit bull para que lo clasificaran como tal. Es realmente raro, pero solo hacía falta una especie de voto de Control de Animales y, cualquiera que fuera la raza de tu perro, quedaba condenado. Si se lo llevaban y declaraban que era un pit bull, pagabas una multa y te lo devolvían, pero si lo pillaban una segunda vez, lo sacrificaban. Era una locura. Por eso mi esposa y yo nos mudamos a Golden, donde nunca ha habido ninguna prohibición de ese tipo. Pero antes de hacerlo enviamos a Bella con esos amigos, y un día saltó la valla para volver con nosotros.*

Dutch me echó una mirada, dándose cuenta por fin de que ese par de «sientas» que habíamos ejecutado de manera magistral no iban a servirnos para que nos dieran nada. Yo me rendí y me dejé caer en el suelo.

Medio adormilada, pensé en los gatitos. ¿Debería traerlos a esta casa, para que estuvieran con Gavin, Taylor y Dutch? No, decidí, cenaría un día más en la casa y luego regresaría a la guarida y seguiría con mi «a casa» en busca de Lucas.

—¿Desde Durango? ¿A pie? —preguntó Taylor, incrédulo.

—*Sí, ya sé cómo suena. Cuando apareció… pueden imaginarse cómo fue. Como un milagro. Así que… supongo que ya entienden por qué estoy tan tenso. Da la impresión de que han encontrado a Bella. ¿Aún la tienen?*

El teléfono hacía unos ruidos que recordaban levemente mi nombre. Aun así no me interesaba lo que sucedía ahí arriba. Dutch se mostró de acuerdo conmigo y se tumbó a mi lado.

Taylor miraba a Gavin con una sonrisa triste en el rostro. Gavin asintió, receloso.

—Supongo. Desde luego, por lo que dice parece que es su perra.

—¡Oh, Dios mío! ¡Eso es genial! Es la mejor noticia que me han dado nunca. No tienen ni idea de lo que he pasado. He faltado mucho al trabajo por culpa del incendio, así que he tenido que hacer muchos turnos dobles, pero a cada momento libre que he tenido he salido a buscarla con mi mujer. Hemos colgado un montón de carteles. ¿No los han visto? Olivia dice que no queda un poste de teléfonos en Colorado en que no haya una foto de Bella.

—Espere un segundo —dijo Taylor, que cogió el teléfono y se giró hacia nosotros.

Dutch y yo levantamos la cabeza, pero luego la bajamos otra vez cuando vimos que se volvía a sentar a la mesa.

—Voy a mandarle una foto de la perra ahora mismo.

—Vale, déjeme ver. ¡Es ella! Vaya, no tienen ni idea de lo feliz que me hace esto. ¡Estoy tan contento de que hayan encontrado a Bella!

Taylor asintió.

—Bueno, mi marido es novelista y creo que quiere contarle una historia. Vamos, estoy seguro, por la cara que pone.

—Sí, bueno, claro.

Gavin se aclaró la garganta.

—Encontramos a Bella en la montaña. Eso fue... ¿Cuándo? ¿Hace cuatro años? Estaba intentando sacar a un tipo de debajo de la nieve. El hombre había quedado enterrado por un alud. Había dos perros, uno llamado Dutch y su perra. Bella entonces no llevaba collar, así que no sabíamos cómo se llamaba. Con Dutch fue fácil; lo llevaba en la placa.

Dutch levantó las orejas al oír su nombre, pero luego volvió a bajar la cabeza con un suspiro fatigado.

—Así que ayudamos al tipo que había quedado atrapado en el alud. Viendo que ambos perros estaban cavando, nos imaginamos que serían suyos. Tenía un nombre algo raro.

—Kurch —intervino Taylor.

—Sí, Kurch. Era un..., bueno, digamos que no era una buena persona.

—Por decirlo educadamente —observó Taylor.

—¿Hizo daño a los perros o algo así?

—No —dijo Gavin, negando con la cabeza—. Bueno, más o menos. Era evidente que no conocía a Bella, pero no quería a Dutch. Nosotros estábamos ahí, con su perro, en ese dormitorio, y el hombre escayolado, y lo único que hacía era insultar a Dutch, que no hacía otra cosa que manifestar su alegría al verlo sano y salvo. ¿Entiende? Dutch no entendía qué estaba pasando, pero el tipo no quería quedarse con el perro. Fue... fue una de las cosas más horribles que he visto nunca.

Ahora Dutch y yo mirábamos a Gavin porque tenía la voz tensa de la tristeza. Taylor alargó la mano sobre la mesa y la apoyó en la suya.

Gavin le sonrió, tembloroso.

—Bueno, el caso es que decidimos quedarnos a Dutch, que es un boyero bernés enorme, y a su perra, que no es precisamente pequeña.

—Yo quería un gato —señaló Taylor—. Supusimos que se llamaría Bella porque era el único nombre al que reaccionaba positivamente. Los probamos todos, hasta «Blanche».

—Mi madre tenía una perrita que se llamaba Blanche —explicó Gavin—, y parece ser que Taylor piensa que es el nombre más ofensivo que ha pronunciado nunca ningún ser humano.

Taylor contuvo una risita.

—Tendría que haber conocido a la madre de Gavin.

—En fin —prosiguió Gavin—. Bella se quedó con nosotros aquel invierno, pero en primavera, cuando volvimos a la cabaña, dejamos a los perros sueltos y fue la última vez que la vimos.

—Se refiere a Bella —explicó Taylor—. No a la madre de Gavin. A ella la hemos visto mucho.

Gavin puso los ojos en blanco.

—Total, que hicimos lo mismo que nos contaba usted. Pusimos carteles y anuncios en las redes sociales. Supusimos que le habría sucedido una desgracia, que la habría atacado un puma o algo así, hasta hoy, cuando ha aparecido de pronto, como si nada. Está aquí tumbada como si no se hubiera ido nunca.

209

Dutch me miró para ver cómo reaccionaba al oír que repetían tanto mi nombre, pero yo estaba adormilada y no me apetecía moverme.

—*Bueno, pues entonces está claro. Bella desapareció varios años. Se escapó de casa de aquella familia de Durango, y no sé cómo lo hizo, pero encontró el camino de vuelta a mi casa. Para entonces yo me había mudado a Golden, pero aún trabajaba en Denver. Debió de sobrevivir gracias a la ayuda de gente como ustedes. Les estoy muy agradecido. Bella es lo más importante que tengo en mi vida, salvo por mi esposa, Olivia.*

Se hizo un breve silencio. Dutch se dejó caer de lado y no me costó nada deslizar la cabeza y apoyársela en el pecho, donde la había apoyado tantas veces en el pasado.

—Bueno —dijo Gavin con un suspiro—. Supongo que eso significa que debería venir a buscar a su perra.

—*Vale, sí, por supuesto. ¿Podría pedirles que se ocuparan de ella un par de días? Tengo que arreglarme la agenda para disponer de un día libre. ¿Dónde están, por cierto?*

—Bueno —respondió Taylor—. Ahora mismo estamos en nuestra cabaña en las montañas, cerca del pico Elk Knob, a las afueras de Buford.

—*¿Qué? ¿Buford? Siempre he querido ir de excursión en jeep al Elk Knob. ¿Bella está ahí? ¿Ha llegado hasta ahí a pie?*

—Supongo. Se acaba de presentar en la puerta —respondió Gavin.

—*Vaya. Asombroso. Estábamos de acampada en el condado de Summit cuando llegó el fuego y huimos hasta Paraíso. Ahí fue donde la vi por última vez. ¿Han tenido incendios en Buford?*

Dutch y yo levantamos la vista porque Taylor y Gavin estaban cruzándose unas miradas muy tensas.

—Eh…, aún no —respondió Gavin—. Pero ese es uno de los motivos por los que hemos venido, para llevarnos todo lo que no querríamos perder bajo ningún concepto. Dicen que el fuego no está lo suficientemente controlado como para saber con seguridad si va a llegar hasta aquí o no.

—Pero nos volvemos a Glenwood Springs pasado mañana —añadió Taylor.

—*No consigo entender cómo llegó mi perra desde Durango a Glenwood Springs y luego a Denver.*

—Bueno —respondió Gavin—, nuestra Bella es una perrita muy especial.

—*Desde luego. Por cierto, hablando de eso, ¿podrían hacer una cosa? A Bella le encanta cuando le das un pedacito de queso y le preguntas: «Bella, ¿quieres un minitrocito de queso?». Se quedará absolutamente hipnotizada. Luego, cuando se lo den, actuará como si le hubieran dado el mejor regalo del mundo.*

Gavin sonrió.

—Por supuesto. Lo haremos. Bien, pues. Adiós, doctor Ray.

—*Llámenme Lucas, por favor. Llamaré cuando sepa cuándo puedo venir a buscarla. Probablemente pasado mañana.*

—Estupendo.

Taylor se puso en pie, apoyó una mano en el hombro de Gavin y luego se metió en la cocina.

—Creo que el champán sigue siendo una buena idea, así que déjame que te prepare algo de comer —sugirió—. Y me voy a evitar hacer comentarios sobre eso de «nuestra Bella».

—Sí, bueno, en realidad ya has hecho tu comentario —replicó Gavin, con una sonrisa en el rostro. Se agachó y tuve claro que quería tocarme, así que me levanté y me senté. Me agarró la cabeza entre las manos, se echó hacia delante y me miró a los ojos—. Dentro de un par de días vas a volver a tu casa, Bella.

Yo meneé el rabo al oír su suave tono de voz, que contenía una nota de tristeza. Suponía que sabía el porqué: Gavin me quería, pero sabía que me quedaría con él poco tiempo, antes de seguir con mi «a casa» para volver con Lucas, esta vez con dos gatitos a cuestas. Sería triste separarme de esta manada, pero ahora tenía que hacer de madre a Gatito Pequeño y a Gatita Pequeña.

—¿Qué pasa, Gavin? —preguntó Taylor, con voz suave.

Hubo un largo silencio.

—Estaba pensando que, cuando Bella se perdió…, no la primera vez, sino ahora, hoy… vino a nosotros. Se puso a ladrar a nuestra puerta. Porque confía en nosotros.

—Supongo —dijo Taylor, encogiéndose de hombros. Se hizo otro silencio prolongado—. Tienes algo en la cabeza. ¿Lamentas que llamáramos a Lucas Ray? Porque sabes que teníamos que hacerlo, ¿no?

Levanté una oreja al oír el nombre de mi chico. Aunque a lo largo del tiempo había aprendido que la gente dice todo tipo de cosas que no tienen que ver necesariamente con los perros.

—Oh, no, la verdad es que no. No es eso.

—¿No… es eso? —repitió Taylor, escéptico.

—No sé, es que cuando la he visto he tenido la sensación de que nuestra familia volvía a estar junta.

—Se te veía muy contento —reconoció Taylor—. Y luego resulta que Bella ya tiene una familia. —Hubo otra larga pausa—. ¿Estás pensando que quizá querrías otro perro? —tanteó Taylor—. ¿Un amiguito para Dutch?

Dutch levantó la cabeza un momento al oír su nombre. Gavin negó con la cabeza.

—No, es que cuando estábamos todos juntos me he dado cuenta…, ya sabes, antes de hacer la llamada…, de que soy un buen papá para estos perros.

—Sin duda.

—Y tú también, Taylor —añadió Gavin—. Quizá yo me emociono más fácilmente que tú, pero los niños también necesitan mano firme.

—Niños.

—¿Qué?

—Has dicho niños.

Gavin guardó silencio.

Taylor suspiró.

—¿De qué estamos hablando en realidad, Gavin?

24

*D*utch y yo observamos atentamente mientras Taylor se acercaba a la nevera, y el morro nos tembló al oírle revolver cosas dentro en busca de algo. ¿Beicon, quizá? Pero nuestra reacción fue aún más decidida cuando volvió a la mesa y le dio a Gavin algo que ambos reconocimos. «¡Queso!»

Corrimos a colocarnos en una posición de «sienta» impecable. Taylor se acercó con la mano extendida, mientras Gavin me miraba, sonriendo.

213

—¿Bella? ¿Quieres un minitrocito de queso?

Estaba portándome tan bien que temblaba del esfuerzo. Me relamí, casi sin poder respirar. Cuando tuve aquella delicia a mi alcance, se la cogí de entre los dedos con la máxima delicadeza. Dutch engulló su bocado haciendo un ruido tremendo, echando una mirada a Gavin, como si tuviera esperanzas de llevarse parte de mi tentempié, lo cual no iba a permitirle bajo ningún concepto.

No me sorprendió que Gavin supiera lo del minitrocito de queso. Los humanos lo saben todo.

Taylor y Gavin irguieron la espalda, apartándose de nosotros, pero Dutch y yo seguimos en posición de «sienta» porque el fascinante aroma de aquel queso aún flotaba en el ambiente.

—Bueno. Niños —dijo Taylor, retomando el tema.

—Tú nunca dijiste nada de un gato.

Taylor arqueó las cejas.

—Así que el escritor ha estado ocultando el tema de debate.

Gavin chasqueó la lengua y asintió.

—Bueno, vale. Sí, niños. Ya hemos hablado de ello alguna vez.

—Hablado. Sí, y te dije que, si realmente lo deseabas, yo nunca te negaría la experiencia de ser padre. Y tú siempre decías que no era algo que te llamara. ¿Qué es lo que ha cambiado?

Gavin se puso en pie, entró en la cocina y se sirvió algo de beber. Dutch y yo observamos sus movimientos, aunque no sacó nada de la nevera. ¡Ni siquiera tocó el tirador! Si yo fuera capaz de abrir una nevera, me sentaría delante, contemplando su interior todo el día.

—Bueno, he estado pensando en lo que acababas de decir —dijo Gavin, pasándole una copa a Tayor—. Que quizá deberíamos adoptar otro perro, para que Dutch tuviera con quien jugar. Hay muchos perros perdidos por ahí que necesitan una familia. Podríamos conseguirlo de cualquier raza. Desde luego, una hermanita para un boyero bernés probablemente no podría ser una maltesa o una papillón, pero quizá sí una perra del tamaño de Bella. Y luego empecé a pensar que estos perros grandotes como Dutch no viven tantos años, así que... ¿Adoptaríamos uno de su edad? ¿O un cachorro? Y luego me he dado cuenta de que, cualquiera que sea la edad del perro que adoptáramos, un día acabaríamos enterrándolos a los dos. Y no he pasado por eso desde mi infancia, cuando murió Blanche.

—Aún tengo problemas para procesar ese nombre, Blanche.

Gavin soltó una risita.

—Vale —dijo Taylor—. Si tenemos otro perro, se morirá antes que nosotros. ¿Y?

Gavin se giró, nervioso, y se sentó en el salón. Dutch enseguida se puso en pie. Percibiendo la misma tensión que había detectado yo, apoyó la cabeza en el regazo de Gavin. Taylor se levantó de la mesa y fue a sentarse con Gavin, junto a la chimenea. Taylor apoyó una mano sobre Gavin, de modo que yo me decidí por fin a abandonar la mesa de la cocina y todas sus posibilidades para ir con ellos.

—Gavin. Estás llorando. Dime qué está pasando.

Gavin se frotó los ojos.

—Bueno, digamos que adoptamos otro perro. Y luego otro, claro. O incluso un gato. Pero luego me he puesto a pensar que ahí fuera también hay niños abandonados. Niños que estarían encantados de tener unos papás. Y no estoy siendo egoísta. No es solo que nuestros hijos nos enterrarían a nosotros, y no al revés; es que les cambiaríamos mucho la vida, como se la cambiamos a Dutch, y especialmente como se la cambiamos a Bella.

—Ya veo.

—Tengo que decir que después de haber hecho una exposición como la que he hecho, ver que tu respuesta es un simple «Y veo» me hace pensar que todo este tiempo, cuando me decías que podíamos adoptar niños si yo quería, lo que estabas diciendo en realidad era que sabías que yo nunca querría —se lamentó Gavin.

—Eso es injusto —protestó Taylor—. Lo decía en serio. Lo que pasa es que no sabía que fuera eso lo que sentías.

—Vale.

—Es un paso enorme, Gavin.

—Bella ha regresado y he tenido la sensación de que nuestra familia volvía a estar completa, pero ahora tiene que irse, y el hecho de que tenga que irse me hace desear lo que no tenemos. Una familia de verdad, con hijos. ¿Tan malo es?

Taylor respiró hondo, muy concentrado.

—Tengo que admitir que cuando has dicho que Bella había vuelto a casa y la he visto me he puesto muy contento.

Gavin levantó las cejas.

—¿Verdad? El hecho de que se presentara en la puerta de casa lo ha cambiado todo.

—Quizá no todo. Pero entiendo lo que dices. Dos perros y de pronto ya no somos solo un matrimonio con una mascota...

—Somos una familia —dijo Gavin, acabando la frase por él.

Se produjo un largo silencio. Dutch levantó la cabeza y se quedó mirando a Gavin, que ya no parecía triste.

—Entonces, si fueras papá de un niño, ¿quiere eso decir que ya no serías un papá para tu perro? —bromeó Taylor.

—Oh, no. Siempre seré un papá para mi perro.

Estaba oyendo la palabra «perro» muchas veces, pero sin comida a la vista y, ahora que nadie tenía queso en las manos, me costaba mantener la atención en las personas. Me tendí en el suelo y cerré los ojos.

Suponía que después Gavin y Taylor nos llevarían a dar un paseo por el bosque. Mientras Dutch levantaba la pata, yo me adentraría en la oscuridad y volvería con los gatitos.

Solo que eso no pasó. Nos dejaron salir al patio cercado y luego volvimos por las puertas correderas.

Aunque era agradable dormir con Dutch, me inquietaban las circunstancias de mi situación. Y el problema se hizo aún más evidente a la mañana siguiente, cuando Gavin y Taylor nos llevaron a dar un paseo con la correa puesta, y luego nos dejaron otra vez en el patio.

Gavin y Taylor no parecían dispuestos a dejarme salir para que pudiera regresar y cumplir con mi deber como madre gata. De pronto tuve claro que pretendían que me quedara en su casa con Dutch.

Yo quería a Dutch, quería a Gavin y quería a Taylor. Pero tenía que proteger a los gatitos. Recordaba aquellos enormes depredadores caninos merodeando por el exterior de la guarida. ¿Se mostrarían tan comedidos al ver que yo ya no estaba y que los dos cachorros estaban solos en la cueva?

Estaba demasiado nerviosa como para echarme en el suelo con Dutch mientras mis gatitos estaban indefensos.

Aún olía a humo, pero parecía estar lejos. Como lejos estaban Gatito Pequeño y Gatita Pequeña: su olor no flotaba en el viento en absoluto, pero sabía en qué dirección estaban. Necesitaba volver a su lado.

Gavin estuvo desaparecido la mayor parte de la mañana y yo no paré de caminar arriba y abajo por el patio. Dutch me observaba, indolente, aparentemente consciente de mi malestar, aunque no podía saber el motivo. No obstante, ambos reaccionamos cuando oímos que el vehículo de Gavin se acercaba por el camino. Taylor abrió la puerta corredera para que pudiéramos entrar e ir a la puerta principal a dar la bienvenida a Gavin. Pensé que eso me daría ocasión de escapar, pero Gavin iba cargado con una caja enorme que me intimidó y no aproveché la ocasión para pasar corriendo por entre sus piernas. Una vez dentro, Taylor cerró la puerta con decisión.

—¡Feliz cumpleaños! —anunció Gavin.

—Bueno, para empezar no es mi cumpleaños, y tampoco recuerdo haberte pedido nunca que me compraras una motosierra. ¿Es por los vecinos? Sé que no te gustan las tendencias políticas de ese tipo.

Sonriendo, Gavin dejó la caja en el suelo. Por el ruido debía de pesar mucho.

Dutch y yo la olisqueamos con curiosidad, pero no detectamos nada especial. Gavin irguió el cuerpo.

—Vale, ya sé que dicen que no es probable que el fuego llegue hasta aquí, pero se han equivocado ya muchas veces. Nadie pensaba que los pirómanos seguirían provocando nuevos incendios. Según los expertos, lo único que tenemos que hacer es talar los árboles más cercanos a la casa.

—Los expertos no dicen que tengamos que talar nada. Dicen que los expertos tienen que talarlos.

—Sí, claro, pero, si esperamos a que venga alguien, pueden pasar semanas. Están bastante liados. No sé si te has enterado, pero todo el estado de Colorado está en llamas. Así que tenemos ese pino ponderosa enorme muerto… que hay que quitar de en medio. Y luego todos esos pinos más pequeños que son como una escalera que sube por la ladera de la montaña, dirigiendo las llamas directamente a nuestra casa.

—Una narrativa brillante —observó Taylor—. Lo que quieres decir realmente es que has pensado que esto sería divertido.

—¡Claro! —respondió Gavin, con alegría.

Taylor sonrió, negando con la cabeza.

—Yo no quiero ser leñador. Nunca he querido ser leñador. Nunca me han gustado las camisas de cuadros. No sé cómo usar una motosierra. Ni siquiera sé por qué lado hay que sujetarla.

217

—Me parto de la risa. Por qué lado —dijo Gavin, dando una palmadita a la caja—. ¿Tan difícil crees que es? Esta pequeña es la mejor de su clase. El tipo de la ferretería me ha dicho que con ella podríamos talar todo el bosque.

—En la ferretería encuentras gente de lo más interesante. Ojalá no fueras más por allí.

Gavin y Taylor salieron juntos por la puerta trasera pero nos dejaron a Dutch y a mí dentro de la casa. Dutch tenía ganas de salir y gimoteó un poco. Se subió al sofá de un salto y miró por la ventana trasera, para ver a Gavin y a Taylor que abrían la puerta lateral y salían por allí. Dutch era un buen perro con sus personas.

Los perros sabemos que los humanos a veces se van sin nosotros, lo cual no tiene sentido: ¿por qué iban a querer ir a ningún sitio sin un perro?

Al cabo de un rato oímos un sonido que ya me resultaba familiar: era un rugido mecánico, duro. Me pregunté si eso significaba que muy pronto habría árboles en llamas. Eso sería malo, y me recordó, una vez más, que tenía que volver con mis gatitos.

Ahora ya estaba tan nerviosa como Dutch.

¿O ese ruido tan fuerte, que yo asociaba con Scott, Mack y Dave, significaba que iban a venir ellos? Levanté el morro; no, no estaban por ahí. Pero si llegaban, ¿me llevarían otra vez con Lucas? Yo todo el rato había estado pensando en llevar a los cachorros con Lucas, no al revés. ¿Cómo iba a hacer que mi chico entendiera lo que teníamos que hacer?

Dutch y yo observamos, sin entender realmente lo que pasaba: de pronto, el viejo árbol junto a la casa tembló y empezó a moverse. Estaba cayendo, igual que habían caído todos aquellos árboles al arder. Preocupados, vimos que el árbol venía hacia nosotros cada vez más rápido, hasta impactar en la valla de madera del patio, para caer sobre el tejado de la casa con una violencia tremenda. El aire se llenó de polvo y nosotros nos encogimos, incapaces de entender todo aquello. ¿Qué estaba sucediendo?

218

—¡Dutch! ¡Bella! —oímos que decía Gavin, muy agitado. La valla de atrás se abrió de golpe y lo vimos corriendo por el patio hasta llegar a la puerta corredera. La abrió con un golpetazo—. ¡Eh! ¡Apartaos del cristal! ¡Venid, perritos, venid!

Dutch y yo fuimos con él, obedientemente, agitando el rabo y bajando las orejas. Era evidente que quería que saliéramos al patio, así que fuimos hacia allí. Una vez fuera nos relajamos: parecía ser que el peligro estaba dentro. Dutch levantó la pata como señal de normalidad. Yo levanté la vista y vi que Taylor cerraba la valla a sus espaldas, con gesto circunspecto. Se puso las manos en las caderas y meneó la cabeza:

—Bueno, eso ha sido más divertido de lo que me esperaba.

Gavin parecía enfadado.

—Hemos hecho todo lo que decía en la caja. Lo hemos cortado perfectamente. Tenía que haber caído hacia el otro lado.

—Bueno, pues llamemos a la fábrica de motosierras para quejarnos. Quizá nos reparen el tejado y la ventana, y todo lo que ha quedado destruido en la cabaña, que como mínimo debe de ser nuestro dormitorio. Los olores del interior se estaban extendiendo por el patio.

Con gesto triste, Gavin contempló el árbol, encajado en la hendidura que había creado en la casa. Ambos hombres parecían abatidos por lo que acababa de ocurrir, lo que hizo que me preguntara por qué lo habrían hecho.

—Tenemos que mantener apartados a los perros hasta que hayamos retirado todos los cristales rotos.

Taylor negó con la cabeza.

—No, yo diría que no. Casi prefiero ir al pueblo y tomarme unas cervezas con mis colegas leñadores en el bar. Tirar unos dardos y escuchar a Garth Brooks. Mientras estoy fuera, ¿te importaría sacar el árbol del salón?

—¡Vale, muy bien, lo siento! —respondió Gavin, malhumorado—. Solo intentaba hacer lo que aconsejan para proteger nuestra casa.

Taylor se rio.

—¡Oh, pues lo has hecho estupendamente! Ahora ningún

incendio que se respete a sí mismo pasará por aquí. ¿Qué sentido tendría? La casa ya está devastada.

Los dos entraron en la casa por la puerta corredera y se la cerraron en las narices a Dutch. Mi amigo se me acercó, me olisqueó y me apoyó una pata sobre el hombro en un gesto juguetón. Se le veía mucho más contento ahora que Gavin y Taylor estaban en la casa, que las máquinas ya no hacían ruido y que habían dejado de caer árboles.

Examiné el enorme árbol y vi cómo se había hundido en la valla, destrozando un buen trozo. En el punto de contacto entre la valla y el árbol, los restos de la valla formaban una especie de escalón, y ascendí con cuidado hasta encontrarme sobre el tronco. Gatita Grande me había enseñado a moverme con facilidad sobre los árboles caídos. Como si me estuviera guiando ella misma, avancé por el tronco, superando la valla aplastada, hasta que pude saltar al otro lado.

Estaba fuera.

Quería a Gavin, a Taylor y a Dutch, pero no podía quedarme allí. Tenía que proteger a mis gatitos. Por mucho que me pesara abandonarlos, me sentiría aún peor si no volvía con mi familia felina y llevaba a mis gatitos con Lucas para que estuvieran seguros. Y convencer a Gatito Pequeño y a Gatita Pequeña para que me siguieran hasta aquí no habría sido una buena idea: Gavin y Taylor encerrarían a los gatitos en la casa y solo los dejarían salir para dar paseos con la correa puesta, con lo que ninguno de nosotros podríamos hacer «a casa». Avancé al trote, deshaciendo el camino que había recorrido el día anterior, siguiendo a mi olfato, que me indicaba el camino hacia la montaña. No había avanzado mucho cuando oí un sonido inconfundible a mis espaldas, y me giré para mirar.

Dutch me estaba siguiendo.

$\mathcal{Y}$o sabía perfectamente cómo volver con mis cachorros, y lo hice a paso ligero, impulsada por mi preocupación. Me imaginé a Gatita Pequeña impacientándose y conduciendo a su hermano al otro lado de la grieta que los separaba del mundo exterior. ¿Intentarían ir en mi busca? ¿Cuánto tiempo tendrían antes de que algún depredador los localizara? Recordé aquella ave gigantesca con su comida atrapada entre sus afiladas garras. En cualquier momento podría caerles encima un peligro así, del cielo, sin previo aviso.

Los perros entienden que a veces corren juntos, aunque solo uno de ellos conozca el destino. Dutch se mantuvo a mi lado sin cuestionarse nada mientras yo emprendía la ascensión por la ladera. Al cabo de un rato tuve la impresión de que se rezagaba. A regañadientes bajé el ritmo, porque éramos una manada.

Cuando percibí por fin el olor de los gatitos me preocupé, pensando que efectivamente habrían salido al exterior.

Dutch jadeaba, y probablemente estaría un poco confuso. Era un perro grande y la larga carrera le habría resultado pesada. Al acercarnos a la entrada de la cueva reduje el paso para que me alcanzara. Me olisqueó, preocupado. Los dos sabíamos que había animales al otro lado de la grieta en la roca, pero solo yo sabía que eran un par de cachorros indefensos.

Los animales muertos emiten un olor diferente que los vivos. Analicé cuidadosamente la mezcla de olores que me llegaba.

Estaban vivos.

Solté un gemidito suave para que los cachorros supieran que había regresado. Al cabo de un momento, Gatita Pequeña apareció dando saltos por la estrecha abertura, lanzándoseme encima e intentando juguetear tal como yo le había enseñado. Un momento más tarde, su hermano se unió a la fiesta. En sus movimientos había cierta urgencia: estaba claro que me habían echado de menos.

Al ver a los gatitos, la reacción de Dutch fue retroceder. No le culpaba. Aunque era evidente que eran cachorros, eran inusualmente grandes. De hecho, yo había conocido a muchos perros más pequeños que aquellos dos gatos. Dutch incluso gruñó un poco, lo que les hizo interrumpir su acometida antes incluso de que empezara. Se daban cuenta de que ese perro no se mostraba amistoso, a diferencia de mí, que era su madre gata. Se me quedaron mirando y Dutch los miró a ellos, tensando el pelo del lomo. Yo intenté quitar tensión dando un empujón a Gatito Pequeño a modo de juego, pero él seguía teniendo la mirada fija en el enorme perro que tenía delante, fascinado pero a la vez asustado. Me fijé en Gatita Pequeña, que se mostraba mucho más dispuesta a pasar por alto lo que, al fin y al cabo, no era más que otro perro. Dutch se quedó mirando en silencio mientras yo tiraba a Gatita Pequeña al suelo y le hacía cosquillas con el morro. Ella me envolvió la cabeza con sus patitas, pero tenía las garras bien guardadas.

Hay algunos perros que no pueden resistirse a los juegos, y yo sabía que Dutch era uno de ellos. Al vernos forcejear agitó el rabo en una reacción involuntaria. Muy pronto quiso unirse a la melé. Gatito Pequeño se echó atrás, pero Gatita Pequeña se lanzó hacia Dutch sin dejarse intimidar por su enorme tamaño. Yo ya les había enseñado a los dos cómo hay que jugar con los perros y Dutch enseguida se dio cuenta de que eso era exactamente lo que estaba haciendo Gatita Pequeña. Afortunadamente comprendió que no tenía nada que temer de aquellos pequeños.

No aparté la mirada de Gatito Pequeño, que observaba la escena con curiosidad. Por fin, no pudo resistirse más y, cuando finalmente se unió al grupo, jugamos hasta caer todos exhaustos.

De vez en cuando observaba a Dutch, preguntándome si empezaba a sentir la necesidad de ir con Gavin y Taylor o si ya se consideraba parte de aquella extraña manada. ¿Se quedaría con nosotros o haría su propia versión del «a casa»?

Una vez aceptado el nuevo perro, los gatitos habrían podido seguir forcejeando todo el día, pero de pronto Dutch giró la cabeza y supe que había detectado el olor del ciervo asado a través de la grieta en la roca. Lógicamente, no entendía cómo podía ser que la roca oliera a carne. Le llevé a la cueva y me abrí paso por la estrecha abertura de la entrada. Para Dutch aquel paso suponía todo un reto y prácticamente se quedó atascado entre las paredes de roca. Pero el olor de la comida lo espoleó y siguió empujando hasta que, con un gruñido, consiguió pasar y se situó a mi lado en la cueva, observando, probablemente perplejo, mientras yo cavaba laboriosamente en la tierra arenosa donde estaba enterrado el ciervo. Muy pronto conseguí descubrir una pata y Dutch se lanzó al ataque con un entusiasmo considerable. Que yo pudiera desenterrar una comida tan voluminosa no pareció sorprenderle: una de las cosas que más me gustaban de Dutch era su enorme disposición para aceptar cualquier cosa que pasara.

Los cachorritos decidieron que era hora de comer y se unieron al festín en silencio, aunque parecían menos interesados en comer que en observar a Dutch consumiendo su comida.

Dutch y yo comíamos de maneras muy diferentes. Yo solía comer hasta llenarme, y quizá un poquito más, pero daba la impresión de que Dutch podía seguir comiendo mientras hubiera comida. No obstante, al final acabó cansándose y nos dejó para ir al exterior, hacer sus necesidades y orinar en las rocas de los alrededores, marcando territorio.

Yo creo que le sorprendió un poco que no le siguiera y al final volvió a la guarida.

223

El sol se estaba poniendo y yo seguía preocupada, y Dutch me observó, perplejo, mientras daba vueltas por la cueva para luego tenderme en el suelo con el lomo contra la pared. Aparentemente, aquello le hizo decidir que eso era lo que íbamos a hacer, y se dejó caer con la cabeza sobre mi cadera. Los cachorros se unieron a la siesta, ronroneando. Aunque estaba anocheciendo, y por tanto llegaba el período de máxima actividad para ellos, parecían agotados.

En el exterior de la guarida el olor a gatito era demasiado intenso como para que pudiera saber hasta dónde se habían aventurado en mi ausencia. De cualquier modo ya no importaba; ahora ya había vuelto. Y con Dutch a mi lado estaba segura de que, si los grandes depredadores cánidos volvían a presentarse, se lo pensarían aún más antes de atacar nuestra madriguera.

Aquella noche no paró de levantarse: daba vueltas y volvía a acostarse. En un momento determinado creo que tomó la decisión de dejarnos y abandonar aquel extraño lugar, pero después de salir al exterior un rato volvió y se acurrucó de nuevo con nosotros.

A la mañana siguiente comimos y fuimos a explorar la cresta de la montaña. Yo estaba inquieta, sabiendo que muy pronto volveríamos a ponernos en marcha para buscar a Lucas. ¡Qué sorpresa se llevaría al ver a los cachorritos y a Dutch!

Observé a Dutch, que estaba tan contento como siempre a pesar de estar lejos de Gavin y Taylor. ¿Se veía ya como un perro que dormía en una cueva con unos gatitos enormes? Por su parte, los gatitos parecían haber aceptado a Dutch como si fuera su papá gato, aunque no se molestaron ni por una vez en examinar los lugares donde había levantado la pata. Los gatos no siempre saben cómo deben comportarse.

Pero sí sabían seguir a sus amigos perros. Yo levanté el morro, concentrándome en la búsqueda de Lucas, y me puse en marcha.

Fuimos caminando por entre los árboles, haciendo pausas constantes porque Dutch parecía decidido a marcarlos todos.

Acabábamos de llegar a un pequeño estanque y estábamos bebiendo de él cuando noté un olor que me cayó encima con la fuerza de una bofetada. En ese mismo momento, Dutch levantó la cabeza, aunque los gatitos ni se inmutaron. Era un olor a salvaje, a húmedo, a algo peligroso. Teníamos cerca algún animal, en algún lugar entre nuestra posición y la guarida.

Los gatitos eran ajenos a todo, pero Dutch y yo nos comunicamos inmediatamente la ansiedad que sentíamos sacando la lengua.

La tensión y el miedo se adueñaron de mí. Lo que olíamos era un animal que ya había olido antes. Inmediatamente me vi transportada a una noche extraña, cuando las llamas danzaban bajo el cielo negro y yo le gruñí a una bestia enorme que estaba de pie en los bajíos de un río. No era el mismo individuo, pero sí el mismo tipo de bestia, y Dutch y yo teníamos claro que era carnívoro.

Unos arbolillos sin quemar flanqueaban el prado que rodeaba el estanque. Dutch y yo nos quedamos perfectamente inmóviles, con todos los sentidos puestos en los árboles, a la espera de ver qué salía de allí. Ambos reaccionamos alarmados cuando vimos una enorme criatura que asomaba por entre las ramas. Era negra y caminaba a cuatro patas, como los perros, pero cuando Gatita Pequeña se puso a corretear, intentando provocarme para que la persiguiera, el animal se irguió sobre las patas traseras y levantó el morro. Era tan alto como un hombre, corpulento, y estaba cubierto de un espeso manto de pelo negro…

«Oso.» Así habían llamado Lucas y Olivia a aquel peligroso animal. Cuando volvió a dejarse caer y bajó la cabeza, supe que venía a por nosotros.

Avanzó hacia nosotros a paso lento, pero decidido a matar. Ahora los gatitos ya habían visto al depredador e instintivamente se habían situado detrás de nosotros. Era demasiado tarde para salir corriendo. El oso iba a por los cachorros y no parecía que pensara que los dos perros que estaban protegiéndolos pudieran constituir ninguna amenaza.

Aunque nuestra manada solo tenía dos miembros, Dutch y yo reaccionamos con instinto de manada. Dutch, con el pelo erizado y los dientes al descubierto, parecía estar dispuesto a plantar batalla al oso. Se adelantó, atacándolo por un flanco, mientras yo me plantaba directamente delante de los cachorros para protegerlos. Ambos gruñimos con fuerza.

El oso frenó la marcha. Levantó los labios en una mueca, poniendo los dientes al descubierto, y vi que tenía garras como un gato, como Gatita Grande, amenazadoras y mortíferas. Yo nunca había estado tan cerca de un animal tan poderoso. Me di cuenta de que jadeaba de miedo, pero Dutch había pasado de ser un perro amistoso y feliz a uno que amenazaba a un asesino varias veces más grande que él. Me quedé observando su técnica mientras avanzaba, sigilosamente, hacia el flanco del depredador.

El oso no le hizo caso a Dutch; viéndome a mí debía de pensar lo mismo que yo: que no era rival para él. El enorme animal se tensó, preparándose para cargar.

Olía el hambre en su aliento, le veía los ojos, puestos en los cachorros. Era como si aquel carnívoro pudiera ver a través de mí. Eso lo solucioné gruñendo y ladrando con toda la agresividad que pude. ¡Iba a salvar a aquellos cachorrillos! Le plantaría cara y evitaría que les hiciera daño.

El oso vaciló, sorprendido por mi arrojo. Dutch se lanzó por detrás de la bestia en un ataque silencioso y le mordió en la pata trasera. El oso se lo quitó de encima con una patada y se puso a dos patas, bramando.

En el momento en que se lanzaba contra Dutch, yo ataqué, y lo alcancé antes de que él pudiera alcanzar a Dutch, que retrocedía a toda prisa. Le clavé los dientes en una pierna y salí rodando en el momento en que el oso se revolvía para atacarme. Retrocedí a toda prisa mientras levantaba las garras delanteras, preparándose para cruzarme la cara. En ese momento, Dutch volvió a atacar por detrás.

Sorprendentemente, Gatita Pequeña se lanzó al ataque, con las garras a la vista y mostrando los dientes. Se detuvo antes de ponerse al alcance del oso, pero la distracción me dio unos se-

226

gundos para echarme a un lado. Al momento, Gatito Pequeño se unió a su hermana y ambos le bufaron a la enorme criatura, enseñándole los dientes.

Viéndose rodeado por una manada tan fiera, el oso detuvo su ataque y nos examinó. Dutch estaba ladrando, yo estaba gruñendo y los gatitos, con las orejas hacia atrás, estaban dispuestos a luchar por su vida. El oso dio unos mordiscos al aire, haciendo entrechocar los dientes y babeando. Luego pateó el suelo furiosamente con las patas delanteras y se giró rápidamente para gruñirle a Dutch, que se le acercaba por detrás.

Era el momento que yo esperaba. Me lancé hacia delante.

Pero el oso ya había tenido bastante. Resoplando, se dio media vuelta de golpe y se volvió a adentrar en el bosque, como si se hubiera cansado de nosotros y no quisiera que lo molestáramos más. Dutch cargó contra él, pero solo unos metros; cuando vio que no lo secundaba abandonó el ataque.

Cuando regresó a mi lado, agitando el rabo, Dutch ya se había vuelto a transformar en el perro bonachón que tan bien conocía yo. No obstante, no olvidaría tan fácilmente la ferocidad con que se había lanzado contra aquel oso.

Gatito Pequeño y Gatita Pequeña vinieron corriendo hacia mí, pegándose a mis costados, en busca de contacto físico. Dutch bajó su inmensa cabeza y ambos se frotaron con él, ronroneando.

Cuando tuve claro que el peligro había pasado, me llevé a Dutch y a los cachorros de vuelta a la guarida. Yo creo que todos nos sentimos reconfortados viéndonos protegidos en la cueva y con esa comida esperándonos, después del encuentro con aquel animal salvaje. La guarida era como nuestra casa y necesitábamos sentirnos seguros.

A mitad del día, los dos cachorros se prepararon para echar una siesta. Dutch se quedó mirando cómo se echaban y me pregunté si sentiría lo que yo sentía: que ahora aquellos dos cachorritos estaban a nuestro cuidado. Eran parte de nuestra manada. En lugar de huir, se habían quedado con nosotros mientras nos enfrentábamos al oso.

227

Pero cuando Dutch levantó la cabeza para mirarme un momento, supe que había tomado una decisión. Se dio media vuelta y atravesó la hendidura apretando el cuerpo contra la roca para salir al exterior. Yo le seguí y ambos nos quedamos un momento al sol, sobre la hierba. Dutch y yo nos rozamos el morro. Entendía lo que estaba sucediendo: era una despedida, porque Dutch necesitaba estar con Gavin y Taylor. Esa era su casa.

Yo también haría muy pronto un «a casa» para ir con Lucas. Ahí era donde debía estar. Pero no era fácil llegar hasta él, sentir el tirón de su correa invisible, como haría Dutch para regresar con los suyos.

Dutch y yo nos quedamos mirándonos un buen rato. Supongo que estaría imaginándose recibiendo comida de los suyos, pensando en lo fácilmente que había vuelto con ellos después de haber desaparecido tanto tiempo. ¿Por qué iba a abandonarlos por un par de gatos exageradamente grandes? Pero es que Dutch no había conocido a Gatita Grande y no podía entenderlo.

228 Por fin se dio la vuelta y se fue al trote, en dirección a Gavin y a Taylor. Cuando llegó a la línea de árboles tras la que se perdería de vista, se giró para mirarme, moviendo el rabo solo un poquito. Tenía las orejas gachas, los labios caídos; cruzamos una larga mirada.

Así es como se despiden los perros.

Y así, ante mis propios ojos, mi querido amigo, miembro predilecto de mi manada, se volvió a su casa, escabulléndose entre los árboles y desapareciendo de mi vista.

26

Ya no había fuego por todas partes, rodeándonos, amenazando en todo momento con cercarnos contra las rocas y cocernos. Estaba tan acostumbrada a aquel olor acre que se me pegaba a las fosas nasales que al aliviarse la presión me llegué a preguntar si habría desaparecido del todo. Pero no era así: un cambio de dirección en la brisa, que también se había vuelto más débil, me dejó claro dónde seguían ardiendo con fuerza los árboles. Ahora las montañas que nos rodeaban estaban prácticamente como los bosques de árboles muertos donde habíamos encontrado al ciervo quemado: diferentes, transformadas, quizá para siempre, pero ya no presentaban el mismo peligro.

Eso significaba que podía seguir una trayectoria más o menos recta en dirección a Lucas. Una vez decidido el rumbo no vacilé y me puse en marcha, justo en el momento en que el sol, convertido en una imagen extraña, un disco plano en el neblinoso cielo, se elevaba tras el borde afilado del pico más cercano. Los cachorros me siguieron sin chistar, aunque yo sabía que se sentían incómodos moviéndose a la luz del sol, especialmente por caminos transitados por los humanos. De todos modos, casi no había ni rastro de olores de persona. El fuego había ahuyentado a la gente, del mismo modo que me había separado de mi chico.

Los gatitos estaban fuertes y confiados ahora que tenían la barriga llena. Les eché un vistazo y no vi señales de tensión; solo una gran confianza en mi liderazgo. Si se preguntaban qué habría sido del gran perro desgreñado que me había ayudado a salvarlos, no lo demostraban.

Yo quería a Gatito Pequeño y a Gatita Pequeña como quería a su madre, como quería a Lucas. El poderoso instinto que me impulsaba a protegerlos de cualquier peligro estaba tan omnipresente como el humo. Me encantaba ver que, cada vez que hacía una pausa para orientarme y encontrar la correa invisible que me ataba a mi chico, Gatita Pequeña venía a darme un manotazo para que abandonara la importante tarea del «a casa», invitándome a jugar con ella. Solo un momento después su hermano se le echaba encima y los dos se revolcaban por el suelo.

El primer día caminamos sin parar, sin hacer pausas. Cuando encontré una guarida entre la hierba, mis cachorros se tumbaron y cayeron en un sueño profundo. Aún conservaban un leve rastro del olor de Dutch en el pelo y eso me gustó. Me sumí en el sueño con la sensación de que mi buen amigo seguía con nosotros. En mis sueños, Dutch y yo nos encontrábamos con un monstruo temible y enorme en el patio trasero de Gavin y Taylor, y él conseguía mantenerlo a raya.

Nos mantuvimos en cotas altas, en un terreno muchas veces despoblado de árboles, por si aparecían eventuales depredadores, pero no vi ni olí ninguno; solo me llegaba el humo, que aumentaba o disminuía al capricho del viento. No obstante, en las alturas no había agua, y a mi pesar, a mediodía del día siguiente, tuve que bajar de cota, donde el olfato me decía que encontraría algo de beber.

El descenso fue fácil, por una ladera de piedras y plantas. En un lado, el fuego había destruido la vegetación y pintado las rocas de negro; en el otro se había mostrado compasivo y los árboles agitaban sus ramas sanas al viento.

Me llegó un olor a sangre. Intrigada, me detuve junto a la base de un árbol solitario. No veía nada extraño, y sin embargo la tierra y las raíces del árbol desprendían el inconfundible olor a una muerte reciente.

Levanté la vista y me sorprendió ver uno de esos enormes pájaros cazadores que me miraba desde lo alto. Ladeó la cabeza y me guiñó un ojo carente de toda expresión. Con las garras se aferraba a la rama y al mismo tiempo sostenía una presa de pequeño tamaño. Meneé el rabo, sin entender muy bien lo que estaba viendo.

A mis pies, los cachorros, que no entendían el motivo de aquella pausa, se daban manotazos y rodaban por el suelo.

El pájaro dio un picotazo a su presa, arrancando un trozo de carne. No era muy preciso en sus movimientos, y un pequeño trozo de carne cayó al suelo, aterrizando casi encima de Gatito Pequeño, que dio un respingo, sorprendido, apartándose.

Gatita Pequeña fue la primera en darse cuenta de lo que ocurría —¡comida caída del cielo!— y engulló el bocado. Gatito Pequeño se la quedó mirando, perplejo.

El ave siguió alimentándose sin inmutarse por nuestra presencia al pie de su árbol. Me pregunté si dejaría caer algún bocado más, e hice un «sienta» por si eso servía de algo. Los cachorros no eran conscientes de lo que ocurría allí arriba, pero habían dejado de forcejear. Estaban observando, por si era capaz de hacer que apareciera otro bocado de forma milagrosa.

Muy pronto recibieron su recompensa. Era casi como si el cazador de las alturas hubiera tirado deliberadamente un pedazo para que cayera entre los dos. Una vez más, fue Gatita Pequeña quien llegó antes. Gatito Pequeño me miró, dolido, como si estuviera favoreciendo a su hermana.

Nos quedamos en la base del árbol un rato, mientras el ave se dedicaba a comer y a tirar comida para los cachorros. Yo me quedé mirando, pensando que Gatita Pequeña era mejor cazadora que su hermano. Siempre reaccionaba más rápido, aunque aparentemente la rapaz había decidido compensar a Gatito Pequeño, porque algunos de los regalos fueron a aterrizarle justo frente al morro.

Cuando el ave extendió sus enormes alas y despegó yo ya me imaginaba lo que sucedería, y observé los movimientos de los gatitos. El aleteo del pájaro hizo que el aire resonara con fuerza, y el resto de la presa que estaba comiendo cayó desde la rama. Pillé la carcasa al vuelo, mientras observaba a la rapaz, que se elevaba por los aires, alejándose.

231

No quedaba mucha carne, de modo que se la dejé a los cachorros. Eso les dio fuerzas, y de pronto parecían dispuestos a pasarse el resto del día jugando. Me giré y reemprendí el descenso, siguiendo mi olfato en busca de agua.

Llegamos al fondo de la escarpada ladera y nos encontramos en una amplia llanura que se había librado del fuego. Sentía el viento más frío en la cola que en el rostro, por lo que me resultaba más difícil decidir qué dirección tomar. Cuando me llegó el olor del agua supe que la teníamos aún lejos, así que hice caminar a mis gatitos a paso ligero a través de la pradera.

Los cachorros percibían mis movimientos en todo momento, así que cuando aminoré el paso ellos también lo hicieron. Yo seguía avanzando hacia el agua, pero ahora percibía algo más…, algo peligroso.

Lo que teníamos por delante no solo era un arroyo. La nariz se me llenó de los olores combinados de las mismas bestias que había visto avanzando lentamente por los caminos, como una caravana de coches.

Aunque no eran carnívoros y no intentarían cazarnos, avancé con precaución. Aquellas bestias eran grandes y lo suficientemente fuertes como para suponer una amenaza.

Muy pronto las tuvimos lo suficientemente cerca como para verlas. Había un gran rebaño, pastando plácidamente junto a un ancho río que discurría lentamente. Estaban entre nosotros y el agua, y había las suficientes como para que no estuviera claro por dónde se suponía que teníamos que pasar. Unas bestias tan grandes era mejor evitarlas. Río abajo, en cambio, el arroyo era más estrecho y formaba unos rápidos para luego adentrarse en una zona de bosque espeso. Yo, para beber, prefería las zonas tranquilas del arroyo.

Al ver a aquellos enormes herbívoros, Gatita Pequeña reaccionó pegando el cuerpo al suelo. Vi que se quedó mirando un par de crías de color más claro, como si las crías de aquellos monstruos no fueran más grandes que Dutch.

Así era mi Gatita Pequeña: si no podía abatir un caballo, se conformaría con uno de esos gigantes. Los dos gatitos avanzaron sigilosamente hacia el rebaño, cuyos miembros hasta el momento no nos habían hecho ningún caso.

Había visto a los gatitos acechando a pequeños roedores con aquella táctica, agazapándose y avanzando pegados al suelo, para lanzarse encima al final, sin ningún éxito. Un perro sabe que el único modo de tener éxito en la caza es correr a toda velocidad. Yo había empleado esa técnica con las ardillas muchas muchas veces y siempre había estado a punto de conseguirlo. Miré alrededor, pensando en la ilusión que me haría ver a una ardilla saltando por entre la hierba en ese momento. Podría demostrarles a los gatitos cómo se hace para cazar.

Pensar en las ardillas me hizo recordar los días en el parque para perros. Mi chico solía reír al ver lo cerca que estaba de atrapar a mis presas antes de que consiguieran trepar a los árboles; luego se giraban y me miraban, haciendo castañetear los dientes. Lucas después me tiraba la pelota, y esa sí que la pillaba a la primera, allá donde botara. Luego me ponía el collar y me llevaba a casa, donde me daba un minitrocito de queso, y yo me iba a dormir acurrucada en la manta de Lucas…

Observé a mis dos cachorritos, que avanzaban hacia las que consideraban sus posibles presas. Llegaría el momento en que tendría que soltarles un ladrido para advertirles que no se acercaran demasiado. Para poder beber tendríamos que ir río arriba, más allá de donde estaban las bestias.

De pronto algo me llamó la atención. Una sombra entre los árboles, río abajo, se había movido. Me giré hacia el bosque, dirigiendo el morro hacia allí. ¿Qué es lo que había visto?

Ahí estaba otra vez. Un movimiento sutil, veloz, de un árbol al siguiente, furtivo y amenazante.

Algo estaba cazando.

Dejé de prestar atención a los gatitos y por un momento me concentré en la figura escondida. Aunque tenía la brisa en la espaldas, era tenue e inconsistente. Ahora que estaba concentrada podía separar el nuevo olor del intenso aroma de las grandes bestias y del olor a limpio del agua corriente.

233

El olor me resultaba familiar. No era Gatita Grande, pero sí algo parecido…, un felino salvaje, enorme.

Agité la punta de la cola de un modo instintivo, brevemente. Me llevaba muy bien con la mayoría de los gatos, y siempre me había gustado verlos cazar, pero los movimientos de aquel sigiloso animal parecían ir dirigidos en nuestra dirección. De algún modo, supe que aquel felino enorme había estado acechando a los terneros de las grandes bestias que pacían junto al río… hasta que había localizado unas presas más fáciles.

Mis cachorros.

Gatita Pequeña y Gatito Pequeño estaban tan conectados a mi pensamiento que ambos se giraron a mirarme. Estaba claro que no olían el peligro, pero se daban cuenta de que algo iba mal.

El felino oculto entre los árboles hizo otro movimiento que despejó todas mis dudas. Si quisiera dar caza al más pequeño de aquellos monstruos, habría avanzado hasta una espesa arboleda cercana a los rumiantes, y en lugar de eso se había situado en una posición más cercana a nosotros.

Los enormes animales cornudos parecían ajenos a nuestra presencia, incluso cuando di unos pasos en su dirección. Los cachorros, que no entendían lo que pasaba, despegaron el vientre del suelo y se me acercaron correteando.

Yo no apartaba los ojos de los árboles. El gran felino estaba bien escondido, pero yo le seguía el rastro con el olfato, que me decía que era un macho. Había pasado muchos días jugando con Gatita Grande. Cuando era joven resultaba fácil tirarla de espaldas, igual que hacía ahora con mis dos cachorros. Pero cuando llegó a adulta, si conseguía tumbarla era solo porque se dejaba. Podía tirarme al suelo con un empujón sin hacer el mínimo esfuerzo. De habernos enfrentado en una pelea, usando las garras, no habría sido rival para ella.

Si ese macho salía de entre los árboles, me mataría a mí y luego mataría a los cachorros.

Apenas un rato antes estaba recordando los momentos felices pasados con Lucas en el parque de los perros. Ahora estaba en peligro mortal. Nunca había echado tanto de menos a Lucas como en aquel momento.

Todos los gatos que había conocido tendían a lanzarse encima de cualquier cosa que saliera huyendo, pero se contenían si sus presas se movían lentamente. A pesar del terror que sentía, me esforcé en controlar todos mis movimientos y caminé con pasos cortos y suaves. Los cachorros me siguieron, imitando mi andadura lenta. Fuimos acercándonos al agua, alejándonos del gran felino, como si no supiéramos que nos estaba observando. Algo que sabía de mis paseos por las montañas con Gatita Grande era que a los felinos no les gusta el agua profunda. Si conseguíamos llegar a la orilla opuesta, mis gatitos estarían a salvo.

No obstante, entre nuestra posición y el agua, cortándonos el paso, estaban los monstruos.

235

27

No habría podido decir si las enormes bestias que pacían junto al río eran conscientes de que nos acercábamos. Estaban inmóviles, impasibles, y se mostraban imperturbables ante el avance lento y metódico de una perra con sus dos gatitos. Cuando una de ellas levantó la cabeza y agitó sus grandes cuernos me quedé paralizada, y sentí que los cachorritos también se detenían a mis espaldas. No parecían asustados por los animales gigantescos que teníamos delante y tampoco eran conscientes del peligro que acechaba en los confines del bosque, pero habían aprendido de su madre a imitar el comportamiento de los adultos.

De momento, al menos.

Gatito Pequeño enseguida se aburrió de nuestro avance lento y echó una carrerita en círculo a nuestro alrededor, con los típicos saltitos de un cachorro en pleno juego. Era precisamente el tipo de movimiento que podía atraer a un felino en plena caza. Aterrada, eché la mirada atrás y vi exactamente lo que me temía: el gran macho se apartó del árbol y se situó a plena vista, observándonos con aquellos ojos fríos y calculadores, alargando el cuerpo y bajando el vientre. Sentía la tensión de sus músculos, listos para el ataque.

Miré con impotencia al rebaño de gigantescos animales que teníamos delante. Podían matarnos con una coz o embistiéndonos con aquellos cuernos. Todos mis instintos me decían que no debíamos correr el riesgo de acercarnos más.

Me giré y miré fijamente al gran felino, que parecía en-

236

tender perfectamente que estábamos atrapados. De pronto se lanzó hacia delante, a una velocidad de espanto. Yo miré a los cachorrillos, aún ajenos al peligro, y supe que, si no hacía algo, los perdería. Así que eché a correr en la única dirección posible, directamente hacia el rebaño. Los dos cachorrillos, confusos, me siguieron, pero demasiado despacio.

El gato macho atravesaba la pradera a una velocidad tremenda, con la vista puesta en sus presas. Gatito Pequeño siguió a Gatita Pequeña, no muy convencido, mientras yo me colaba por un estrecho hueco entre dos de los monstruos, pero el feroz asesino nos seguía de cerca, recortando distancias.

«Va a atrapar a Gatito Pequeño.»

Me detuve y me di media vuelta para plantar cara al enorme felino. Gatita Pequeña se paró entre mis patas y levantó la vista en busca de alguna indicación.

En ese instante, los monstruos se dieron cuenta de la presencia del depredador y giraron sus enormes cabezas. En el mismo momento en que Gatito Pequeño echaba a correr hacia mí con todas sus fuerzas por miedo a quedarse solo, aquellos animales colosales pasaron por nuestro lado y plantaron cara al depredador. Procurando evitar sus cuernos y sus pezuñas, me llevé a los cachorros al centro, hasta quedar rodeados por el rebaño.

El gran macho frenó de golpe para no chocar con aquella implacable muralla de cuernos.

Yo me tendí en el suelo.

Era el único gesto que se me ocurría para dar a entender a aquellos monstruos que nosotros no teníamos ninguna intención de darles caza ni hacerles daño; éramos unos animales pequeños, amistosos y pasivos, tendidos sobre nuestros vientres.

Miré a los cachorros, intranquila. Si se ponían a corretear como solían hacer, las enormes bestias que nos rodeaban podían matarlos de algún pisotón, aunque de momento todos los miembros del rebaño tenían la vista puesta en el depredador y tenían la cabeza gacha.

El gato macho se giró y se retiró al encontrarse con aquel

montón de monstruos avanzando hacia él con claras intenciones. Había algo en la huida del gato que me recordó la carrera desesperada de Gatita Grande para alejarse del fuego.

Los monstruos rebufaron y se pararon a los pocos pasos. No siguieron al asesino hasta los árboles.

Era evidente que aquellas criaturas enormes estaban nerviosas, agitadas por lo que habían visto. Por un momento pensé en cómo habían entrado cargando en el parque para perros. Si el rebaño echaba a correr de pronto, moriríamos pisoteados. Me quedé todo lo inmóvil que pude, haciendo esfuerzos para controlar el miedo, jadeando pero sin mover un músculo. Y así pretendía quedarme. Gatito Pequeño se pegó a mi cuerpo, asustado, mientras Gatita Pequeña estiraba el cuerpo entre la hierba, siguiendo con la vista a unos terneros varias veces más grandes que ella. Esa era mi chica: nosotros sufriendo por la posibilidad de morir aplastados bajo los cascos de aquellas bestias y ella pensando otra vez en cazar.

Cuando la más grande de las bestias bajó la cabeza para seguir pastando, las otras la imitaron, y volvió a instaurarse la calma. Más que ningún otro animal que hubiera conocido, aquellos monstruos parecían pensar y reaccionar como uno solo.

No le quité el ojo a Gatita Pequeña, dispuesta a detenerla si decidía seguir con su ataque. Pero al cabo de un rato pareció cansarse de acechar a los grandes rumiantes —que a fin de cuentas se movían demasiado despacio como para mantenerla entretenida— y se relajó.

Yo no me relajé. Ahora parecían dóciles, pero yo sabía lo que eran capaces de hacer si algo los sobresaltaba. Y el gran felino seguía acechando tras los árboles: lo olía, sabía que estaba allí, haciendo tiempo, esperando que nos quedáramos sin la protección de nuestra nueva manada.

Las bestias de los grandes cuernos siguieron sin hacernos caso, pero yo no dejaba de observar. Los gatitos empezaron a adormilarse, tendidos al sol, mientras yo procuraba que siguiéramos al rebaño, que iba avanzando lentamente río arriba.

Poco a poco quedaron cada vez menos animales. Nuestros protectores accidentales nos estaban abandonando.

El gran gato macho debía de estar muy hambriento. Por lo que había aprendido de las costumbres de Gatita Grande, preferían cazar de noche. Pero nos lo habíamos encontrado acechando a aquellos gigantes a plena luz del día, y al aparecer nosotros no había dudado en cambiar de objetivo.

Me puse en pie. Los gatitos me imitaron. Di unos pasos tímidos hacia el río. Las bestias no nos hicieron caso. Avancé más decidida, con los gatitos prácticamente entre las patas. Por fin nos encontramos en la orilla y bebimos con ganas.

Muy pronto, el sol se pondría detrás de las montañas. No quería quedarme a campo abierto con ese gato merodeando por ahí.

Eché un vistazo al río. Estaba frío y, cuando me adentré unos pasos, supe que era profundo y que tendría que nadar para llegar a la otra orilla.

Miré a los dos cachorros, que me observaban intentando entender qué estaba pasando.

Me lancé al agua. Tal como sospechaba, enseguida dejé de tocar el fondo, y la corriente me empujó suavemente río abajo. Nadé con fuerza, contrarrestando el empuje de la corriente, para llegar a la orilla contraria. Sabía que mis cachorritos estarían nadando desesperadamente detrás de mí, decididos a no separarse de su madre gata.

Llegué a la orilla opuesta y me giré para observar el progreso de los pequeños.

Pero aún estaban en la otra orilla.

Gatito Pequeño, más nervioso que su hermana, metió una patita en el agua y la retiró de golpe, como si quemara. Abrió la boca en un quejido silencioso. Gatita Pequeña se limitó a mirarme como exigiendo una explicación.

Yo no quería ladrar para evitar asustar a los monstruos o alertar al gato macho. Pero estaba claro que mis gatitos no querían echarse al agua, ni siquiera para mantenerse a mi lado.

Solté un gemido de frustración y luego bajé el cuerpo en

239

posición de juego. ¿Es que no entendían lo que quería que hicieran?

No se movían.

Al final me resigné y volví a meterme en el agua. De vuelta me parecía aún más fría. Cuando llegué a la arena, empapada, Gatito Pequeño me recibió con saltitos de alegría, tirándoseme encima y golpeándome con la patita para jugar. Gatita Pequeña se mostraba más distante, como enfadada por mi conducta. Era la más problemática, así que sería la primera.

La agarré de la nuca mordiendo con suavidad, tal como había hecho tantas veces antes. Ella se quedó esperando, sin tener muy claro a qué jugaba. Cuando sintió que la tenía bien agarrada del pellejo, relajó los músculos y se dejó llevar.

No obstante, volvió a ponerse rígida cuando la levanté del suelo, tal como me levantaban a mí cuando era cachorro. Pesaba bastante, pero mantuve la cabeza alta, me di media vuelta y me volví al agua.

240 Protestó sonoramente cuando me puse a nadar. Tenía medio cuerpo sumergido en el agua y agitaba las patas con fuerza en la superficie, chapoteando.

Cuando llegué a la orilla opuesta por segunda vez y pude dejarla en la arena, se alejó a toda prisa y subió a lo alto del terraplén, desde donde se me quedó mirando, enfadada. Luego se lamió la pata delantera en actitud claramente desdeñosa.

Miré al otro lado del arroyo. Gatito Pequeño estaba frenético. Daba saltitos en la orilla, lanzándose al agua y luego retrocediendo, histérico, con las orejas gachas y la boca abierta en un gesto de muda desesperación.

Me giré a mirar a su hermana, que no parecía mínimamente preocupada por el destino de su hermano, y atravesé de nuevo el río.

Gatito Pequeño parecía haberse dado cuenta de lo que se le venía encima, porque cuando salí del agua se echó atrás, nervioso, subiéndose al terraplén. Lo agarré y, en el momento en que le envolví la nuca con la boca, se quedó inmóvil, aflojando los músculos. Al levantarlo por el pellejo me encontré con un peso inerte, más liviano que su hermana. Se estremeció un poco, pero no protestó al verse rodeado de agua helada.

Cuando lo deposité en la otra orilla corrió junto a su hermana, angustiado. Sin embargo, ella le dio la espalda y se puso a caminar, como si hubiera decidido abandonarnos. Pero yo me puse delante de mi manada felina y los guie por la oscuridad de la noche; no quise parar hasta que vi una formación rocosa a la luz de la luna, con profundas sombras y hendiduras donde hacer nuestra madriguera. No tardamos en dormirnos amontonados, agotados por los sucesos del día.

Cuando desperté a los gatitos, al día siguiente, observé que en algún momento de la noche la señal que me servía de orientación se había visto alterada. De pronto no tenía claro el paradero de Lucas: la infalible correa invisible que me ataba a él de pronto había dejado de ejercer esa presión que me indicaba claramente la dirección que debía seguir. Estaba ahí fuera, en algún sitio, pero… ¿dónde?

Como si percibieran mi inquietud, Gatito Pequeño y Gatita Pequeña se me acercaron, intranquilos. Se me subieron encima, intentando jugar a pelear, empujándome con sus patitas y tirándose de espaldas al empujarlos yo con el morro. Jugamos, brevemente, hasta que decidí que era hora de ponerse en marcha. Me separé de la madriguera, sin tener muy claro qué dirección seguir.

Desorientada y descorazonada, por fin encontré un estímulo cuando me llegó un olor a comida. Ir en busca de comida nunca está mal, así que seguimos el rastro y muy pronto llegamos a un tipo de espacio que me resultaba familiar de otras visitas a aquellas montañas: una serie de mesas, otras estructuras, un arroyo cercano y, sobre todo, unos enormes bidones de metal dejados a un lado con comida para perro dentro.

Los cachorros eran demasiado pequeños para hacer lo que hice yo, que fue encaramarme de un salto, empujar con las patas delanteras y volcar aquellos bidones para esparcir el contenido por el suelo. Se quedaron observando, aprendiendo aquella nueva técnica de caza, que les enseñé con mucho gusto.

En el primer bidón encontramos papel y poco más, pero el segundo era un filón de huesos de pollo y carne para bocadillos. Aunque estaba algo rancia por el paso del tiempo, aún era comestible, y tras separar pacientemente la comida del resto de la basura nos la comimos. Tras echar un trago en el arroyo, encontré un lugar en la orilla donde la hierba era alta y había unos cuantos troncos caídos que formaban una madriguera natural. Al ver que me tumbaba en aquel espacio seguro, los cachorros vinieron enseguida conmigo y al poco se durmieron profundamente.

Los gatos, especialmente los gatos depredadores, no eran como los perros: eso me había quedado claro por cómo había puesto en el punto de mira a Gatito Pequeño y a Gatita Pequeña aquel macho grande. Un perro puede tener un carácter hosco, pero no podía imaginarme a un perro dando caza a un cachorrillo para comérselo. Eso significaba que, aunque podía confiar en Gatita Grande, no podía confiar en ningún otro felino que nos encontráramos por el camino. Los grandes felinos significaban peligro.

Yo también dormí un poco, y cuando me desperté los cachorros estaban amontonados, aún dormitando. El sol ya estaba alto, así que les resultaba natural dormir. Seguí el arroyo un rato, observando el agua por si había peces. Gatita Grande era capaz de lanzarse al agua y agarrar un pez, algo que yo nunca había conseguido. Al cabo de un tiempo me di cuenta de que estaba paseando por el simple placer de pasear, por el lujo de respirar aquel aire, entre hierba fresca y perfumadas flores. Era como dar un paseo con Lucas y Olivia sin correa, absorbiendo los deliciosos olores del bosque a finales de verano. Fui caminando ladera arriba, siguiendo los árboles, hasta donde el bosque empezaba a clarear. Recordé cuando estaba con Gatita Grande y ambas mirábamos hacia el enorme incendio, ladera abajo. Pensé en ella con tantas fuerzas que cuando superé el caballón fue casi como si sintiera su olor.

Y entonces me di cuenta de que lo sentía: sentía su olor.

Corrí ladera abajo, abriéndome paso entre la maleza y atravesando un campo lleno de flores. Al otro extremo de aquel prado vi unos hombres caminando, cargando con algo. El olor de Gatita Grande procedía de allí, aunque eso no tenía sentido. Al acercarme a los hombres vi que cada uno sostenía una esquina de lo que parecía una gruesa manta. Dejaron su carga en el suelo, evidentemente cansados.

Y lo que vi en el centro de aquella manta me sorprendió: era Gatita Grande.

Tenía los ojos entreabiertos y la mirada perdida.

No se movía.

243

28

Al ver aquello reaccioné con miedo y con rabia: miedo de que aquellos hombres hubieran matado a Gatita Grande, igual que otros hombres habían matado a su madre; y rabia por el daño que pudieran llegar a hacerle. Atravesé el prado a la carrera, pero sin hacer ruido, sin emitir ni un gruñido. Solo podía pensar que tenía que llegar hasta donde estaban aquellos hombres.

Aun así tuve tiempo suficiente para pensar: no podía atacar a un grupo de personas, por enfadada que estuviera; me había criado entre personas y no mordería nunca a una. Bajé el ritmo, menos segura de mí misma, mientras los hombres observaban a mi amiga, tendida en el suelo, entre ellos. No se dieron cuenta de que me acercaba. Aún no los oía, pero estaban hablando entre ellos.

Gatita Grande estaba tendida, inconsciente, en medio de la manta.

Pero mi olfato me decía algo: a pesar de las apariencias, no estaba muerta. El olor que me llegaba era cálido, tenía vida. Estaba dormida, allí tirada, en una postura antinatural, casi ridícula.

Aquello no tenía sentido: a ella la gente le daba miedo y siempre huía de las personas. No entendía la escena a la que estaba asistiendo. ¿Cómo podía estar tan cómoda Gatita Grande entre los humanos, hasta el punto de dormirse a sus pies?

Cuando los hombres se agacharon y, gruñendo del esfuerzo, volvieron a levantarla, me di cuenta de que tenía que actuar.

Fui corriendo hacia ellos y en mi garganta tomó cuerpo un gruñido de advertencia.

Tuve la impresión de que todos me oían al mismo tiempo; giraron la cabeza al unísono, alarmados.

—Pero ¿qué...? —gritó uno de ellos.

Llegué junto a los dos hombres que sostenían a Gatita Grande por la cabeza y les gruñí, lanzando dentelladas al aire. La soltaron y ella cayó sobre la tierra, inerte; los otros hombres también soltaron su extremo de la manta.

Todos retrocedieron, echando las manos adelante.

—¡No, no, perrita, no! —gritó uno de ellos.

Yo no sentía que estuviera siendo una perra mala.

Otro hombre se echó la mano al costado, sacó algo y me apuntó.

—¿Le disparo? —preguntó, muy agitado.

Yo me eché hacia delante, con los dientes a la vista, y ellos retrocedieron, mirándome a mí y mirándose unos a otros, asustados y nerviosos. Estaba segura de que Lucas habría aprobado mi conducta: estaba protegiendo a una gatita, algo que mi chico había hecho muchas veces.

Uno de los hombres, ataviado con un gran sombrero, meneó la cabeza.

—No, no dispares. Tiene dueño, ¿no lo ves? Lleva collar.

—Quizá tenga la rabia.

—No —respondió otro hombre. Llevaba unas gafas parecidas a las de algunos de los amigos de Lucas—. Esa conducta no es de perro rabioso. Aquí pasa algo.

Cuando llegué junto a Gatita Grande la olisqueé atentamente. Aunque tenía la cabeza caída en una posición antinatural y la lengua le salía por la boca entreabierta, respiraba normalmente y no parecía herida. Sin embargo, no se despertaba..., ni siquiera al presionarle la cara con el morro.

Los hombres me miraban con cara de sorpresa.

—Andrew —dijo uno, en voz baja—, ¿te queda algún dardo tranquilizante?

El hombre del sombrero ancho negó con la cabeza.

—No, los hemos usado todos. Se movía muy rápido. Aún he tenido suerte de darle.

—Bueno —dijo el hombre de las gafas—. El camión está a apenas cuatrocientos metros. ¿Por qué no vas a buscar más?

El hombre del sombrero asintió, se giró y se fue a paso ligero. Me quedé mirando cómo se iba, lamentando que no se llevara a sus amigos consigo. Quería que se fueran..., que me dejaran con Gatita Grande, para estar a solas con ella cuando se despertara.

El hombre con la boca peluda se frotó la barbilla.

—Tengo algo de comida en mi bolsa. Le daré un poco a la perra.

Observé, intranquila, el lento avance de Boca Peluda, acercándose, pero no me dejé engañar por sus pasos lentos. Estaba ahí mismo, y sabía que se acercaba para hacerme algo a mí, y quizá también a Gatita Grande. Me puse a ladrar con fuerza para que supiera que no iba a dejar que nos tocara, ni a mí ni a mi amiga. No sabía qué estaba pasando, pero lo que tenía claro era que no quería que esos hombres se llevaran a Gatita Grande a cuestas.

Boca Peluda entendió mi advertencia y se echó atrás.

—Bueno, no parece que eso vaya a funcionar.

—Quizá no habrías tenido que dejar caer la mochila —observó el hombre de las gafas, con tono comedido.

Boca Peluda se giró y se puso las manos en las caderas.

—Oye, la perra venía a por mí, no a por ti. He tenido que pensar rápido. Y tú siempre dices que cuando te ataca un oso hay que soltar la mochila y salir corriendo.

—Yo creo que aquí la palabra clave es «oso» —replicó el hombre de las gafas—. ¿A ti eso te parece un *grizzly*?

Yo volví a ladrar, porque sentía la tensión acumulada y ladrar era como una liberación. Estaban respondiendo exactamente como esperaba yo, manteniendo una buena distancia y con las manos separadas del cuerpo. Seguían teniéndome miedo, y eso estaba bien. Mientras tuvieran la vista puesta en mí, a Gatita Grande no le pasaría nada.

Ellos no sabían que no pensaba morderlos.

Esperaba impacientemente que la situación cambiara, pero cuando cambió no hizo más que empeorar.

Los olí antes de verlos: Gatito Pequeño y Gatita Pequeña, probablemente atraídos por los ladridos, se acercaban hacia nosotros.

Yo no quería que se acercaran más, pero no eran más que cachorros, y no siempre entendían los ladridos de advertencia. Apenas un momento después aparecieron por entre los árboles, dando saltitos por el prado en nuestra dirección.

Yo dejé de ladrar.

—¡Mirad!

Los hombres retrocedieron un poco más, lo cual me pareció bien. También me pareció bien que los gatitos bajaran el ritmo y se acercaran a mí, desconfiando instintivamente de aquellas nuevas criaturas y sin entender muy bien qué estaba haciendo tan cerca de ellos.

En ese instante caí en la cuenta de que, en algún momento, los cachorritos se convertirían en gatos adultos, en Gatitos Grandes. Tenían que aprender que, aunque los humanos normalmente se portaban bien con los perros y con otros animales, suponían una amenaza para Gatita Grande. Aunque no mataran a los gatitos, podían hacer que cayeran en un sueño profundo y antinatural sobre una manta.

—¿Te lo puedes creer? —exclamó el hombre de las gafas.

—¡Tienen que ser sus cachorros!

—Eso no lo sabes.

—¿Y por qué si no iban a estar aquí? ¿Dónde está su madre? Ningún cachorro de puma se acercaría voluntariamente a un adulto, aunque estuviera durmiendo, si no es su madre. Te lo digo yo: estos son sus cachorros. Es la única explicación lógica.

Los gatitos avanzaban cada vez más despacio. Miraron a los humanos y luego me miraron a mí.

—Retrocede. A ver qué hacen.

Complacida, observé que los hombres retrocedían unos pasos.

247

—Bueno, si tienes razón y son sus cachorros, tenemos un problemón.

—Exacto —respondió Boca Peluda, nervioso—. Su marcador demuestra que está muy lejos de su territorio. Si se encuentra con otro puma, podría matarla. Y también a sus cachorros.

—Sí, eso es lo que quería decir.

—Bueno, ¿y cuál es la solución?

Los gatitos seguían avanzando con paso incierto, mirándome a mí y lanzando miradas rápidas a los humanos. Aún no habían visto a su madre, que seguía yaciendo inconsciente, aunque era evidente que su olor flotaba en el aire.

El hombre de las gafas abrió los brazos.

—No creo que podamos hacer nada. La perra no nos dejará acercarnos a la camilla, y ahora tenemos dos cachorros de puma de los que preocuparnos.

Los gatitos vieron a su madre en el mismo momento y, olvidándose de todo, fueron corriendo, pasando de largo por delante de mí, para lanzarse sobre ella. Gatita Grande no respondía, pero ellos la olisquearon y se frotaron contra ella, ronroneando. Su alegría era evidente, aunque no pudieran ladrar o menear el rabo como los perros.

Me giré porque Sombrero Ancho estaba volviendo por el camino.

El hombre de las gafas levantó una mano.

—¡Espera! —le gritó—. Se ha producido un cambio importante en la situación.

Sombrero Ancho aminoró el paso y se acercó con cuidado. Yo me desplacé ligeramente, situándome entre él y Gatita Grande, sin quitarles el ojo a los cachorros, que no dejaban de apretarse contra el cuerpo de su madre, reclamando su atención.

Al cabo de un rato, los humanos estaban todos reunidos en un grupito, a una distancia prudencial. Yo mantuve la posición de guardia, entre ellos y los gatos.

El hombre de gafas se giró hacia el hombre del sombrero blando.

—Eh, Andrew —dijo de pronto—. Tú también tienes algo de comida, ¿verdad? ¿Llevas algo de carne?

El sombrero blando osciló.

—Sí. Tengo carne seca y cecina de bisonte.

—Intenta dárselo a la perra —sugirió el hombre de las gafas.

Yo oí la palabra «perra» y reaccioné. Con movimientos lentos y sin dejar de mirarme, el hombre del sombrero se agachó y buscó algo en su bolsa.

Mi actitud ante toda aquella situación cambió cuando, tras oír el inconfundible ruido de una bolsa de plástico llena de comida, sacó la mano y con ella unos trozos de carne, cuyo suculento olor me llegó al momento. Movió el brazo y yo me tensé, pero de pronto varios trozos de comida surcaron el aire y fueron a caer cerca de mis patas.

Engullí uno inmediatamente. Y luego, sabiendo que los cachorros no iban a apartarse del lado de su madre, recogí cuidadosamente unos cuantos pedazos más de comida, se los acerqué y los dejé en el suelo.

Los cachorros, hambrientos, atacaron la comida, mascando con fuerza.

El hombre de las gafas se las quitó, se pasó la mano por la cara y volvió a ponérselas.

—No he visto nada así en toda mi vida.

—No tengo muy claro qué es lo que estamos viendo. Es como si la perra fuera su…

Sombrero Ancho no acabó la frase.

—¿Niñera?

—Exacto. Está cuidando a los cachorros como si fueran amigos.

—Y a su madre. ¿Por qué si no iba a proteger tanto una perra a un puma sedado?

De la bolsa siguió saliendo comida, que acepté con mucho gusto y compartí con los cachorros.

Entonces Gatito Pequeño y Gatita Pequeña decidieron que, ya que su madre se estaba echando una siesta, ellos po-

249

dían imitarla. Se echaron sobre ella, bien pegados a su cuerpo, buscando desesperadamente el contacto físico. Yo me senté pero no bajé la guardia, observando a los hombres que nos observaban a nosotros.

Un poco después observé un cambio en Gatita Grande. Los cachorros seguían durmiendo, pero los músculos de su madre empezaron a tensarse y abrió los ojos, mirando alrededor.

Los hombres se pusieron en tensión.

—Supongo que hasta aquí hemos llegado —dijo Boca Peluda.

—Tiene buen aspecto. Se recuperará bien.

—Pues más vale que nos vayamos. No quiero estar presente cuando una hembra de puma pueda ponerse en pie y decida defender a sus cachorros. Ya vendremos a por la camilla en otro momento.

—¿Habéis sacado fotos de todo esto? —preguntó Sombrero Ancho.

—Sí, por supuesto —dijo otro hombre.

—Bien, porque sin fotos no creo que vaya a creernos nadie. Pero nada de redes sociales, ¿entendido? Quiero ponerlo por escrito.

Vi que los hombres daban media vuelta y se alejaban. Habían sido buenos. Me habían dado comida para compartir con Gatito Pequeño y Gatita Pequeña. Pero le habían hecho algo a su madre, y no tenía claro qué habría pasado si no hubiera llegado yo. Así que me quedé e hice lo que se suponía que tenía que hacer, que era proteger a los cachorros y a su madre gata, la de verdad.

Cuando Gatita Grande se despertó, lo hizo con una sacudida que sobresaltó a sus dos cachorros. Parecía alarmada: estiró las garras y se apoyó en las patas delanteras, pero las de atrás no se movieron del suelo. Olisqueó a Gatito Pequeño y a Gatita Pequeña y luego se giró a mirarme. Intentó acercarse, pero daba la impresión de que las patas de atrás no le respondían. Yo me acerqué al trote, meneando el rabo, y ella hizo lo que siempre hacía, que era bajar la cabeza y frotarla contra mi hombro.

El sol había descendido un poco más en el cielo cuando Gatita Grande recuperó las fuerzas necesarias para moverse, aunque avanzaba con un movimiento extraño, torciendo el paso hacia un lado.

La manada volvía a estar junta, pero sabía que necesitábamos descansar. Conduje a los gatos a la pequeña depresión junto al arroyo en la que había dejado antes a los cachorros.

Encontramos un sitio donde echarnos. Yo apoyé la cabeza sobre el pecho de Gatita Grande y me relajé oyendo el borboteo del arroyo.

A la mañana siguiente, Gatita Grande volvía a ser la de siempre: fuera lo que fuera lo que le habían hecho aquellos hombres, ya no parecía que le afectara. Bebió agua y dejó que los cachorros se le subieran encima. En un momento dado, Gatita Pequeña interrumpió su forcejeo y vino a mí, como si tuviera miedo de que me sintiera excluida. Yo jugué con ella, pero no intenté echarme encima de su madre. El recuerdo del gran gato macho corriendo a toda velocidad por la pradera me había creado cierta inseguridad, y era más consciente de su fuerza y del poder de sus garras.

Pasamos el día juntos, descansando, y luego, por la noche, llegó algo que no había visto en mucho tiempo.

«La lluvia.»

29

*P*or mi experiencia, en la montaña la lluvia se comportaba de un modo similar al fuego: primero un rugido lejano, mientras adquiría fuerza, luego un olor que se acercaba, al principio leve, pero después arrollador. Me resultaba perfectamente reconocible y me transportaba mentalmente a otras tormentas del pasado. En ese momento no pude evitar sentir nostalgia, el dolor de la soledad que trae ser una perra sin dueños.

Gatita Grande estaba cazando mientras yo me quedaba con sus cachorros. Esperaba que encontrara presas; con los tentempiés que me habían tirado aquellos hombres desde luego no había aplacado el hambre, y ya oía el ruido de mis propias tripas.

Todo aquello —la necesidad casi desesperada de comer, saber que Gatita Grande estaba por ahí, en la oscuridad, buscando comida, saber que pasaría la noche en la montaña, lejos de mi Lucas— me provocaba una sensación tan familiar como inquietante.

Volvía a ser una perrita perdida.

Percibí que el tiempo iba a cambiar radicalmente mucho antes que los gatitos, que estaban absortos en sus juegos nocturnos, ajenos a todo. Ellos no oyeron el temblor, ni levantaron el morro para detectar los nuevos olores. En lo absolutamente ajenos que son a las señales más obvias del mundo, los gatos se parecen mucho más a las personas que a los perros. Tras haber sufrido las consecuencias del humo durante tiempo, de pronto la situación cambió del todo. La madera calcinada reaccionó de pronto a la humedad. Casi lo sentía en la lengua: era como un sabor extraño, espeso, una presencia que de algún modo se volvía aún más intensa con la humedad que flotaba en el ambiente.

Los cachorros por fin se dieron cuenta: dejaron de jugar y se quedaron mirando a la oscuridad, intrigados y en estado de alerta. Se me ocurrió pensar que en sus cortas vidas probablemente no habrían visto nunca nada así.

En un momento, los chubascos ganaron intensidad y empezó a llover con más fuerza. Gatita Grande regresó enseguida a la madriguera con gesto contrariado. No le gustaba mojarse. Se lamió, me olisqueó y luego se tumbó a nuestro lado. Los cachorritos estaban contentos de verla, pero Gatita Grande les dio un palmetazo con su enorme zarpa y ellos se tumbaron, obedientes.

Por la mañana, la lluvia seguía siendo como un tamborileo en los oídos y una presencia húmeda en el aire que se agradecía. El agua discurría por entre las rocas y los árboles. Salí a dar unos pasos por este nuevo ambiente, ahora limpio, y los cachorros, ya acostumbrados a mis paseos matinales, me siguieron de forma automática. A regañadientes, Gatita Grande se puso a la cola del grupo y nos siguió. Yo sabía que no le gustaba la lluvia, pero a mí me traía una serie de recuerdos de cuando estaba con mi chico, Lucas, paseando cerca de casa, cuando el agua de la lluvia corría por las calles y repiqueteaba en los tejados.

Hubo otra cosa que me hizo pensar en mi chico: había un pueblo cerca; o al menos me llegaba una combinación de numerosos olores de persona: máquinas y aceites y comida cocinada. Conduje a mi familia felina en esa dirección, siguiendo las corrientes de aire, ascendiendo por una larga cuesta rocosa salpicada de restos de arbustos quemados.

Al poco tiempo llegué a lo alto de una escarpadura, desde donde vi el pueblecito que había detectado con el olfato. Yo había estado en sitios parecidos, con unas cuantas estructuras de gran tamaño rodeadas de casas más separadas. A un lado del

253

espacio donde se concentraban los edificios más altos se levantaba una montaña escarpada completamente ennegrecida y a la que el fuego había dejado sin vegetación. Dominaba el paisaje y emanaba un penetrante olor a tierra, a rocas y a madera quemadas que se extendía por el aire.

A los pies de la montaña, en el pueblo, vi gente que caminaba a paso rápido, algunos de ellos con paraguas en la mano para protegerse de la lluvia.

A Olivia le gustaban los paraguas. Lucas prefería los sombreros.

Gatita Grande se situó junto a mí en lo alto de la cresta y observó, impasible, la actividad de las calles del pueblo. Los movimientos acelerados de la gente le llamaron la atención. Gatita Grande no tenía ningún interés en las personas, pero a los gatos les fascinan los movimientos rápidos de cualquier criatura. Los gatitos no parecían darse cuenta de nada; estaban demasiado ocupados dándose manotazos.

254

Sentí la necesidad imperiosa de bajar al pueblo, porque allí podría encontrar comida para la manada. Quizá encontrara a alguien amable que me diera comida. Gatita Grande, por supuesto, no mostró ningún interés en seguirme cuando eché a caminar ladera abajo, y sus cachorros se quedaron con ella, observándome con curiosidad, esperando que volviera.

Muy pronto me encontré atravesando una zona de árboles muertos, y de vez en cuando alguna ráfaga de viento traía consigo el crujido de uno de aquellos palos solitarios que caían, derrotados, sobre la ceniza mojada del suelo.

Al borde del pueblo observé algo inusual: daba la impresión de que todo el mundo iba sacando cosas de las casas, que las metía en el coche y se iba de allí. Vi a gente vestida con abrigos brillantes mojados en los puntos en que se cruzaban los caminos, agitando los brazos, con luces en las manos.

—¡Venga! ¡No se paren! ¡Sigan! —gritaba uno de los tipos vestidos con esos abrigos mojados. Los coches pasaban a toda velocidad a su lado. Viendo aquella escena daba la impresión de que todo el mundo tenía muchísima prisa.

Muchas veces, los humanos parecen moverse impulsados por estímulos que un perro no puede entender. De vez en
cuando, uno de ellos se giraba y miraba hacia la montaña negra. Vi a muchos de ellos señalándola y gritándose cosas unos a
otros. Una serie de vehículos con luces intensas intermitentes
iban de una casa a la otra, y al llegar salía alguien a la carrera,
llamaba a la puerta, y en muchos casos la abría sin esperar y
metía la cabeza dentro.

Recordé haber presenciado aquella misma actividad frenética cuando decidimos quedarnos con Scott y Mack en la casa
de los perros que ladraban, el día en que el humo y el calor eran
casi insoportables. Antes de la llegada de las llamas, la gente se
movía de un lado a otro, atemorizada y nerviosa, y hacía sonar
las bocinas de sus coches. Incluso vi un coche con cabras que
asomaban la cabeza por la ventanilla, imagen que probablemente no olvidaría nunca.

Ahí estaba sucediendo algo parecido: se veía la misma actividad frenética, la misma conmoción, la misma fila de coches
alejándose a toda velocidad, solo que sin cabras. Al contemplar
la escena sentí una ansiedad creciente.

Pero no había ningún incendio que se les echara encima. De
haberlo habido lo habría olido, pese a la lluvia torrencial, que
se llevaba consigo todos los olores. Estaba pasando otra cosa,
algo que aterrorizaba a los habitantes del pueblo.

Cuando las personas tienen miedo, los perros también deben tenerlo. Una parte de mí estaba tan nerviosa ante toda
aquella agitación que habría querido deshacer el camino y volver junto a Gatita Grande, en lo alto de la cuesta. Pero el hambre era más potente que la aprensión.

Tuve la lucidez de mantenerme apartada de la carretera al
ver que los coches pasaban a toda velocidad, haciendo rugir sus
motores y salpicando agua con los neumáticos. Nadie parecía
dispuesto a parar por una perrita mojada y hambrienta, otra
señal de que algo iba realmente mal.

Bordeé el pueblo, sacudiéndome el agua constantemente,
buscando a alguien que estuviera cenando en la calle, quizá, o

255

cocinando algo en una caja de metal caliente. Haría un «sienta» perfecto, o un «tumba»; ya me imaginaba el momento en que encontraría a alguien amable que me diera algo de comer, y agité la cola de impaciencia.

No tuve suerte. No solo me costaba seguir los olores de la comida con aquel diluvio, sino que tenía la sensación de que a cada momento que pasaba había menos gente en el pueblo que pudiera apiadarse de mí. Sentía que su presencia disminuía al tiempo que oía los coches que se alejaban.

Cuando me abrí paso por entre los edificios y llegué a una gran carretera cubierta de agua me encontré a un hombre de pie con una luz en la mano que gritaba:

—¡No paren, no paren, no paren!

La lluvia brillaba al contacto con su luz. La fila de coches iba disminuyendo, los vehículos avanzaban a gran velocidad, y observé que todos salpicaban agua sobre los pantalones del hombre, al que eso no parecía preocuparle.

256 El ruido de los coches que pasaban por su lado fue disminuyendo con el tráfico. Muy pronto quedaron muy pocos coches. Me pregunté qué pasaría si me acercaba a aquel hombre asustado e intentaba reconfortarlo. No era solo una perra que recorría las montañas con una familia de gatos gigantes; también era una perra buena que podía ayudar a que la gente angustiada se calmara. Fuera lo que fuera lo que estaba haciendo que los habitantes del pueblo se largaran a toda prisa estaba afectando a Pantalones Mojados con una desesperación que se le oía en la voz y se le veía en el rostro.

Intrigada, vi un coche con una luz brillante intermitente en el techo que se acercaba y se paraba a su lado. La ventanilla del lado del conductor estaba bajada y una mujer asomó la cabeza.

—¡Es hora de irse! —le gritó.

¿Qué era lo que los tenía a todos aterrados?

El hombre de la luz abrió la puerta de atrás y luego se giró a mirar a la gran montaña negra un momento. Luego se metió en el coche, sentándose atrás, y con él se fue mi oportunidad de ayudarle.

Decidí que no tenía sentido seguir buscando a gente amigable. En ese pueblo, todo el mundo estaba más interesado en dar paseos en coche que en ver si una perrita buena tenía hambre. Había visto algún perro con el morro pegado a los resquicios dejados en las ventanillas de los coches que pasaban a toda prisa, pero no me habían ladrado, y yo no les había ladrado a ellos. Me pregunté si se comportarían así por la tensión que flotaba en el ambiente, porque era muy raro que los perros no reaccionaran a mi presencia, especialmente cuando ellos iban en coche y yo no.

Me giré hacia donde había venido, y decidí volver con Gatita Grande y esperar a que pasara la tormenta. Quizá los coches volvieran cuando pasara la lluvia. Y si no, podíamos seguir en dirección a Lucas.

Un extraño silencio se había apoderado del pueblo ahora que los vehículos se habían marchado. El estruendo de la lluvia era el único ruido dominante. Mis sentidos me decían que las casas se habían vaciado. Era como si todo el mundo hubiera decidido huir de pronto, aunque yo no percibía nada peligroso.

Estaba tan concentrada escuchando que me sobresalté al oír el rugido de un motor poniéndose en marcha bastante cerca. El aire se llenó con un murmullo familiar, parecido al del camión en el que solía ir Mack con sus amigos. Agité la cola, recordando los paseos que había dado subida al camión de Mack. Observé atentamente, sintiendo la vibración en el pecho. Aquel sonido grave se me acercaba por la calle. Agité el rabo otra vez cuando vi un par de luces que parpadeaban en la parte delantera del vehículo.

Aspiré con fuerza, instintivamente, en busca del olor familiar del enorme camión.

Pero en lugar de eso lo que percibí fue algo completamente diferente, un olor procedente de la colina donde había dejado a mi familia felina.

Sentí un escalofrío de alarma.

Conocía ese olor.

257

Era otro gato, un gato como Gatita Grande. El enorme macho que había querido dar caza a mis cachorros estaba ahí arriba. Nos había encontrado, y no tenía ninguna duda de lo que pensaba hacer.

El pelo del lomo se me erizó al recordar la intensidad con que nos había perseguido el gato macho, cómo había echado el ojo a Gatito Pequeño, a mi gatito, su presa.

Pero en ese momento oí que me llamaban por mi nombre.

—¡Bella!

Me di la vuelta, sorprendida, y me encontré con el enorme camión que se me acercaba. Frenó de pronto, clavando las ruedas en la grava mojada. Se abrió una puerta y un hombre saltó, salpicando al aterrizar en el suelo.

«¡Mack!»

—¡Bella! —dijo otra vez—. ¿Eres tú? ¡Ven aquí, Bella!

Me lo quedé mirando, pero me giré otra vez y volví a mirar hacia la colina. Estaba destrozada. Un hombre me llamaba, dando palmadas, y una perrita buena tenía que ir con él. Mack era mi amigo, y sabía que Lucas querría que le obedeciera.

Si iba corriendo hacia Mack, él me diría cosas bonitas, me ofrecería golosinas y me llevaría de paseo en el techo de su enorme camión. Me llevaría con Lucas, habría hecho «a casa». Ya no sería una perra perdida, sería una perrita buena, tendría la manta de Lucas y un lugar blandito en la cama. Era todo lo que quería.

Pero eso significaba dejar a Gatita Grande y a sus cachorros a merced del enorme macho asesino, que iba tras ellos.

Esa era la disyuntiva a la que me enfrentaba ahora, una decisión tan difícil que resultaba dolorosa. No podía dejar que mi familia felina se enfrentara al gran depredador sola, lo que suponía hacer algo impensable: le di la espalda a Mack y eché a correr, avergonzada por lo que suponía mi decisión.

—¡Bella! —me gritó—. ¡Ven!

Yo seguí corriendo.

30

*L*a voz de Mack me resonó en los oídos como si siguiera lla-
mándome, aunque una vez que eché a correr subiendo por la
húmeda ladera él dejó de gritar mi nombre. Lucas no era la
única persona a la que me unía una correa invisible: cualquiera, cualquier persona que me llamara por mi nombre, tiraba de
mí como si me tuviera atada por una cuerda. Si una persona
sabe el nombre de un perro, significa que tiene el poder de
usarlo. Me sentía como una perra mala.

Pero no podía dar media vuelta y volver con mi buen amigo humano. No podía responder a su orden de «ven» porque
estaba trepando a duras penas, resbalando mientras ascendía
por las resbaladizas rocas. Solo podía pensar en el olor del gato
depredador, que ahora se mezclaba con el de Gatita Grande.
Había dejado a Gatita Grande sola, a merced de aquel animal
tan grande. Jadeando, seguí mi olfato desesperadamente por la
ladera, negra y empapada de lluvia.

Un potente rugido atravesó el aire y no era de Gatita Grande. La batalla ya había empezado. Superé el collado, decidida a
encontrar y salvar a mi familia felina.

Esquivé un enorme peñasco y frené de golpe, resbalando
en el barro. Ante mí, en un espacio abierto pero reducido, frente a un montón de rocas, Gatita Grande defendía su posición.
Tenía una pata levantada y los labios retraídos, mostrando los
dientes.

Gatito Pequeño y Gatita Pequeña se escondían detrás.

Agazapado, delante de ella, estaba el gato macho, aún más

259

grande de lo que yo recordaba. Había desenfundado las garras y tenía la boca abierta, mostrando unos colmillos terribles. Gatita Grande lanzó un zarpazo, y luego otro, cortando el aire nada más, mientras el macho, que estaba fuera de su alcance, siseaba amenazante.

No iba a echarse atrás. Estaba hambriento y decidido a hacerse con sus presas. Él también soltó un zarpazo asesino, que pasó tan cerca del rostro de Gatita Grande que pensé que le había dado. El instinto me decía que me lanzara sobre el atacante, pero sus garras eran larguísimas y afiladas. Volvió a cortar el aire de nuevo con la zarpa, que pasó alarmantemente cerca de Gatita Grande, pero ella echó la cabeza atrás. Un manotazo del enorme macho bastaría para poner fin a la contienda.

Si atacaba de frente, como hacen los perros, me mataría. Pero no iba a dejar que Gatita Grande se enfrentara al cazador a solas. Recordé el depredador enorme y apestoso que había ido a por los cachorros cuando estaba con Dutch. Dutch sabía que, si rodeaba al atacante y cargaba por detrás, el enemigo abandonaría la lucha. Así era como hacían las cosas los perros: si tu atacante es más grande y más feroz y cuentas con una manada, lo rodeas.

El felino me vio avanzando sigilosamente y agrandó los ojos. Ahora tenía dos enemigos a los que enfrentarse.

Gatita Grande soltó otro zarpazo en el momento en que yo lo rodeaba a la carrera, situándome detrás de él, mostrando los dientes. Me lancé, con un gruñido, apuntando a la base de su cola. El gato se giró de golpe y tuve claro que iba a destrozarme, pero justo en el momento en que levantaba la zarpa, Gatita Grande le dio un zarpazo en el hombro que le dejó una marca, como un rastrillo. El enorme macho aulló y se giró hacia ella, y en ese momento yo volví a atacar, clavándole los dientes en la pata trasera, para luego escabullirme.

Con el rabillo del ojo vi que Gatita Pequeña se había dejado llevar por el instinto y se disponía a unirse a la pelea. Asomó por detrás de su madre, con gesto fiero, decidida a lanzarse contra el macho.

«¡No!» ¡La mataría!

Gatita Grande y yo cargamos a la vez, ambas directamente contra el macho, y fue demasiado para el enorme felino. Aunque estaba en una posición perfecta para golpearme, se giró y salió corriendo.

Yo quería ir tras él, pero Gatita Grande no se movió, así que frené.

Era más importante quedarse con los cachorros que ahuyentarlo para que se alejara.

Gatito Pequeño y Gatita Pequeña parecían encantados de ver que había vuelto del pueblo de la gente histérica. Percibí su alivio y me dispuse a soportar pacientemente sus manifestaciones de alegría. Habían intentado cazarlos y habían sobrevivido al ataque, y ahora yo estaba otra vez con ellos.

Gatita Grande no estaba tan eufórica. Se me quedó mirando y me pregunté si estaba decepcionada porque no hubiera saltado sobre el lomo del enorme gato. Pero luego bajó la cabeza y me empujó con ella, y supe que aún me quería.

261

Seguía percibiendo el olor del gato macho, pese a que la lluvia lo amortiguaba, pero la distancia siguió creciendo: seguía alejándose de nosotros. Mantuve la guardia, de pie bajo la lluvia, mirando en la dirección que había tomado, hasta que le perdí el rastro.

Ahora que había desaparecido el peligro, decidí que podía volver al pueblo. Aún me sentía como una perra mala. Si Mack quería llevarme a dar un paseo en coche, aceptaría.

Olisqueé a los cachorritos, que evidentemente no percibían que aquello era una despedida. El paseo en coche con Mack me llevaría de vuelta con Lucas, así que no volvería con ellos. Pero estaban seguros: el depredador había sido ahuyentado por nuestro combinado de perra y gata. Y ahora contaban con la protección de su madre de verdad.

Gatita Grande estaba tan impasible como siempre, y cuando me acerqué, meneando la cola, se me quedó mirando sin pestañear. Con todo el tiempo que había pasado con una perra, y aún no sabía cómo comportarse.

Echaría mucho de menos a mi familia felina. Pero había dicho adiós a Dutch, a Gavin y a Taylor, y diría adiós a cualquiera, incluso a Gatita Grande, si eso significaba hacer un «a casa» y volver con mi chico.

Eché una última mirada a los juguetones cachorros y a mi buena amiga y me fui de allí al trote.

Gatita Grande no hizo siquiera ademán de seguirme.

Volví a atravesar la cresta rocosa desde la que se veía toda la panorámica. En el poco rato que había pasado luchando contra el depredador había sucedido algo notable. Allí abajo, las luces exteriores de las casas y los edificios se habían iluminado, ahora que el sol iba abandonando el cielo. Seguía lloviendo, pero el ruido de los coches sobre los charcos había cesado. Por lo que veía desde mi posición, y por lo que me decía el olfato, en el pueblo no quedaba ni un coche. Todo el mundo había decidido sacar a su perro de paseo en coche. Hasta el camión de Mack había desaparecido. El pueblo estaba vacío de gente, de movimiento, de vida. No se oía el ladrido de ningún perro. El único sonido era el repiqueteo constante de la lluvia sobre los tejados y las carreteras.

¿Es que iba a volver el fuego? ¿Era ese el motivo de que todos se hubieran ido? La montaña negra que tenía delante había quedado arrasada por las llamas, que habían acabado con toda la vegetación, lo que entendía que supondría que las llamas no iban a volver: no parecía que volvieran a los sitios que ya habían quedado arrasados por el fuego. Pero por cómo señalaban y se movían desesperadamente, con todos aquellos gritos, era evidente que la gente tenía miedo de algo que podía venir de allí.

Me pregunté qué habría ocurrido y qué debía hacer. La opción de volver al camión con Mack y dar ese paseo en coche ya no parecía factible. Decidí que lo mejor era volver a bajar al pueblo y ver si había bidones de comida que pudiera volcar y quizá llevarles algo de cena a Gatita Grande y a su familia. Desde luego, no corría el riesgo de que me atropellara ningún coche.

Volví a emprender el descenso por la ladera cuando de pronto sentí un cambio repentino, como si el aire se hubiera abierto en dos. No veía ni olía nada, pero tenía la sensación de que todo estaba cambiando. Me detuve, desconcertada por aquella sensación extraña. Y entonces vi algo que no entendí.

En la ladera de la enorme montaña negra, los árboles pelados que tan obstinadamente habían mantenido la verticalidad hasta aquel momento empezaron a caer. Y al hacerlo la tierra a la que estaban agarrados empezó a deslizarse ladera abajo, como si la superficie de la montaña se estuviera convirtiendo en un río. El suelo tembló bajo mis pies, aunque a diferencia de la escarpada ladera que tenía delante, donde estaba yo, no se movía nada. Instintivamente di media vuelta y trepé desesperadamente hacia la cumbre, sintiendo una vibración estremecedora en el cuerpo, y el ruido más estruendoso que había oído nunca. Cuando llegué al caballón, me giré y observé, atónita, asistiendo a la caída de toda la ladera de la montaña, que se abalanzó a toda velocidad sobre el pueblo. Las casas quedaron aplastadas y todas las luces se apagaron, y vi tejados que se separaban de sus casas y quedaban reducidos a astillas, bajo una pared de barro, árboles y piedras. Todo quedó aplastado, con tal fuerza que una valla de metal salió volando por los aire con la velocidad del coletazo de un gato, para acabar cayendo muy lejos. Los postes telefónicos se vinieron abajo, una barca se rompió en pedazos... No quedó nada, todo salía despedido, y el tremendo impacto se llevó por delante edificios y árboles, haciéndolos trizas.

263

Estaba atónita. Había visto algo parecido antes, pero con nieve, no con tierra líquida. El día en que encontré a Dutch, toda una montaña se había venido abajo, enterrando a un hombre, y yo había ayudado a Dutch a desenterrarlo. Gavin y Taylor llegaron a tiempo para ayudar, y luego Dutch y yo nos fuimos a vivir con los dos.

Levanté el morro. Gavin y Taylor no estaban por ahí, y tampoco Dutch, a pesar del parecido de ambas situaciones.

La imagen de la montaña negra lanzándose contra el pueblo y destrozándolo todo a su camino era tan terrible e inexplicable que quería darme la vuelta, aunque la destrucción ya hubiera cesado. Rebasé la cumbre y fui corriendo hacia la guarida, pero con el estruendo y el temblor Gatita Grande había salido huyendo, llevándose a los cachorros.

Gatita Grande era más rápida que yo, aunque los pequeños la frenaban. Busqué su rastro, y al cabo de un rato llegué al lugar donde se estaban resguardando de la lluvia ella y los cachorros.

Me acerqué y meneé la cola para que supieran que, aunque no entendía qué era lo que acababa de presenciar, no tenía la impresión de que estuviéramos en peligro. Al final se relajaron y Gatita Pequeña me invitó a pelear con ella.

La noche era oscura y no dejaba de llover. Encontramos un hueco entre las rocas y Gatita Grande no salió a cazar, aunque estuvo despierta, mirando a la nada, casi hasta el amanecer. ¿Le preocuparía que el macho grande pudiera volver? Yo no percibía ningún rastro de su olor en el aire húmedo. Me acurruqué con los cachorros.

Por la mañana, gran parte de la tormenta se había disipado, y en lugar del repiqueteo del agua solo se oían algunos goteos y el borboteo de pequeños arroyos.

Yo quería ver a la luz del día lo que había presenciado durante la noche. Volví a la cumbre y miré abajo, hacia donde antes había habido un pueblo, pero ahora no veía más que barro, rocas y escombros. Quedaba una calle con las casas en pie, intactas, pero el resto de las viviendas no eran más que una sombra de las estructuras que eran antes, o habían desaparecido del todo, víctimas de la furia de la montaña negra.

Decidí emprender el descenso porque seguía sintiéndome culpable de haber desobedecido a Mack. No percibía su olor, pero pensé que podría encontrar el lugar donde lo había visto por última vez.

Esperaba que él, y sus amigos del camión, no se hubieran quedado esperándome. Mack me quería y habría querido llevarme de nuevo con Lucas, pero su camión no habría podido librarse de la devastación provocada por la montaña negra.

En el valle no encontré a Mack, ni pude localizar el lugar donde lo había visto. Todo había quedado sepultado bajo una enorme capa de lodo. Y por los alrededores se veían los fragmentos dispersos de lo que antes eran edificios llenos de gente.

No encontré vida, ni perros ni humanos, pero tampoco encontré muerte. Todo y todos se habían ido. Rodeé el montón de ruinas, explorando sin rumbo fijo, acongojada por la magnitud de la devastación.

Mi búsqueda me llevó a una estructura prácticamente intacta que evidentemente había quedado partida por la mitad. Sentí un olor delicioso procedente del interior.

Me acerqué con cautela. Olía a plantas, olía a leche, olía a carne, olía a queso. Nada de animales, ni de personas, pero comida sí.

Con mucho cuidado penetré en el edificio en ruinas, atenta a los ruidos de agua goteando y a los olores. Muy pronto llegué ante una caja enorme que parecía una nevera volcada. En el interior vi unos trozos enormes de carne fría.

Tiré de uno. Era lo suficientemente grande como para compartirlo —apenas podía levantarlo del suelo—, así que no perdí tiempo y me puse a trepar de nuevo por la escarpada ladera en busca de Gatita Grande y sus cachorros.

Los felinos agradecieron la comida, pero cuando volví a emprender el camino al pueblo en busca de más comida, Gatita Grande no quiso ir conmigo. Cuando me giré a mirarla, animándola a que viniera —en un gesto que había aprendido de ella—, me la encontré con la mirada perdida, inexpresiva. Me dio rabia pero, al recordar la casa partida en dos con aquellas carnes deliciosas dentro, decidí volver por mi cuenta.

Y entonces pasó algo inesperado. Eché la mirada atrás y vi que Gatita Grande estaba sentada, inmóvil, pero los cachorros habían tomado una decisión. Primero Gatita Pequeña y luego Gatito Pequeño salieron corriendo tras de mí.

Aquello no estaba bien. Ya no éramos una familia de gatos separada de Gatita Grande. Nos habíamos reunido con su madre de verdad. Los cachorros debían quedarse con ella.

Pero habían tomado su decisión.

31

*E*ra evidente que Gatito Pequeño y Gatita Pequeña estaban confundidos. Cuando Gatita Grande había desaparecido, yo les había hecho de madre gata. Me seguían de día, dormían conmigo de noche. Un perro siempre lidera una manada, pero eso era algo más: en aquellos momentos, su supervivencia dependía de lo que yo hiciera. Así que cuando me dirigí al pueblo una vez más, sintieron la necesidad de ir conmigo.

Yo también estaba confundida. Cuando me había visto obligada a elegir entre las personas y los cachorros, había elegido a mi familia gatuna. Seguía echando de menos a Lucas, pero había decidido deliberadamente seguir siendo una perrita perdida cuando habría podido ir corriendo con Mack y dar un paseo en coche con él, que me habría llevado con mi chico.

Al llegar al punto en el que se acababa la montaña y empezaba el montón de escombros y de barro que antes era el pueblo me giré a mirar por encima del hombro. Los gatitos seguían corriendo tras de mí, confiando en mí. Verlos me reconfortó igual que me reconfortaba un minitrocito de queso, hizo que me sintiera querida.

Antes de girarme a mirar, el olfato ya me decía que Gatita Grande venía detrás de nosotros a regañadientes, siguiendo a sus cachorros, que me estaban siguiendo a mí. Tomé un camino ya familiar para rodear los escombros, relamiéndome al pensar en lo que nos esperaba.

Gatita Grande se detuvo unos pasos antes de llegar a la casa en ruinas; recelosa de cualquier cosa que hubieran podido hacer los humanos, mientras yo entraba con confianza en aquel espacio medio derruido. Los cachorros no tuvieron tantos reparos y corretearon tras de mí. Cuando vieron aquel armario de deliciosa comida fría se mostraron tan encantados como yo. Muy pronto estábamos comiendo con avidez.

Atraída por el ruido que hacíamos al comer, Gatita Grande se acercó hasta quedarse justo fuera de la casa, donde antes había estado la pared delantera, ahora desgajada del resto de la estructura. Para mí era una puerta abierta a una comida; pero ella olía a personas, y por tanto a peligro. Estaba claro que habría querido entrar y protegerse de la lluvia, pero no le parecía que valiera la pena el riesgo.

Cuando se hizo evidente que no iba a convencerla de que viniera con nosotros, decidí que no estaba portándome bien. No estaba cuidando a mi amiga. Era un miembro de mi manada y nos miraba con ojos de hambre. Agarré un gran trozo de carne con hueso entre las mandíbulas y lo arrastré por el suelo hasta donde estaba ella, que aceptó mi regalo, levantándolo con facilidad con su fuerza inmensa. Sus cachorros, mientras tanto, habían encontrado pescado y estaban dándose un festín. A mí me gusta el pescado, pero no es lo que prefiero cuando dispongo de carne fresca. A los felinos que vivían al otro lado de la calle, con la señora de los gatos, siempre les olía el aliento a pescado, lo que me hizo entender que era uno de los alimentos favoritos de los gatos.

Después de comer me sentí cansada y me fui con Gatita Grande. La observé mientras olisqueaba con desconfianza el metal retorcido y los cristales rotos del exterior del edificio. Yo no estaba especialmente interesada, pero vi que encontró una pelota blanca grande y que le daba zarpazos. Aquella cosa era demasiado grande como para que pudiera hincarle el diente, pero me llegó olor a pavo, y olisqueé el aire, intrigada. Gatita Grande se puso a darle manotazos con impaciencia a aquella cosa, que salió patinando por el barro. Le puso la pata encima, le clavó los dientes y volvió a golpearla.

Los cachorritos, que ya tenían la barriga llena, se unieron a ella. Y entonces me di cuenta de que Gatita Grande no estaba cazando; estaba jugando. Estaba dándole golpes al pavo congelado para que los cachorros pudieran ir detrás de él y darle manotazos. Me senté y me quedé observando cómo se divertían, como gatos con un juguete nuevo.

Pasamos las últimas horas del día allí mismo, comiendo carne y pescado. Cuando cayó la noche, Gatita Grande, que tenía la barriga visiblemente hinchada, nos condujo a un lugar a poca distancia de allí y nos acurrucamos, amontonados unos sobre otros, junto a una roca que nos protegía de la lluvia.

Como siempre, disponer de una fuente de alimento significaba que podíamos dejar de ir de un lado para otro. Gatita Grande no mostró ningún interés en enterrar la carne, quizá porque había muchísima.

Cuando el sol iluminó el nuevo día, aún seguía lloviendo suavemente. Gatita Grande y sus cachorros se hicieron un ovillo para echarse una siesta, pero yo me fui a olisquear el pueblo. El ataque de la montaña negra había expuesto unos olores poco habituales: a los de los animales, la comida y las personas se les mezclaban los del fango y los árboles quemados.

Cuando la lluvia paró, aquella noche, Gatita Grande se fue, seguramente para cazar. Yo estaba medio adormilada, pero noté que los cachorros se quedaban conmigo.

Volvió en el momento en que la luz cambiaba y la noche daba paso a un amanecer lluvioso. Por el olor supe que no había encontrado presas. Le hice espacio en la madriguera y con un suspiro me dejé llevar de nuevo por el sopor, pero levanté la cabeza de golpe cuando noté algo.

Se acercaban máquinas. Máquinas…, lo que significaba personas.

Gatita Grande se me quedó mirando. Era evidente que se daba cuenta de que había reaccionado a algo. Cuando ella también oyó aquellos ruidos cada vez más cercanos se puso en pie. Sus cachorros percibieron que algo iba mal y se despertaron de golpe. Nos miraron, en busca de instrucciones.

Gatita Grande echó a caminar bajo la lluvia, a paso ligero. Se dirigía hacia la cresta montañosa; no quería saber nada de los humanos ni de sus máquinas. Los dos gatitos la siguieron de inmediato, pero yo vacilé, planteándome qué hacer... Las máquinas podrían significar que Mack volvía a por mí. Podía ser mi oportunidad.

Cuando Gatita Grande se detuvo de pronto a mirarme, extrañada, no supe cómo reaccionar. Dio unos pasos hacia mí. Luego Gatito Pequeño se detuvo y también me miró. Gatita Grande emitió un gruñido grave a modo de advertencia a los cachorros, que no se mostraban nada dispuestos a abandonarme. Me sentí una perra mala, apartándolos de su mamá gata. Así que, una vez más, teniendo que escoger entre volver con los humanos o quedarme con mi familia gatuna, escogí a los gatos. Bajé la cabeza e inicié la ascensión de la colina, con mis cachorros al lado, tan contentos.

En la cresta de la colina me fui a mi lugar de observación, y vi que en el extremo más alejado del pueblo, donde acababa la montaña de escombros, había unas máquinas enormes que se movían lentamente con un ruido que era como un ronquido. Alrededor había gente que hablaba y señalaba.

Ninguno de ellos era Lucas, ni tampoco Mack. Yo meneé el rabo un poco, como si sus manos humanas me estuvieran acariciando y sus voces me estuvieran diciendo que era una perrita buena.

Me sorprendió que Gatita Grande pasara de largo ante la guarida que habíamos estado usando y que siguiera avanzando a paso ligero, como si ella también tuviera su propio Lucas y quisiera hacer su propio «a casa». Aquello ya nos había ocurrido antes; ese cambio de dinámica en la manada de gatos, en la que de pronto se ponía al frente la gata que, a diferencia de la perra, no sabía adónde tenía que ir. Los cachorros estaban contentos de que estuviéramos todos juntos, pero yo quería encontrar a Lucas.

El sol se ocultó tras las nubes de lluvia todo el día, pero yo percibí que abandonaba el cielo al acercarse la noche, y sin embargo seguíamos caminando. En un momento dado, de pronto Gatito Pequeño salió corriendo, a tal velocidad que me sorprendió.

Una ardilla negra, o algo así, estaba husmeando un árbol caído y Gatito Pequeño la había visto. Estaba cazando. Gatita Pequeña se unió a la caza, pero Gatito Pequeño se detuvo y se quedó observando, impasible. Yo podía enseñarles a los cachorros cómo cazar ardillas, pero ya estaba oscureciendo, y, si la ardilla no hubiera tenido una raya blanca, ni siquiera la habría visto. Me acerqué a donde estaban los cachorros, con el vientre pegado al suelo, acechando a su presa. Ahora me llegaba el olor de la ardilla, y desde luego tenía un olor diferente al de las que trepan a los árboles en nuestro barrio.

La mayoría de las ardillas tienen el sentido común de salir corriendo en cuanto ven un perro, pero esta estaba muy atareada cavando y no parecía consciente de que tenía a toda una manada acechándola. Gatito Pequeño avanzaba sigilosamente y Gatita Pequeña giró la cabeza para ver si iba en su ayuda. Su hermano iba por delante, pero yo estaba segura de que sería Gatita Pequeña quien atacara primero.

Como si me leyera la mente y quisiera negarle el triunfo a su hermana, Gatito Pequeño se levantó de pronto y se lanzó sobre la ardilla. Yo ya sabía cómo acabaría aquello: la presa saldría corriendo, encontraría un árbol, se subiría y luego nos miraría desde una rama. Así que me sorprendió ver que, en el mismo momento en que Gatito Pequeño se le lanzaba encima, aquella criatura daba un paso atrás, con el rostro contraído en una mueca. Me quedé observando, atónita, mientras huía pasando a mi lado, dejando tras de sí un olor tan intenso que me lloraron los ojos.

Fuera lo que fuera lo que olía tan mal, era evidente que Gatita Pequeña también lo había olido, porque tenía las orejas echadas hacia atrás. Era algo tan extraño y ofensivo que ya nadie pensó en la ardilla negra con la raya blanca. Gatita Pequeña buscó consuelo en su madre gata, que se giró y nos llevó en dirección adonde estaba Gatito Pequeño, y siguió avanzando.

Yo me puse a la cola del grupo. La lluvia hacía aún más intenso aquel hedor; lo notaba en la lengua y no podía dejar de retorcer el morro de asco.

Cuando llegamos a la altura de Gatito Pequeño, este intentó subirse a su madre, pero ella se lo quitó de encima. Él era el origen de aquel olor nauseabundo, que hacía insoportable su compañía. Espoleado por su madre, intentó frotarse contra mí, pero yo también lo esquivé. De haber tenido un trozo de panceta en el suelo, allí delante, no habría podido disfrutarla, de lo fuerte que era el olor que lo impregnaba todo. (Me la habría comido, pero no la habría disfrutado.)

Cuando por fin encontramos una guarida y dejamos de caminar, Gatito Pequeño se estiró, solo y triste, bajo la lluvia, rechazado por el resto de la manada. No sabíamos qué habría hecho para emitir ese hedor tan insoportable, pero no íbamos a dejarle que se echara con nosotras.

El olor de Gatito Pequeño se me metió en las fosas nasales y no me dejó dormir bien; el resto de los olores de la montaña y de la lluvia habían desaparecido por completo.

Cuando llegó el día, la tormenta había amainado, pero no así el olor apestoso de Gatito Pequeño.

Me alejé un poco de mi familia gatuna para poder respirar. Habíamos dejado atrás el pueblo que había quedado sepultado por la montaña negra, pero no tenía claro cuánto habíamos avanzado, porque el único olor que tenía en el morro era el de Gatito Pequeño.

Me quedé inmóvil bajo la llovizna, abatida. Gatita Grande me estaba alejando de Lucas, o al menos no me estaba llevando con él, que era prácticamente lo mismo. La gran comilona del edificio desgajado le había aportado fuerzas renovadas, pero también una gran determinación. Notaba cómo había cambiado. Estaba claro que quería ir a un sitio y esperaba que la acompañara.

Pero yo era una perra que pertenecía a un chico llamado Lucas. Vivía en una casa con él y con Olivia, y dormía con la manta de Lucas en su cama, y casi todas las noches me daban un minitrocito de queso con mucho cariño. No debía ser una perra que siguiera a una gata salvaje gigante para ayudarla a proteger a una cachorrita y a un cachorrito apestoso.

Era consciente de que estaba tomando una decisión. Ahora que Gatita Grande guiaba el grupo, ya no estábamos haciendo «a casa». Me estaba obligando a decidir entre Lucas y nuestra familia gatuna.

De no haber sido por la amenaza inminente del gato macho, yo me habría ido con Mack. Pensar en que si lo hubiera hecho ya estaría de nuevo con mi chico me produjo un dolor casi físico. Sin embargo, cada vez parecía más evidente que estaba destinada a ser una perrita perdida, una perrita que vivía con gatos a pesar de lo que deseaba realmente.

El hedor de Gatito Pequeño, que lo llenaba todo, era sencillamente insoportable, e interrumpió mis pensamientos. Aún tendría que llover mucho para que se le fuera el olor del pelo. No lo soportaba, así que decidí alejarme e ir en busca de aire fresco.

Seguí un sendero abierto entre las rocas por las pezuñas de unos animales que no conocía. Cada paso que daba me alejaba del olor nauseabundo de Gatito Pequeño. Me pregunté por qué habría desarrollado aquel olor tan intenso y si volvería a ser un gato normal. Seguramente lo seguiría queriendo de todos modos, pero era mucho más fácil quererle cuando no apestaba.

El hedor de Gatito Pequeño se negó a dejar de perseguirme, bloqueando los olores habituales: las rocas mojadas, el humo, los animales que habían creado el sendero por el que avanzaba. Evidentemente, Gatito Pequeño me estaba siguiendo, lo que significaba que su hermana también estaría ahí atrás. Gatito Pequeño no tenía el valor suficiente como para ir a ningún sitio sin su hermana. Pero cuando me giré a olisquear no la percibí: el olor de su hermano lo eclipsaba todo.

Por delante tenía una masa de agua, posiblemente un río, lo que suponía que podría beber. Seguí el sendero hasta que viró a un lado y seguí mi propio rumbo por entre la neblina.

273

Estaba tan concentrada pensando en Lucas que no hice caso a mis oídos cuando oía una voz humana que gritaba:

—¡Bella!

¡Era Lucas, e iba directa hacia él!

Estaba cerca.

32

Aquella voz era inconfundible.

Ningún perro que acuda a la llamada de la cena ha corrido nunca con las ganas con las que galopé yo, todo lo rápido que pude, sorteando rocas mojadas y árboles calcinados caídos. Mis patas golpeaban el fango, levantando trozos de barro. A cada zancada me acercaba al olor de mi chico, consciente de que iba haciéndose cada vez más intenso y más claro.

Y tras de mí, siguiéndome fielmente, iban Gatito Pequeño y Gatita Pequeña. Mi evidente determinación les atraía con una fuerza irresistible.

Tras los dos cachorros iba Gatita Grande, que caminaba más despacio. Yo estaba convencida de que no le haría ninguna gracia aquel cambio de planes, del mismo modo que no le gustaba encontrarse a campo abierto en pleno día. Y desde luego no podía estar contenta de que le cayera encima la lluvia.

Lucas no había vuelto a gritar, pero eso no importaba: ya había detectado su rastro, y el olfato me decía que estaba delante de mí, aunque los oídos se me llenaban cada vez más con el sonido del agua en movimiento.

Paré de golpe cuando llegué a lo alto de un terraplén, a orillas de un arroyo, con el corazón desbocado. Estaba sobre un saliente rocoso, a una altura considerable, sobre unos rápidos por los que el agua helada pasaba a toda velocidad.

Ahí estaba. Mi chico, Lucas, al otro lado del río. Llevaba un sombrero de ala ancha del que caía un reguero de agua. Estaba de pie, observando los rápidos, con las manos en las caderas. En su lado la orilla era lisa, y apenas trazaba una leve pendiente hacia la corriente, mientras que yo estaba en lo alto de un despeñadero.

Se llevó las manos a la frente, mirando corriente abajo, y gritó al aire:

—¡Bel-la!

Estaba diciendo mi nombre, pero no es que me estuviera llamando exactamente. Parecía desesperanzado, abatido.

Lucas me estaba buscando por la montaña. Sentí el corazón henchido de amor por mi chico.

No me veía porque yo estaba muy por encima de él. Agité la cola, consciente de que al cabo de unos momentos estaríamos juntos de nuevo. Cuando ladré, Lucas levantó la cabeza de golpe y me vio sobre las rocas. Vi la perplejidad en su rostro.

—¡Bella! —gritó, loco de contento.

Yo bailé en círculos, con una alegría incontenible. No veía el momento de sentir sus manos sobre mi pelo. Me pregunté si se habría acordado de traerme un minitrocito de queso.

Miré abajo, vacilante. Aquello estaba muy alto como para tirarme. Quería ir con él, pero me retenía otro tipo de correa invisible: el instinto y el miedo que me impedían afrontar un salto tan peligroso.

¿Y los cachorritos? ¿Me seguirían, lanzándose al vacío, para caer y verse arrastrados por la violenta corriente de agua espumosa?

Recordé cuando había nadado con los gatitos agarrados entre mis dientes. Aunque consiguiera cruzar el torrente con Gatita Pequeña, ¿cómo iba a volver a buscar a su hermano?

Gimoteé, sin saber qué hacer. Una vez en el río, no podría volver a trepar por las rocas; formaban una pared vertical, sin ningún camino por el que pudiera subir un perro. Apoyé las patas en el saliente, bajé la cabeza y la levanté con fuerza, ladrando de frustración.

Lucas fue corriendo hasta el borde del agua.

—¡No!

Me encogí al oír aquella palabra. La había dicho con tal

intensidad que era evidente que estaba enfadado conmigo. ¿Qué había hecho yo? En ese momento lo que más deseaba en el mundo era que me acariciara y me dijera que era una perrita buena. Volví a mirar al agua, calculando. Los gatitos no me habían seguido al agua la otra vez, pero esta vez quizá fuera diferente...

—¡No! ¡No saltes! ¡Quieta! ¡No sobrevivirías a la caída!

¿Estaba enfadado porque yo estaba en un lado del río y él en el otro? Aunque estaba lleno de restos, sobre todo trocitos de madera quemada, bajaba a gran velocidad, creando un remolino rabioso de un color negro hostil por efecto de la ceniza. Era imposible saber si habría profundidad suficiente. Bajé la cabeza. Tensando las espaldas para saltar, levantando primero una pata, luego la otra. Gimoteé otra vez.

No... Un salto desde aquella altura era algo imposible. Caminé de un lado al otro, jadeando, buscando otro camino. En la orilla de Lucas vi un árbol enorme que evidentemente había sufrido los efectos del gran incendio. Se había quedado sin ramas y estaba inclinado sobre el río, con parte de sus raíces al descubierto. Del tronco goteaba sin cesar agua que caía al río, muy por debajo. Estaba inclinado hacia mí, con la punta justo por encima de mi cabeza. Pero estaba mucho más alto que ninguna cama sobre la que hubiera saltado. No era como el árbol que había destrozado la valla de madera de Gavin y Taylor. Intentar saltar, subirme al árbol y luego ir por el tronco hasta Lucas... Aquella tarea parecía imposible para un perro. Gatita Grande habría podido hacerlo fácilmente, y yo la había visto pasar por sitios mucho más complicados que aquel tronco que cruzaba el río. Si cogía a los cachorritos por la nuca, uno cada vez, podría llevarlos junto a mi chico. Pero ¿luego qué? ¿Volvería a por mí? No podía imaginarme sus dientes en mi cogote, levantándome y llevándome a rastras por encima de las turbulentas aguas del río.

Si hacía eso, decidí, si llevaba los cachorritos con Lucas, no esperaría a que volviera a por mí. Me lanzaría al río y nadaría hasta él, pese a la enorme altura.

277

—¡Bella! ¡No saltes! —volvió a gritar Lucas.

Sabía que quería decirme algo desesperadamente, pero no lo entendía. Parecía menos enfadado, pero aun así estaba disgustado.

El viento soplaba justo desde donde estaba Lucas, y aunque no la vi, por el olor supe que Olivia se acercaba desde algún punto del bosque calcinado que tenía a sus espaldas. Agité la cola, impaciente por verla de nuevo. Me acerqué al borde del terraplén, que más bien era un precipicio, mirando hacia abajo. Estaba muy muy alto.

Un movimiento me llamó la atención y me giré a mirar. Gatita Grande estaba a cierta distancia, después de haberse situado por delante de Gatito Pequeño y Gatita Pequeña, impidiéndoles que siguieran acercándose a mí. Los había empujado hacia la pared de roca que tenían detrás y los gatitos parecían haber entendido el mensaje: aquel era un lugar peligroso para cualquier animal y no debían acercarse al borde del acantilado. Eché una mirada al árbol ladeado que tenía sobre la cabeza. ¿Entendería Gatita Grande lo que tenía que hacer?

Vi que mi chico reaccionó y me di cuenta de que él también había visto a Gatita Grande. Se llevó las manos a la cara y me gritó:

—¡Quédate ahí, Bella! ¡Quieta! ¡Ya vengo!

Olivia apareció de entre los árboles, y justo en ese momento Lucas fue corriendo hacia el árbol inclinado. Lo tanteó, agitando el tronco, y luego se subió encima, a horcajadas. Pese a la distancia, vi que la corteza quemada le teñía las palmas de las manos de negro. La punta del árbol tembló por encima de mi cabeza.

—¡Lucas! —le gritó Olivia—. ¿Qué estás haciendo?

Él se giró a mirarla sin dejar de trepar, avanzando por el árbol adelantando las manos y luego arrastrando las piernas sobre el tronco.

—¡Hay un puma! ¡Bella no ha visto al puma! Tengo que ir con ella.

¡Lucas iba a venir conmigo! Los humanos siempre saben qué hacer.

—¡Para! —chilló Olivia, que corría por la orilla hacia donde estaba él.

Lucas me miró directamente.

—¡Quieta ahí! ¡Ya vengo!

Yo conocía la palabra «quieta». Quería decir que tenía que hacer «sienta» y esperar, y que al final me daría una recompensa por no hacer nada más que esperar. Pero en esa situación eso no tenía sentido. ¿Cómo iba a ser «quieta» lo que había que hacer en esas circunstancias?

Volví a mirar al agua, que estaba empezando a crecer ante mis propios ojos. ¿Cómo podía ser?

Olivia corría a toda velocidad bajo la lluvia, trastabillando y tropezando con las rocas ennegrecidas, y cuando llegó junto a Lucas no lo dudó: se lanzó hacia él y lo agarró, haciéndole bajar del árbol.

Yo no entendía nada, y gemí, confusa.

Lucas se quitó a Olivia de encima. Estaba claro que estaba enfadado.

—¡Va a morir! ¡No ha visto el puma!

—¡No trepes por ahí! ¡No es seguro! —replicó Olivia.

—¡No sabe que el puma va a por ella!

—Para, Lucas. Para. No puedes ayudarla.

Lucas se giró hacia el árbol y puso las manos encima, con Olivia aún agarrándole de los hombros.

—¡Lucas, no puedes! —dijo, tirando de él para que se girara y gritándole a la cara—. ¡Voy a tener un bebé!

Lucas se la quedó mirando, y yo los miré a los dos, preocupada. Le acababa de pasar algo y ahora estaba muy quieto.

—No puedes correr ese riesgo —le suplicó Olivia—. Te necesito. No puedes arriesgarte a dejarme sola con nuestro bebé. Ni siquiera por Bella.

Yo agité el rabo porque vi que Lucas relajaba la postura. Olivia asentía. Se abrazaron un momento, y luego Lucas se giró y me gritó:

—¡Corre! ¡Corre, Bella!

No sabía qué me estaba diciendo, y volví a mirar al agua, que estaba muy muy lejos. ¿Me estaba diciendo que saltara?

Estaba tan concentrada en mi chico y en Olivia que no había oído un ruido que iba en aumento, un estruendo como el del fuego, pero sin ese olor a humo. Venía hacia nosotros desde río arriba. Me giré a mirar pero no vi nada, solo los remolinos de las aguas negras del torrente que se perdían tras el alto despeñadero. Río arriba los barrancos que formaban las orillas eran cada vez más altos.

Se acercaba algo. Pero ¿qué?

Por el modo en que reaccionaron Olivia y Lucas estaba claro que ellos también habían oído el estruendo.

—¡Bella! ¡Corre! —gritó Lucas otra vez.

Yo meneé el rabo, sin tener muy claro qué quería decir, y vi que los dos daban media vuelta y huían hacia el bosque del que había salido Olivia solo un momento antes.

El suelo bajo mis patas empezó a temblar de un modo que me resultaba tan familiar como aterrador. Me quedé mirando, mientras el sonido se iba haciendo cada vez más fuerte e intenso. Seguía sin verse nada, aunque Gatita Grande ya tenía las orejas gachas y miraba, como yo, río arriba.

Cuando vino, fue rapidísimo: una pared de agua avanzando a toda velocidad, arrastrando ramas negras y pedazos de roca. Golpeó con fuerza contra la curva cerrada que formaba el cauce junto al despeñadero, y me encogí ante su violencia. Me recordó las imágenes del pueblo sepultado por la montaña. Pero aquello no era fango, era agua negra, y troncos y ramas, y hacía más ruido que el camión de Mack. Me giré y observé, desconsolada, que Lucas y Olivia habían llegado al bosque y seguían avanzando, trepando por el terreno quemado. Y de pronto el agua llegó a nuestra altura y se llevó por delante el árbol al que se había subido antes Lucas, engulléndolo. En un momento, el río creció en altura y anchura, y se revolvió con una fuerza increíble, y con un fragor tan intenso que era imposible oír nada más.

Por algún motivo, los rápidos del torrente se habían convertido en una inundación brutal, que arrastraba ramas y troncos con una fuerza increíble. Era como si el agua no pudiera aguantar más la rabia contenida.

No parecía que el nivel del agua fuera a llegar hasta donde estaba yo, pero Gatita Grande eso no lo sabía. Huyó, aterrada, y sus cachorros la siguieron.

Yo necesitaba ir con Lucas. Quería ir tras él y Olivia, por el bosque. Pero lo que antes era un salto imposible supondría ahora nadar por una corriente de agua traicionera que no solo contenía agua. Me quedé mirando, observando la evolución de árboles enteros arrastrados por una corriente brutal, chocando entre sí como si se pelearan.

Un momento después me giré y fui en busca de Gatita Grande y sus cachorros. Lucas estaba cerca y había venido a buscarme. Muy pronto estaríamos juntos todos: él y yo, Olivia, Gatita Grande y los cachorros.

281

33

$\mathcal{L}$os gatos siguieron huyendo de la estruendosa inundación, lo cual tenía sentido: el poder destructor del agua estaba destrozando los árboles, haciéndolos astillas, y las rocas salían disparadas como juguetes de perro rodando por el parque. Pero al cabo de un rato ya estábamos lo suficientemente lejos como para no correr riesgo y decidimos parar a pensar en lo que acabábamos de saber, que era que Lucas y Olivia estaban cerca. Habíamos visto a mi chico. Me había llamado.

Pero, aunque Gatita Grande redujo la velocidad, no paró, y siguió avanzando a paso ligero. Era como si, ahora que era la líder de la manada, no se atreviera a parar, por si sus cachorros decidían volver a seguirme otra vez.

Por mucho que lo intentara, no conseguía llamar la atención de Gatita Grande. Caminaba rápido y sin parar ni un momento, como si ella también tuviera una correa que tirara de ella. No era propio de ella: cuando Gatita Grande se desplazaba, prefería ir a saltos rápidos, buscando camuflarse entre los árboles y las rocas, y haciendo pausas para plantearse su movimiento siguiente. Aquello parecía más bien un ataque frontal, con el fin de cubrir distancia, pero sacrificando el sigilo y la seguridad. Aun así conseguía encontrar sombras y lugares resguardados, pero no los aprovechaba demasiado; si llegaba a un pedregal o a un prado, lo atravesaba por el centro en lugar de rodearlo.

Sus cachorros la siguieron, intranquilos; a ellos tampoco les gustaba pasar tanto rato a campo abierto. Yo iba a la cola, tanto para proteger a los cachorros como para intentar frenar un poco a Gatita Grande ralentizando el paso. ¿Por qué tanta urgencia?

Yo siempre sabía dónde estaban los cachorros, aunque desaparecieran entre el sotobosque, porque Gatito Pequeño seguía desprendiendo ese inexplicable hedor. La lluvia me ayudaba a rastrear la peste que iba dejando en la tierra.

Desde luego estaba tardando mucho en marcharse.

Cuando dejó de llover, las nubes oscuras se abrieron y una luna luminosa nos iluminó el camino. Yo quería parar y dormir, pero Gatita Grande no me miró siquiera cuando reduje el paso, ni siquiera cuando me paré. Sus cachorros se arremolinaron a mis pies, nerviosos al ver cómo se estaba alejando su madre. Al final tuve que resignarme a seguirla otra vez.

Al amanecer, Gatita Grande encontró por fin lo que consideraba un lugar seguro junto a unos árboles caídos, y todos nos dejamos caer, amontonados y exhaustos. Al anochecer, sin embargo, me acarició con el morro y se me quedó mirando. No era su comportamiento habitual para decirme que se iba de caza.

Me pareció que comprendía el mensaje y, a regañadientes, me levanté. Me puse en fila tras los dos cachorritos y reemprendimos la marcha. A mí me parecía que no tenía sentido que camináramos tanto, especialmente porque volvíamos a tener hambre. Y el hecho de que nos estuviéramos alejando cada vez más de Lucas y Olivia no hacía más que empeorar las cosas.

Encontramos agua por todas partes; formaba charcos y formaba minúsculos arroyos. Cruzamos zonas calcinadas que parecían de otro mundo, sin vida, pero en ocasiones encontrábamos de pronto un campo o un bosque que se había librado del ataque de las llamas. Al amanecer y al atardecer, las ardillas y otros roedores huían disparados en cuanto nos acercábamos, pero yo estaba demasiado cansada para perseguirlos, ni siquiera por diversión. Los cachorritos de pronto se animaron cuando vieron una ardilla saltando por el suelo y trepando a un árbol, pero estaba claro que entendían que gastar energías en ponerse a perseguir ardillas supondría rezagarse aún más de su madre.

Había ocasiones en que Gatita Grande se alejaba tanto que me tocaba a mí guiar a los cachorritos, porque solo yo olía su rastro. Si Gatita Grande fuera un perro, como Dutch, quizá entendiera lo que estábamos haciendo. Gatita Grande tenía algo en la mente, eso estaba claro, pero estaba tan obsesionada que no nos hacía caso ni a sus propios cachorros ni a mí. Y a cada paso me alejaba más de mi objetivo: hacer «a casa» y volver con Lucas.

Yo, al ser una perra, caminaba al trote, tranquilamente, mientras que los gatitos, que aparentemente seguían el comportamiento de su raza, habían adoptado la costumbre de ir corriendo a tirones, entre los árboles y los arbustos, moviéndose a ráfagas. Los gatos pueden ser más rápidos que los perros en distancias cortas, pero para seguir un camino la verdad es que prefiero ir con un perro.

284 Por lo que veía, los cachorritos eran tan ajenos a lo que estábamos haciendo como yo misma. ¿Percibirían la tensión entre sus dos madres? ¿Estarían preocupados por esa extraña obsesión que mostraba Gatita Grande de avanzar todo lo posible cada noche en una dirección determinada, sin detenerse siquiera a cazar?

Verla tan adelantada me desesperaba. En el pasado, cada vez que caminaba junto a Gatita Grande, siempre tenía la sensación de que cooperábamos hacia la misión común de hacer «a casa» e ir con Lucas. Cuando habíamos llegado al punto en que el siguiente paso lógico era bajar de las montañas en dirección a la ciudad donde vivía Lucas en aquella época, Gatita Grande había tenido miedo de seguir adelante, pero hasta ese momento me había acompañado fielmente. Por aquel entonces yo era su mamá gata, pero desde que tenía sus propios cachorros la dinámica entre las dos había cambiado.

Al final llegué a la conclusión de que no podía seguir así. Estábamos descendiendo hacia un valle profundo y verde, el sol acababa de salir y empezaba a iluminar el cielo de la mañana, y me senté, tan decidida como si Lucas acabara de abrir la nevera para sacar un minitrocito de queso.

En ese momento, ni los cachorros ni yo veíamos a Gatita Grande, aunque percibía perfectamente su olor. No estaba demasiado lejos.

Gatito Pequeño y Gatita Pequeña parecían aliviados de hacer una pausa tras tanto caminar. Se me acercaron al trote, demasiado cansados como para jugar, y se echaron a mis pies.

Esperé. El sol brilló con más fuerza, hasta un punto en que sabía que Gatita Grande tendría que parar.

Reconocí el momento preciso en que dio la vuelta, porque su olor se hizo más intenso. Esperé hasta que apareció de detrás de una roca y avanzó hacia mí como una sombra, inexpresiva, como siempre.

Sus cachorros la recibieron con entusiasmo pero sin demasiadas fuerzas. Gatita Grande se fue directa hacia mí y, por un momento, contemplé la potencia de sus patas y sus mortíferas garras. En aquellos últimos días, con todas las amenazas que habíamos afrontado, se había ido convirtiendo en una desconocida para mí.

Por primera vez en mi vida, tuve miedo de Gatita Grande.

Me quedé perfectamente inmóvil mientras ella acercaba su enorme cuerpo a mí, tanto que sentí el olor de su cálido aliento. Sus cachorritos miraban con atención qué hacían las adultas.

Después de mirarme, Gatita Grande bajó la cabeza de pronto y se frotó contra mi espalda, con esa vibración tan suya en el pecho. Evidentemente, mis miedos eran infundados: ella nunca haría daño a su propia mamá gata. Cuando se giró, dio unos pasos y miró hacia atrás, expectante. No tenía otra opción que seguirla.

Éramos una manada.

Descendimos al frondoso valle, que cobraba vida con los alegres cantos de los pájaros, que se contaban unos a otros que empezaba un nuevo día. Gatita Grande siguió adelante con la misma determinación, incluso a la luz del sol. Y de pronto, tras

285

cruzar un pequeño arroyo de un salto, Gatita Grande se relajó. El cambio fue sorprendente. Se giró a jugar con sus cachorros, me recibió con un ronroneo y frotándose de nuevo la cabeza conmigo en un gesto cariñoso, y nos llevó a un lugar en lo alto de las escarpadas rocas, donde un saliente creaba una madriguera que conservaba su olor.

Entonces me di cuenta: aquella era su versión de «a casa». Yo no sabía qué era ese lugar, pero estaba claro que ella había estado antes allí, y de pronto la tensión que se había apoderado de ella la abandonó del mismo modo que todos deseábamos que el mal olor abandonara el cuerpo de Gatito Pequeño.

Tras tantos días de camino, fue maravilloso hacerse un ovillo con los cachorritos y saber que ya no nos íbamos a mover de allí.

Ahora lo importante era el hambre. Por la noche, Gatita Grande se fue a cazar, pero volvió sin nada. Olfateó a sus cachorros, que se le subieron encima, intentando hacerle saber que necesitaban comida. Yo también estaba hambrienta.

El segundo día me quedé cerca de la guarida casi todo el tiempo, esperando que Lucas estuviera ahí fuera, al otro extremo de mi correa invisible, pero no lo encontré.

Lo que sí detecté, en cambio, fue la presencia de otro humano. Una persona produce una variedad de olores cuando vive en una casa. Yo siempre detecto esos olores penetrantes a comida y a otras cosas propias de los humanos.

Necesitábamos comer. El sol estaba alto, aunque empezaba a descender hacia el horizonte, cuando eché una mirada a mi familia gatuna y decidí ir en busca de la persona cuyo rastro flotaba en el ambiente.

Los gatitos me siguieron. Seguían considerándome otra madre gato, quizá mejor que la original, y salir de expedición les parecería más emocionante que quedarse en la guarida. Yo sabía que Gatita Grande no tardaría en seguirnos, intranquila al ver que me llevaba a su prole.

Seguí mi olfato y muy pronto detecté rastros de humo, basura y otros olores procedentes de una pequeña cabaña en una zona de bosque que se había librado de los incendios. Rodeé la casa, aspirando un olor tan prometedor que tuve que relamerme para evitar babear. En aquella casa había carne fresca. Y una persona. Me acerqué a la puerta y vi que tenía una compuerta para perro. Avancé con cuidado, pero no encontré ningún rastro de perro. No me ladraron y no había marcas en los árboles, ni restos de orina de hembra en la hierba. Si en esa casa había vivido algún perro, habría sido mucho tiempo atrás.

Cuando intenté colar el morro por la compuerta para perros, me encontré con un impresionante aroma a carne que tiraba de mí hacia el interior como una correa.

Había un hombre de pie junto a una gran mesa en el centro de la sala. Llevaba puesto un delantal. No tenía pelo en la cara ni en la cabeza. Estaba inclinado hacia delante y tenía varios pedazos de carne roja enfrente. Entonces me vio y levantó la vista, sorprendido.

—¡Vaya! —dijo, dando un paso atrás, con los ojos muy abiertos—. ¿Tú de dónde has salido?

Yo meneé el rabo.

—¿Tú quién eres?

Oí la pregunta y decidí que la situación requería un buen «sienta». Apoyé el trasero en el suelo y me lo quedé mirando con gesto suplicante. Tenía carne. Yo era una perra buena. Estaba claro que enseguida establecería la conexión.

Se me quedó mirando, parpadeó varias veces y vi que relajaba un poco los hombros.

—Parece que has pasado por la trampilla de Cody, ¿no? —dijo, apuntando con el cuchillo—. Él hace ya un tiempo que me dejó. Nunca se me ocurrió que otro perro pudiera usarla. —Frunció el ceño—. Desde luego estás muy flaca. Estoy cortando carne para hacer cecina. Es para llevar al mercado de granjeros de Denver. La curo yo mismo y luego la llevo los domingos. Esta debería durarme al menos hasta Halloween.

Me estaba hablando, y yo sabía que se daba cuenta de que era una perrita buena, porque no estaba gritando ni parecía enfadado por que me hubiera colado en su casa. Pero tampoco me estaba dando de comer. Me pregunté de qué otro modo podía seducirlo. Decidí hacer un «tumba». Mi «tumba» ha recibido alabanzas de muchos humanos a lo largo de toda mi vida. Así que... me tumbé. ¿Ahora me daría algo de comer?

—Me parece que me estás pidiendo que te dé algo... —observó, con una sonrisa socarrona. Cogió un trozo largo y fino de carne roja y me lo tiró. Yo lo atrapé al vuelo, que es una de mis grandes habilidades, y me lo tragué. Se me quedó mirando—. Hace un tiempo que no comes, ¿no?

Volví a hacer «tumba», en vista de los buenos resultados que me había dado.

—Bueno —decidió, al cabo de un momento—, aquí tienes un trozo más grande.

Dio un corte al gran trozo de carne que tenía en la mano y luego me lanzó algo tan maravilloso que casi me desmayo: un grueso filete de deliciosa carne de ternera. Me puse en pie para comérmelo. Era tan enorme que casi habría podido llevárselo a Gatita Grande, pero tenía demasiada hambre y no pude contenerme.

Por el olfato supe que los cachorritos no andaban muy lejos; su olor se colaba por la gruesa cortina que cerraba la trampilla para perros. Debían de haberme visto empujarla para entrar, y sin duda les llegaría el olor a carne; o al menos eso pensaba yo.

Me acabé el gran pedazo de carne e hice un «sienta», observando al hombre, expectante.

Él volvió a sonreír.

—No sería muy buen negociante si regalara toda mi producción —me dijo. Agachó la cabeza y se puso a cortar otra vez—. Parece que te has perdido. Yo en realidad no necesito un perro, pero si no eres de nadie, supongo que podrías vivir aquí conmigo.

No estaba usando ninguna palabra que yo reconociera, salvo «perro», pero seguía cortando carne, así que le dediqué toda mi atención. Eso, claro, hasta que Gatita Pequeña metió la cabeza por la trampilla.

34

Gatita Pequeña observó el interior de la casa con desconfianza, pero luego puso la vista en mí. Seguramente no había podido resistir la tentación de meter la cabeza para ver qué había sido de su perrita favorita. Me enterneció pensar que la preocupación que sentía por mí le hubiera hecho decidirse a correr el riesgo de entrar en un ambiente tan extraño para ella.

El hombre estaba concentrado en lo que estaba haciendo con la carne y no se giró a mirar hasta que Gatita Pequeña cruzó la estancia a la carrera. Entonces se giró y se quedó atónito otra vez, pero esta vez se llevó la mano al pecho.

—¡Oh, Dios mío! ¡Oh, Dios mío!

Retrocedió y unos cuantos platos entrechocaron al impactar con la espalda en la encimera. Se quedó mirando a Gatita Pequeña, que se me acercó al trote, olisqueándome la boca con gesto acusatorio.

—Vale, vale —balbuceó él—. Eres un cachorrito, ¿verdad? No eres más que un cachorrito, no vas a hacerme daño. Un cachorrito de puma. Oh, Dios mío. Tengo que ir a por el teléfono. Esto no se lo va a creer nadie.

El hombre abrió un cajón y hurgó en su interior, sacando cosas que apoyó en la encimera. Entonces Gatito Pequeño hizo su aparición, pasando por la compuerta para perros, para quedarse paralizado una vez dentro, con la cabeza gacha, en una postura que, por mi experiencia previa, estaba convencida que quería decir que se sentía intimidado. Había aprendido a seguir a Gatita Pequeña, que había aprendido a seguirme a mí, y ahora se encontraba en una casa de personas. No parecía contento, pero no podía pasar por alto el olor a carne fresca, que llenaba toda la estancia, haciendo que ambos cachorritos arrugaran el hocico involuntariamente.

El hombre se quedó pasmado.

—Yo nunca… No sé qué está pasando. No lo entiendo.

Retrocediendo, y sin quitarles el ojo a los cachorros, pasó la mano por la mesa donde estaba trabajando.

—Entonces… ¿vais con la perrita? ¿Os ha criado una perra? —Meneó la cabeza—. Esto no puede estar bien.

Cortó una loncha con su cuchillo, mientras yo lo observaba fijamente. Gatita Pequeña dio dos pasos adelante, mientras Gatito Pequeño permanecía agazapado, ladeando la cabeza una y otra vez, dispuesto a salir corriendo en cualquier momento, aunque no parecía que tuviera claro cómo iba a atravesar la compuerta desde este lado. El hombre cogió un trocito de carne con dos dedos y se lo tiró a Gatita Pequeña. Aterrizó justo delante de ella, y la gatita reaccionó con un respingo, pero luego se lanzó sobre la carne y la agarró con la boca. Tras un momento de vacilación, Gatito Pequeño también fue a por la carne, pero su hermana se giró y no le dio ni un bocado. Gatito Pequeño me miró, dolido.

Observé que ninguno de los gatitos estaba haciendo «sienta», ni indicando de ningún modo que querrían más comida. Era como si los gatitos no tuvieran ni idea de cómo actuar ante los humanos. No estaba segura siquiera de que entendieran de dónde había venido aquel trozo de ternera: para ellos simplemente había aparecido allí, en el suelo, ante sus narices.

Esperaba que a mí también me lanzara otro trozo: atrapar un trozo de carne al vuelo es probablemente el truco que más satisfacción da a un perro, y yo estaba decidida a demostrar mi habilidad. El hombre no dejaba de cortar.

—Tomad, tomad. —Les tiró unos trocitos más a los gatitos, que comieron casi sin masticar. Ya se encontraban más cómodos en la casa, y Gatita Pequeña, por lo menos, parecía entender ya la relación entre la mano del hombre y la carne que caía del cielo, porque no le quitaba los ojos de encima.

—Vale, bueno, no veo el momento de colgar esto en la red —dijo, y les puso un teléfono delante—. Estoy dando de comer a dos cachorros de puma que se me han colado en casa —recitó—. Han entrado por la trampilla del perro, siguiendo a esta perra grande. Yo estaba cortando carne para hacer cecina, y de pronto me los he encontrado aquí. Mirad.

Cogió otras tiras finas de carne y se las tiró a los gatitos, que se echaron encima, aunque una me cayó tan cerca que me la comí yo. Gatito Pequeño me miró, malhumorado, pero yo no le hice ni caso. Mis acciones estaban plenamente justificadas: al fin y al cabo, era yo quien había encontrado la compuerta para perros y al hombre.

La casa, la persona, la comida: todo aquello me recordó que nuestro objetivo no había cambiado. ¿Este hombre podría llevarnos de paseo en coche hasta donde estuviera Lucas?

—Deben de haber olido la carne, primero ha entrado la perrita, y luego los cachorros. Es como si fueran familia, o algo así. O quizá estén domesticados. ¿De alguien que ha criado pumas ilegalmente y tiene una perra? No sé. Pero es lo más alucinante que he visto nunca. —El hombre bajó el teléfono—. Vale, os daré a cada uno un trozo más grande, como a la perrita —les dijo a los cachorros. Hizo algo con su cuchillo y tiró al suelo dos trozos de ternera mucho más grandes.

Los gatitos comieron con fruición.

—Parece que tenéis tanta hambre como la perrita, ¿eh? ¿Os habéis escapado de casa? No vais a morderme, ¿verdad? Supongo que tengo que llamar a la Guardia Forestal. Chico, vaya movida. —Arrugó la nariz—. Por cierto, uno de vosotros ha discutido con una mofeta.

Mientras el hombre parloteaba, yo percibí algo que estaba pasando en el exterior. Gatita Grande estaba cerca; su inconfundible olor me llegaba a través de la compuerta para perros, y era evidente que estaba inquieta. Sus cachorros habían entrado voluntariamente en la casa de un humano. Eso no podía gustarle.

291

Cuando los gatitos hubieron acabado de comer, todos levantamos la vista y miramos de nuevo a nuestro benefactor, expectantes.

—¿Más? —dijo, cortando un generoso pedazo para cada uno de nosotros. El mío fue el primero en caer al suelo; lo agarré y se lo quité de delante a Gatito Pequeño, que parecía tener la impresión de que debíamos compartirlo. Él recibió el segundo, mientras Gatita Pequeña miraba atentamente al hombre, pero también ella recibió enseguida su ración.

Gatita Grande estaba justo ahí fuera. Su sombra pasó por el grueso material que cerraba la trampilla para perros y vi que la olisqueaba.

El hombre movió la cabeza, asombrado.

—No puedo creerme que aún tengáis hambre.

El hombre estaba de pie, observando cómo comíamos con una sonrisa de satisfacción en el rostro, cuando Gatita Grande metió su enorme cabeza por la trampilla. Al momento vio la escena: sus cachorros y yo comiendo, y un humano delante de nosotros. Su mirada se cruzó con la del hombre y retrajo los labios con un gruñido.

El hombre soltó un chillido, dio media vuelta y se fue corriendo hacia una enorme puerta de cristal, que abrió con un sonoro golpetazo, para luego salir corriendo. Yo me acerqué a la puerta y lo vi corriendo en plena noche, colina abajo y hacia el bosque, llevándose consigo toda posibilidad de que nos llevara de paseo en coche. No volvió a girarse.

Gatita grande no se metió por la compuerta para perros. Tampoco creo que hubiera cabido. Rodeó la casa y se fue a la parte trasera. Sus cachorros fueron a su encuentro por aquella gran puerta abierta, pero aun así Gatita Grande no entró en la casa, así que yo me apoyé en las patas traseras y, no sin esfuerzo, agarré el enorme trozo de carne que había en la mesa y lo tiré al suelo. Aunque me costó, conseguí arrastrarlo hasta el exterior y lo dejé a los pies de Gatita Grande. Hice dos viajes más a la casa, y cada vez volví con uno de esos grandes costillares. Comimos allí mismo, y fue todo un placer llenar por fin la barriga con una comida consistente. Cuando ya no pudimos comer más, aún nos sobraban un pedazo pequeño de carne y un trozo enorme prácticamente intacto.

Gatita Grande cogió el trozo más grande con las mandíbulas y Gatita Pequeña levantó el pequeño. La manada avanzó unida hasta la zona de la guarida donde habíamos pasado la noche. Gatita Grande echó tierra y ramitas sobre el trozo más grande de carne ante la mirada satisfecha de sus cachorros. Luego, Gatita Pequeña enterró el trozo más pequeño. Era lo que hacían los gatos.

Con la barriga llena y una buena fuente de comida, la familia gatuna durmió bien, y aquella noche Gatita Grande no salió a cazar. Cuando me desperté, decidí ir a beber y bajé al trote hasta el burbujeante arroyo que había cerca. Una vez más, admiré la elección de la guarida por parte de Gatita Grande. Allí, junto al agua, con una agradable brisa que pasaba por entre los árboles, me sentí en paz y recordé cuál era la finalidad de mi compromiso: Gatita Grande y los cachorros estaban por fin a salvo en su guarida. Les había acompañado hasta allí y había protegido a los cachorros, pero ahora era libre de ir en pos de mis propias metas. Aquel día vagué por la zona sin un objetivo claro, buscando en vano el rastro de mi chico. Aquella noche Gatita Grande tampoco cazó, aunque los gatitos estaban despiertos y activos. A la mañana siguiente salí a recorrer una zona de bosque diferente, y esta vez observé que los cachorros me seguían, así que no quise alejarme mucho. En cualquier caso, seguía sin poder localizar a Lucas; no sentía el tirón de nuestra correa invisible. No estaba cerca de allí.

Gatita Grande salió a cazar aquella noche, y tuvo éxito, y al amanecer toda la familia comió. Yo me los quedé mirando, y se me ocurrió pensar que los gatitos entorpecían mis exploraciones. Así que esperé pacientemente en la guarida, observando cómo cerraba los ojos Gatita Grande, y cuando los cachorritos se acurrucaron junto a su madre, listos para pasar el día durmiendo, me escabullí con la seguridad de que todos estarían fuera de juego.

293

Eché a caminar en una dirección diferente, subiendo una colina hasta una zona con cada vez menos árboles, y no había recorrido demasiado trecho cuando noté algo maravilloso.

Lucas estaba cerca. De algún modo, había conseguido acercarse lo suficiente y lo percibía con la misma intensidad que cuando salía del trabajo y volvía a casa.

Sabía que, aunque yo seguía intentando hacer «a casa» para encontrarlo, él había estado haciendo su propia versión de lo mismo: buscarme a mí. Mi chico me quería, y estaba intentando encontrarme, guiado por el otro extremo de la correa invisible.

Fui en su busca.

El sol ya había superado su posición más alta en el cielo cuando el olfato me dijo que estaba muy cerca de mi chico. Era una zona de rocas escarpadas y resbaladizas, y tuve que avanzar con cuidado.

Y ahí estaba.

294   Lucas estaba tendido, de cara al cielo, con la cabeza apoyada en la mochila y los ojos cerrados. No pude evitar ladrar de alegría mientras echaba a correr por aquel pedregal para llegar a su lado.

Él abrió los ojos de golpe y levantó la cabeza.

—¿Bella?

¡Mi chico! ¡Mi Lucas!

—¡Eres tú! ¡Eres tú de verdad!

Y un momento más tarde estaba lanzándome sobre Lucas, saltando sobre él, lamiéndole la cara y gimoteando de alivio. Tanto tiempo buscándolo y por fin había dado con mi chico.

Él me abrazó, con la cara cubierta de lágrimas, besándome en la nariz y en las orejas y rascándome el pecho con un dedo.

—Lo sabía. Sabía que te encontraríamos, Bella. Pese a todas las veces que te han visto, la gente me decía que era imposible que siguieras con vida, pero yo sabía que eras la perrita que caminó durante dos años para volver cruzando las Montañas Rocosas. Sabía que volverías a casa y sabía que te encontraríamos. Sabía que estabas cerca. ¡Lo notaba!

Era estupendo estar con mi chico otra vez.

—Oh, Bella, Olivia va a alegrarse muchísimo. —Entonces cambió de tono y bajó la voz—. Ha ido a buscar ayuda, Bella. —Me sonrió, como avergonzado—. Me caí, como un idiota, y el pie se me ha quedado atrapado entre las piedras. No puedo sacarlo si no me ayudan. Y aquí arriba no hay cobertura, así que Olivia se puso en marcha esta mañana. Debería estar de vuelta muy pronto. —Me miró, pensativo—. ¿Cómo has sobrevivido, Bella? ¿Cómo has conseguido comida?

Me encantaba oír a mi chico pronunciar mi nombre.

Entonces vi que se tensaba y miré hacia donde estaba mirando él. Ahí estaba: Gatita Grande. De pie, frente a Gatita Pequeña y Gatito Pequeño. Los cachorros debían de haber seguido mi rastro y, por supuesto, ella se había visto obligada a seguirlos.

Me pregunté si Lucas nos metería a todos en el jeep para que pudiéramos volver juntos a casa. Eso es lo que yo quería.

Pasó un buen rato, y Lucas echó mano de su mochila y sacó su teléfono lentamente. Ahora no me miraba a mí; tenía la vista puesta en Gatita Grande. Entonces giró la cabeza ligeramente para mirar el teléfono mientras lo tocaba con los pulgares. Se aclaró la garganta.

—Olivia…

Se quedó sin voz, y yo lo olisqueé, preocupada. Estaba profundamente emocionado: nunca le había visto tan asustado y triste a la vez. ¿Cómo podía sentirse infeliz con una perrita buena como yo entre los brazos?

—Cariño, tengo muchas cosas que decirte, y no sé de cuánto tiempo dispongo. Primero, mira. —Lucas giró el teléfono y yo lo miré, pero no era más que un teléfono—. Bella me ha encontrado. Es… una locura. No entiendo nada. Y quiero que sepas que nuestra familia, tú, yo y Bella, me ha dado muchísima felicidad.

Lucas se enjugó las lágrimas y yo solté un gemidito.

—Cuando encuentres esto… quiero que sepas que eres lo mejor de mi vida, Olivia. Desde el momento en que te conocí, supe que no podría querer a otra mujer. Estoy muy orgulloso de ser tu marido. Y quiero que sepas que, pase lo que pase, sé que serás la mejor mamá del mundo para nuestro bebé.

Respiró hondo, temblando.

—Tengo delante una hembra de puma adulta. Está a unos veinte metros. Viene a por mí y a por Bella. Puede que sea la misma de la otra vez, en el río. Si viene hasta aquí, intentaré ahuyentarla. Pero si no lo consigo… Te quiero, Olivia. Dios, cuánto te quiero. Quizá no te lo haya dicho todos los días, pero lo pienso cada minuto, desde que me despierto por la mañana. —Lucas se secó los ojos—. Voy a dejar de grabar. No querría que tú… lo vieras. Lo último que pensaré es en lo mucho que te quiero.

Lucas guardó el teléfono. Me miró fijamente a los ojos.

—Ahora va a pasar algo muy malo, Bella —murmuró.

35

*L*ucas estiró un brazo haciendo un esfuerzo ostensible, apretando los dientes hasta alcanzar con la mano una piedra como una pelota grande para jugar. La agarró apretando el puño y se la acercó al cuerpo.

—Lleva a sus cachorros... Eso la hace aún más peligrosa —me dijo, en voz baja.

Yo olisqueé la piedra con curiosidad. Lucas aún no se había puesto en pie. ¿Cómo iba a tirarme la piedra? Si lo hacía, yo iría a buscarla porque soy una perrita buena, pero no tenía pinta de que fuera a resultar muy divertido agarrarla con la boca. Miré al teléfono, a la piedra, y luego la cara de mi chico.

Nos quedamos inmóviles un buen rato. Sentía cómo le latía el corazón en el pecho. Tenía la mandíbula tensa y respiraba rápido. Me di cuenta de que no era simplemente que tuviera miedo; estaba aterrado, aunque yo no veía nada que pudiera alarmarle. ¿Es que iba a volver el fuego? Olisqueé el aire. No, y de ser así estaba segura de que Lucas se pondría a cavar frenéticamente con una pala.

Era otra cosa.

Gatita Pequeña se había separado de su madre, esquivando a su hermano para adelantarse y mirar, intrigada. La veía especialmente precavida, así que agité el rabo para hacerle saber que no pasaba nada.

Dio unos pasitos más y se paró. Lucas me abrazó aún con más fuerza con el brazo que tenía libre; con la otra mano agarraba con fuerza la piedra.

Gatita Pequeña tenía toda la atención puesta en mi chico. Me pregunté si estaría pensando que solo unas noches antes un hombre le había estado dando trozos de carne en su casa. Yo lo había tratado como un amigo, y era evidente que Lucas también era mi amigo. ¿Estaría pensando que Lucas también le daría de comer? Era muy posible que fuera eso precisamente lo que iba a ocurrir enseguida. Me imaginé cómo reaccionaría Gatita Pequeña a un minitrocito de queso. ¡Probablemente no hubiera probado nunca nada tan delicioso!

Gatita Pequeña no dejaba de mirar. Quizá no entendiera que Lucas me rodeaba con sus brazos porque me quería, no para tenerme atrapada.

Lucas seguía perfectamente inmóvil. Un animal sentado, aunque sea un humano, no supone una gran amenaza. Mi chico estaba intentando decirle a Gatita Pequeña que no había motivo para que tuviera miedo.

—Bella —dijo de pronto, muy decidido. Yo meneé el rabo.

Me soltó. La sensación de perder el contacto que tanto había deseado fue como una ducha de agua fría.

—Corre —me susurró, y me dio un empujoncito—. Vete de aquí. ¿Vale? ¡Vete! —dijo, y su voz aumentó de volumen con la última palabra.

Yo me sacudí el cuerpo y me quedé allí, de pie. Me pareció haber entendido lo que decía, así que me acerqué al trote a Gatita Pequeña, que me vio acercarme tranquilamente. Cada día se parecía más a su madre: su rostro perdía expresividad día a día.

—¡No! ¡No, Bella! —gritó Lucas, angustiado.

A mí no me parecía que estuviera haciendo nada que mereciera un «no». Tampoco estaba diciendo «ven» o «aquí». ¿Es que temía que le hiciera daño a Gatita Pequeña? Con lo que le gustaban a él los gatos... Para demostrarle que no tenía ninguna intención de hacerlo, cubrí la distancia que me separaba de Gatita Pequeña, bajé la cabeza y forcejeé con ella, jugando, aunque estaba claro que ella no tenía demasiado interés. Prefería mirar a Lucas.

Le oí murmurar, casi sin respiración:

—No me lo creo…

Esperaba que Lucas hubiera entendido que aquella era mi manada gatuna, que Gatita Pequeña y los aún reticentes Gatito Pequeño y Gatita Grande eran mi familia. Nunca les haría daño. Ahora que había dejado eso claro, dejé de jugar, di media vuelta y volví por entre las rocas hasta Lucas. Esta vez, Gatita Pequeña decidió que ya podía seguirme. Juntas, nos acercamos a mi chico. Él abrió los ojos desconcertado y se quedó inmóvil, mientras Gatita Pequeña le olisqueaba la mano extendida.

—¡No me lo creo! —susurró otra vez.

Los humanos nos dicen cosas constantemente a los perros, pero nosotros casi nunca sabemos qué quieren decir.

Gatito Pequeño estaba observando, y cuando vio a Gatita Pequeña tan cerca de Lucas, lo interpretó como una señal de que no había peligro, se alejó de su madre y se nos acercó dando saltitos, quizá preocupado ante la posibilidad de que a su hermana le dieran carne fresca y a él no. Se mostraba mucho más precavido que su hermana, pero vino a nuestro lado, y Lucas alargó la mano y le tocó el lomo, acariciándolo, con un gesto de sorpresa en el rostro. Luego se llevó la mano a la nariz.

—Mofeta —dijo.

Estaba claro que mi chico ya no tenía miedo. Estaba contento, pensé, porque había entendido que había sido una perra buena al ocuparme de los gatitos.

Gatita Grande observaba todo aquello de lejos y no parecía que reaccionara. Decidí que tenía que hacer algo para que supiera que mi chico no iba a hacerle daño. Mientras los cachorros seguían olisqueando a mi chico con curiosidad, probablemente preguntándose cuándo aparecería la carne cruda, yo fui hasta su madre al trote, bajé la cabeza en un ademán juguetón y luego me acerqué hasta tocarla con el morro. Gatita Grande me examinó atentamente, percibiendo el olor a humano en mi pelo.

Los gatitos ya se habían aburrido de Lucas y estaba peleándose entre sí delante de él. Él soltó la piedra que tenía agarrada

299

en la mano, probablemente porque ya habría entendido que a un gato le interesaría aún menos que a un perro ir a por ella.

Di unos pasos en dirección a Lucas y luego miré a Gatita Grande, expectante. Ella echó una mirada a mi chico y luego me miró a mí. Decidió moverse. Yo fui delante, y ella me siguió, con su caminar sigiloso, por el pedregal.

Lucas volvió a abrir los ojos con asombro al verla acercarse. Aguantó la respiración y tragó saliva.

Gatita Grande se paró justo antes de llegar a su lado. Se sentó y se lo quedó mirando un buen rato. Lucas también la miró. Yo empezaba a perder la paciencia. ¿Por qué no la llamaba Lucas? ¿Por qué se retraía Gatita Grande? Yo le demostré lo mucho que quería a mi chico lamiéndole la mejilla.

Por fin, la curiosidad de Gatita Grande se impuso a sus recelos. Cubrió el último tramo que la separaba de mi chico. Él respiraba afanosamente y se quedó inmóvil mientras ella lo olisqueaba arriba y abajo. Cuando levantó la mano, ella no reaccionó. Cuando le tocó la parte superior de la cabeza vi que estaba temblando.

—Oh, Dios mío —susurró.

Gatita Grande mostró el mismo desinterés por Lucas que habían demostrado sus cachorros. Se giró y se fue caminando tranquilamente, girándose a mirar, lo que significaba que esperaba que su familia la acompañara.

Lucas sacudió la cabeza, atónito, viendo cómo se iban correteando tras su madre los cachorrillos.

Miré a Lucas. Yo sabía lo mucho que le gustaban los gatos. Y no había gatos mejores ni más especiales que Gatita Grande, Gatita Pequeña y Gatito Pequeño. No entendía por qué no los llamaba. En caso necesario, incluso podría darle un gran abrazo a Gatita Grande, para que entendiera que tenía que quedarse con nosotros, porque desde luego yo no iba a abandonar a mi chico.

Cuando Gatita Grande llegó a lo alto del pedregal, hizo una pausa y se giró para mirarme, y yo supe lo que quería. Esperaba que siguiera a la familia. Miré a mi chico y lo único que vi era que estaba deseando que mi manada gatuna se fuera.

Me fui de su lado y trepé por el irregular terreno hasta llegar junto a Gatita Grande. Ella frotó la cabeza contra mi hombro, haciéndome retroceder un poco. Luego yo bajé el morro hacia Gatita Pequeña y Gatito Pequeño, que estaban jugando, ajenos a lo que ocurría.

Pero yo lo sabía.

«Esto es una despedida, Gatita Grande. Eres una buena madre gata. Tus cachorros necesitan estar contigo. Pero yo soy una perra. Y los perros necesitan estar con la gente.»

Los gatos echaron a caminar y yo me quedé mirando cómo se alejaban. Recordaba cuando me había despedido de Gatita Grande, tanto tiempo atrás. Entonces se había quedado sentada en una roca y se había quedado mirando cómo yo volvía con Lucas. Ahora era yo la que estaba sentada en la roca, observándolos, y cada vez que Gatita Grande se giraba a mirar, yo agitaba la cola un poco.

En un momento dado, Gatita Pequeña se paró y me miró, confundida. ¿Por qué no iba con ellos? ¿Qué estaba haciendo?

Yo había sido la «otra» madre gata durante un tiempo, pero los gatitos ya empezaban a observar más atentamente a su madre de verdad, empezaban a moverse como ella y a enterrar su comida perfectamente apetitosa bajo una capa de tierra sucia. Me habían seguido y habían conocido a dos humanos, pero Lucas se había quedado sentado en las rocas, sin ofrecerles carne.

Gatita Pequeña era una buena gatita y se quedaría con su madre.

Y eso es exactamente lo que ocurrió. Gatita Grande y Gatito Pequeño siguieron alejándose, y Gatita Pequeña, tras dar unos pasos vacilantes en mi dirección, tomó la decisión correcta. Se giró y se fue correteando tras su madre.

En lo más alto del sendero, donde el camino trazaba una curva y desaparecía tras unas grandes rocas, Gatita Grande hizo una pausa y se giró a mirar por última vez. Los dos cachorritos se sentaron a sus pies y me observaron con solemnidad. Compartimos aquel largo momento íntimo, pero al final se dieron la vuelta y desaparecieron de mi vista.

Agité la cola y me acerqué a mi chico al trote. La piel le olía a sudor, y me miraba, meneando la cabeza.

—¿Así es como has sobrevivido? —dijo Lucas, extendiendo el brazo para tocarme, y noté el rastro de olor de Gatita Grande y la peste de Gatito Pequeño en la palma de su mano—. ¿Has vivido con una familia de pumas? ¿Cómo puede ser?

Al cabo de un rato, Lucas se relajó. Yo no entendía por qué no se ponía en pie, por qué no íbamos de paseo o hacíamos algo más interesante que estar ahí sentados, pero parecía ser que quería quedarse en ese mismo sitio, así que me tumbé en el suelo y apoyé la cabeza sobre su regazo.

De pronto reaccionó.

—Ya sé lo que quieres.

Levanté la cabeza, me senté y observé, muy atenta, mientras él rebuscaba en el interior de su mochila. Se oyó un delicioso ruido a papel arrugado y luego sacó un bocadito con un olor tan maravilloso que al momento empecé a babear.

302

—¿Bella? ¿Quieres un minitrocito de queso? —dijo, alargando la mano, y yo le cogí el delicioso trocito de queso de entre los dedos.

«Un minitrocito de queso» quería decir que Lucas me quería.

Y los regalos no acabaron ahí. Sacó otro paquete y lo abrió.

—Llevo cargando comida de perro arriba y abajo esperando este momento. —Sacó un cuenco y vertió dentro el contenido del paquete. Yo comí con fruición; hacía mucho tiempo que no comía comida de perro de verdad. Era feliz.

Lucas y yo nos habíamos quedado dormidos cuando, de pronto, resonó un golpeteo en el aire. Lucas levantó la vista buscando el origen del ruido, mientras yo le presionaba con el morro, buscando su regazo, sin saber muy bien qué pasaba. Ya había oído ese ruido de percusión antes y lo asociaba con un momento muy malo bajo unas mantas mojadas.

—Ahí está el helicóptero. Ya vienen.

Un poco más tarde vi a alguien que se acercaba por un sendero y oí un sonido maravilloso:

—¡Bella!

«Olivia.»

Fui corriendo a su lado, primero con cuidado, porque seguía en el pedregal, y luego, ya con terreno firme, galopé hasta ella, que también corría hacia mí. Salté para darle besos en la cara y ella cayó de rodillas y también me besó.

—¡Dios mío, esto es imposible! ¡Eres asombrosa! ¿Cómo lo has encontrado, Bella? ¡Eres la mejor perra del mundo!

Dos hombres y una mujer acompañaban a Olivia. Parecían agradables y meneé el rabo. Llevaban unas cajas grandes. Cuando llegaron junto a Lucas, todos le dieron la mano y luego se pusieron a trabajar con unas cadenas y unas barras largas de metal.

Yo no sabía qué estaban haciendo.

—No estoy soñando, ¿verdad? Es Bella de verdad, ¿no? —le preguntó Olivia a Lucas.

—Oh, sí —dijo Lucas, asintiendo—. Yo estaba aquí dormido y apareció de la nada.

Olivia me sonrió.

—Absolutamente asombroso.

Los otros estaban tirando de las cadenas y vi que la roca junto a Lucas se movía un poco. Él hizo un gesto de dolor. Luego miró a Olivia.

—Oh, esa no es la parte asombrosa. Cuando te lo cuente no te lo vas a creer.

Me quedé sentada con Lucas y Olivia y sus nuevos amigos, que parecían disfrutar jugando con las piedras. Luego levanté el morro porque el aire me trajo un olor que reconocí como si fuera el mío propio. Gatita Grande, Gatita Pequeña y Gatito Pequeño no estaban lejos, aunque notaba que su rastro era cada vez menor, lo que significaba que seguían alejándose. Los quería. Eran mi familia gatuna. Igual que Olivia y Lucas eran mi familia humana. Pero una perra buena tiene que estar con su familia humana. Nunca olvidaría a Gatita Grande ni a sus cachorros, pero yo era más feliz cuando era una perrita buena.

303

Epílogo

*E*n el mundo humano las cosas cambiaron de un modo visible incluso para una perrita como yo.

Nada más volver a casa, Lucas empezó a llevar una bota gruesa y pesada en uno de los pies, pero no en el otro. Yo la olisqueé, pero no tenía nada de interesante. Al cabo de un tiempo dejó de ponérsela.

La diferencia más notable e inmediata fue lo que le pasó a la Habitación de las Cosas. Era un lugar con dos ventanas y una agradable brisa en verano, con sillas, cojines y cajas. Antes, cada vez que venían amigos a cenar, Lucas y Olivia iban cogiendo cosas por toda la casa y las metían en esa habitación, y en muchos casos era ahí donde se quedaban. Pero ahora Lucas y Olivia, en el espacio de unos días, habían vaciado por completo la Habitación de las Cosas y Lucas había aplicado un líquido apestoso en las paredes, Olivia lo había mirado, frunciendo el ceño, y había dicho: «Ahora que lo veo puesto, no me gusta el color». De modo que Lucas volvió a hacerlo, y ella dijo: «Mucho mejor».

El objeto nuevo más destacable de la Habitación de las Cosas era una pequeña camita de madera. Tenía altas paredes, que impedían que un perro pudiera saltar dentro para dormir, pero por lo demás, cuando me levantaba sobre las patas traseras y la examinaba, resultaba tan poco interesante como la bota de Lucas. Por el olor era como si nadie hubiera dormido allí nunca.

Llegó el invierno, que lo cubrió todo con una capa de nieve, y luego el tiempo se volvió más cálido y Olivia dejó de trabajar por las mañanas. Decidió que era mejor quedarse con su perra, lo cual, en mi opinión, era una decisión acertada.

Esperaba que Lucas volviera al lago y sacara el jeep, pero no lo hizo. En lugar de eso, un día se presentó en casa con un coche cuadrado y voluminoso. Aprendí una nueva palabra: «miniván».

—No falta mucho —me dijo Lucas una tarde. Yo agité el rabo, esperando que estuviera hablando de beicon. Se giró hacia el salón—. Cariño, voy a darme una ducha.

—¡Vale! —respondió Olivia.

Seguí a Lucas a la pequeña Habitación de los Olores Misteriosos e hice un «sienta» mientras él se ponía detrás de una cortina de plástico y el olor a chico mojado llenaba el ambiente. Agité el rabo al ver llegar a Olivia, que se rodeaba la barriga con un brazo, como solía hacer últimamente al caminar. Corrió la cortina.

—¿Puedo usar tu teléfono para localizar el mío? No lo encuentro.

—Sal de aquí —respondió él.

Yo seguí a Olivia y me senté en el sofá después de que lo hiciera ella. Tenía un teléfono en la mano. Al momento sonó un timbre en su dormitorio.

—Bueno, está en el dormitorio, pero ahora no me apetece ponerme otra vez en pie —me dijo. Yo agité el rabo y me acurruqué sobre un cojín—. Qué bonita eres. Espera, deja que te haga una foto.

Olivia me puso el teléfono delante, pero de tanto esperar los ojos se me cerraban. Ella seguía allí sentada, examinando el teléfono como si fuera un trozo de pollo. De pronto sollozó, emocionada. Yo abrí los ojos de golpe, alarmada. Estaba llorando en silencio, con las mejillas cubiertas de lágrimas.

Se puso en pie con cierta dificultad y volvió junto a Lucas, emitiendo unos sonidos angustiados, como si se ahogara. Yo la seguí.

Él seguía de pie en la misma habitación, secándose, y levantó la vista, preocupado, al vernos entrar.

—¿Qué pasa?

—Oh, Dios mío. No sabía que grabaste un vídeo. Pensabas que ibais a morir.

Olivia bajó el teléfono y tiró a Lucas de la mano, sollozando casi en silencio.

Se besaron, y yo metí el morro en medio, participando de aquel amor. Luego se echaron una siesta muy activa. En eso no participé.

Últimamente, la mujer con la que vivía Lucas cuando yo lo conocí, llamada «mamá», venía a visitarnos bastante a menudo. A mí siempre me gustaba verla, especialmente un día, cuando se presentó con un perrito blanco moteado llamado Charlie. Me encantaba que la gente trajera amiguitos perros.

Era mucho más fácil enseñarle juegos de perros a Charlie que a Gatito Pequeño o Gatita Pequeña. Mi juego favorito era cuando yo tenía agarrado un juguete de esos que hacen ruido y Charlie intentaba quitármelo.

A veces era Charlie el que tenía el juguete en la boca, pero yo estaba convencida de que para él no podía ser tan divertido.

Entonces las cosas cambiaron de verdad. Mamá y Charlie se quedaron dos noches conmigo, y en todo ese tiempo Lucas y Olivia no estuvieron en casa. Charlie quería jugar todo el rato, pero a mí me preocupaba que mi chico no volviera a casa, y no dejaba de ir a la puerta a sentarme. Un día noté que Lucas estaba volviendo por fin; lo sentía cada vez más cerca, hasta que entró por la puerta con Olivia y un bebé humano llamado Emma.

Emma dormía en la cama de paredes altas. No era muy divertida, aunque Olivia y Lucas se pasaban mucho tiempo pasándosela el uno a la otra, intentando hacer que jugara. Yo le demostré al bebé lo que se podía hacer con un muñeco hinchable —lo puedes tirar, pisotearlo, sacudirlo y, sobre todo, hacer que pite—, pero a diferencia de Charlie, Emma no parecía aprender nada. Cuando miraba, tenía una expresión rarísima en la cara, como si en realidad no prestara atención (lo cual es ridículo: nadie puede pasar por alto un muñeco de esos que pitan).

307

—Eres una perra buena, Bella —me dijo Lucas. Eso y «minitrocito de queso» eran las dos cosas que más me gustaba oír en boca de mi chico.

La nieve había vuelto y se había ido otra vez, y el aire estaba limpio y seco, cuando una mujer algo mayor que Olivia vino a quedarse con nosotros. La ropa y la piel le olían a más de un gato. Ella dormía en el sofá y yo dormía a sus pies para ser educada. Cuando hay invitados, siempre es mejor que duerman con un perro que solos.

—Bella, esta es mi hermana Alexis —me dijo Olivia cuando llegó la mujer. Yo no entendí nada más que «Bella», pero tras oír repetido el nombre muchas veces imaginé que la mujer se llamaba Alexis. Era agradable conmigo y me daba bocaditos si Lucas se los daba antes a ella. Yo no cuestioné el procedimiento, pero no entendía por qué tantos pasos.

Alexis parecía tener un interés especial en coger a Emma en brazos, pero a esas alturas Emma estaba más interesada en gatear por el suelo y llevarse cosas a la boca para que Lucas la levantara. A veces, Emma se agarraba a los muebles, se ponía derecha y se tambaleaba, haciendo las delicias de Olivia y Lucas.

Al final entendí que Emma era el bebé humano de Olivia y de mi chico. A veces, sus pantalones emitían un olor muy interesante.

—¡Mira qué grande mi niña! —decía Lucas con el mismo tono de voz que usaba para alabarme a mí. Pero cuando lo hacía miraba a Emma. Observé que cuando me hablaba a mí de ese modo me daba algún regalo, pero a ella no se lo daba.

De algún modo tener a Emma entre nosotros, viéndola cómo se me acercaba gateando y me agarraba del pelo con sus pequeños puñitos, hizo que estar lejos de Gatito Pequeño y Gatita Pequeña me resultara menos triste. Era algo más complicado, pero me sentía un poco como la mamá gata de Emma.

La segunda noche que Alexis se quedó con nosotros, Lucas y Olivia fueron recogiendo juguetes de bebé y juguetes de perro del suelo y los metieron en el armario, que en realidad a mí me parecía una versión reducida de la Habitación de las Cosas. Los tres adultos humanos se ducharon, aunque no a la vez, y Alexis se cambió de ropa varias veces.

—Estás muy bien —la tranquilizó Olivia—. Tienes un pelo estupendo.

—Yo creo que estos vaqueros me hacen el culo gordo. ¿No crees que me hacen gorda?

—Venga…

Había tensión en la habitación, y bostecé, intranquila. Alexis era la que estaba más nerviosa y Lucas el que estaba más tranquilo, salvo por Emma, que estaba muy concentrada intentando comerse los dedos.

Oí que paraba un coche delante de casa y me fui corriendo a la puerta. La cola se me disparó cuando mis sentidos me dijeron que había un perro en el patio. Supuse que sería Charlie.

—Son ellos —anunció Lucas. Y en cuanto abrió la puerta, reconocí el olor. No era Charlie. ¡Era Dutch!

Salí disparada y me lancé sobre mi viejo amigo, e inmediatamente nos pusimos a jugar y a forcejear. Con Dutch venían Gavin y Taylor, que se reían.

—¡Bella! —me llamó Gavin. Se arrodilló y abrió los brazos, y Dutch se le lanzó encima, lamiéndole la cara—. ¡Vale, Dutch, vale!

Alargó los brazos evitando a Dutch y me envolvió en un abrazo, y yo le di un beso, agitando la cola. Quería mucho a Gavin.

Me hizo muy feliz ver que Gavin, Taylor y Dutch habían encontrado el modo de hacer «a casa», pero ese sofá iba a llenarse mucho de pronto.

Taylor llevaba lo que parecía una maleta, pero en realidad llevaba un bebé, que me miró con solemnidad con sus ojos marrones.

Los humanos se metieron todos en el salón, mientras Dutch y yo jugábamos encaramándonos el uno sobre la otra. Era tan grandullón como lo recordaba.

—Este es Noah —dijo Taylor, sacando a su bebé de la maleta. El bebé se le agarró. Era un niño, casi exactamente del mismo tamaño que Emma.

Taylor le pasó a Noah a Olivia y Lucas le entregó a Emma a Gavin, y los adultos hablaron de bebés con cara de felicidad y poniendo voces cantarinas.

Yo pensaba que había entendido por qué estaba tensa Alexis —de algún modo, se habría enterado de que venía Dutch—, pero la llegada de mi amigo no la tranquilizó. Fui junto a Taylor y él se agachó para hablarme.

—Me alegro mucho de verte, Bella —murmuró.

Quería a Taylor.

—Noah dio sus primeros pasos ayer —anunció Gavin, orgulloso.

Taylor, que me estaba acariciando, levantó la vista.

—En realidad, más bien tú lo pusiste en pie y lo arrastraste por la alfombra.

Todo el mundo se rio, así que Dutch y yo agitamos la cola.

—Emma se pone de pie y aguanta, pero yo creo que no va a arrancar a caminar de momento. Yo no paro de decirle: «Ven con papá», pero ella me mira como diciendo: «No, gracias, ya estoy bien así» —les dijo Lucas.

Todos volvieron a reírse. De algún modo, cuando hay dos perros en la habitación pasa algo que hace que la gente esté contenta.

Gavin me tendió la mano y yo se la olisqueé con optimismo, pero no había ningún regalo. Aun así, esperaba que se acordara de cómo se hacía lo del minitrocito de queso.

—¡No puedo creer que hayas vivido con pumas! —me dijo Gavin, y luego miró a Lucas, sonriente—. Cuando abrimos aquel enlace y vimos la grabación, casi me caigo de la silla. Pero tienes razón, era nuestra Bella la que estaba con los cachorros de puma.

—Oh, pues la historia no acaba ahí, os lo prometo.

Entonces oí que había alguien detrás de la puerta. Sonó el timbre y Dutch ladró, pero yo hice un «no ladres» porque soy una perra buena.

310

—¡Dutch! ¡Deja de ladrar! —le ordenó Gavin. Las palabras no estaban muy claras, pero aun así creo que entendí lo que quería decir. Cuando Dutch me miró, yo agité el rabo, comprensiva.

Lucas abrió la puerta… ¡Y era Mack! Todo el mundo se puso en pie y la tensión que emitía de pronto Alexis nos sobresaltó a Dutch y a mí, que nos la quedamos mirando. Yo me acerqué a Mack agitando el rabo. Él, por algún motivo, tenía un puñado de plantas en el puño. Lucas se las cogió.

—Me alegro de verte, Mack. Gracias. Las pondré en un jarrón.

Todo el mundo quería agarrarse de la mano, pero no intercambiaron nada de comida. Entonces Olivia se acercó a Mack, lo abrazó y se giró hacia Alexis.

—Mack, esta es mi hermana Alexis. Alexis, te presento a Mack.

—Encantada de conocerte —dijo Alexis.

—Me alegro —respondió Mack. Luego los dos se rieron—. Quiero decir que me alegro de conocerte por fin en persona. Oh, por Dios.

Al final, Mack vino a por mí y me abrazó. Las manos ya no le olían a humo. Era muy agradable sentirse abrazada por él. Quería a Mack.

Estaba claro que Dutch no conocía a todos los presentes, y que entendía que yo sí, pero no hice mucho caso. En realidad, Dutch era de esos a los que todo les va bien, salvo por aquel oso apestoso con enormes garras. Los dos hicimos unos «sienta» impecables alrededor de la mesa durante toda la cena, pero a pesar de nuestros esfuerzos nadie nos tiró nada de comer.

Después de la cena, los humanos se sentaron, entre risas. Dejaron a los dos bebés en un lugar blando del suelo y ellos se miraron. Dutch estaba cansado, y yo también. Cuando los bebés se pusieron a dormir, Dutch y yo nos tendimos junto a ellos.

Mientras estaba allí tumbada, con un perro enorme pega-

311

do a mí y dos humanos minúsculos muy cerca, me acordé de cuando dormía en la guarida con Gatita Grande, Gatita Pequeña y Gatito Pequeño.

No sabía cuándo volvería a ver a mi familia gatuna. Solo esperaba que, allá donde estuvieran, fueran tan felices como yo.

Agradecimientos

$\mathcal{H}$a pasado un año desde que perdí a mi mejor vendedora. Mi madre, Monsie Cameron, cada vez que conocía a alguien, intentaba que le comprara un libro o, en su defecto, les daba un ejemplar. Montó una mesa en la iglesia y se dirigía a la gente que entraba y salía de misa: veías a la gente sentada en los bancos con mis libros apoyados como si fueran cantorales. Cuando el sacerdote fue a hablar con ella y le sugirió que quizá montar una librería en la iglesia no era exactamente lo que indicaba la Biblia, ella le escuchó con el máximo respeto, pero a la semana siguiente volvía a estar ahí, en la misma mesa.

Mi madre pesaba unos cuarenta kilos y no suponía una gran amenaza, pero consiguió que el cura se rindiera. Su modo preferido de saludar a la gente era: «¿Les gustan los perros?». Si decían que sí, les daba uno de mis libros. Si decían que no, que no les gustaban los perros, les daba uno de mis libros para que cambiaran de opinión.

Mi madre estaba en plena conversación con una enfermera cuando murió de pronto, a los ochenta y nueve años. No he hablado con esa enfermera, pero estoy seguro de que mi madre le estaría preguntando si le gustaban los perros.

Esta novela, *El viaje de Bella*, nació de mi deseo de seguir con la historia de Bella, Lucas y Olivia, que habíamos conocido en *El regreso a casa*. Cuando empecé a escribirla estaba pensando en incendios, porque he vivido en California y en Colorado, donde son habituales. No obstante, no tenía ni idea de que justo después de entregar el texto definitivo estallaría un incendio histórico que acabó afectando a los estados del oeste de Estados Unidos. Os prometo que me quedé atónito al ver la predicción que había hecho con *El viaje de Bella*. Que la devastación de Colorado procediera del incendio del Cameron Peak es otra coincidencia.

Mi agente, Scott Miller, de Trident Media, no conocía las habilidades de mi madre como vendedora; de lo contrario, estoy seguro de que habría presumido de ella en la carta de presentación de la primera entrega, *La razón de estar contigo*. Gracias, Scott, por el trabajo realizado entonces y con todas las novelas siguientes.

El editor de todas las novelas que mi madre vendía —o más bien enjaretaba— a la gente ha sido Tor/Forge. Muchas gracias a todo el equipo: Linda, Tom, Susan, Sarah, Lucille, Kristin y Eileen. Probablemente me deje a alguno, y pido disculpas por ello. Es un grupo de gente estupendo, dedicado a la dificilísima tarea de poner libros en el mercado. ¡Son muchos pasos! Probablemente trabajaréis con otros autores, pero cuando llamo me hacéis sentir como si fuera el único.

Gracias, Ed, por ser mi editor. Se te da estupendamente, y supongo que por eso te pondrían ese nombre tus padres.

Estas palabras las estoy escribiendo con mi teclado, pero para gran parte de lo que escribo no toco las teclas de plástico, sino que lo dicto, usando un micrófono electrónico Apogee. Supongo que el micrófono envía mis palabras a un equipo de vigilancia del FBI, que es el que transcribe el texto. Gracias a todos en Apogee, especialmente a Betty Bennett y Marlene Passaro, por haberme regalado el micrófono.

De todas las novelas que escribo hago dos borradores y el segundo se lo doy a mi mujer. Sus notas, ideas y comentarios siempre son un elemento clave de mi éxito. Gracias, Cathryn, por el duro trabajo que haces en todo, salvo la vez que me estampaste una tarta en la cara. Aún no entiendo cómo es que eso sirve para vender libros, y nuestro perro Tucker se quedó igual de perplejo. (Hay un vídeo de esta sórdida escena, y tiene más de dos millones de visualizaciones. No puedo creer que haya tanta gente que no tiene nada mejor que hacer que ver cómo le tiran una tarta a la cara a un escritor.)

Y gracias a Sheri Kelton, mi mánager, por todo lo que has hecho por mi carrera como escritor. Estoy convencido de que, si quisiera jugar al baloncesto, me conseguirías una prueba con los Lakers.

Si, tal como espero, deslumbro a los entrenadores de los Lakers con mi habilidad para tirar la pelota a un par de metros al menos, mi abogado, Steve Younger, sería la persona que tendría que negociar con el equipo de qué color tienen que ser los asientos de mi *jet* privado. Gracias por adelantado, Steve —me gustan los tonos crema—, y también por ser mi guía en el complicado proceso de convertir mis novelas en películas.

Gavin Polone ha producido las películas basadas en mis libros, pero lo que yo quiero realmente es que las dirija. Gracias por apoyarme en todo momento y por querer tanto a los perros, Gavin.

Cada vez que alguien me dice que tengo derecho a guardar silencio llamo a Hayes Michael, mi abogado personal, que hasta ahora ha conseguido convencer a la gente de que mi locura me exime de toda culpabilidad. Me alegro de tenerte en mi equipo, Hayes.

Gracias a Olivia Pratt por organizarlo todo y por gestionarlo ella sola. No lo habríamos conseguido sin ti. Vamos, no habríamos tenido siquiera tiempo de comer sin ti.

Gracias a Diane Driscoll por ponerme en contacto con Olivia.

Gracias a Jill Enders por ayudarnos a gestionar nuestras redes sociales, especialmente porque yo no entiendo nada del tema.

Lo que sí sé es que hay un «Grupo Secreto» en Facebook. La secretaria niega tener conocimiento alguno de sus acciones. Si eres miembro de este grupo, a veces recibes regalos gratis, siempre te llegan las noticias y actualizaciones antes que a los demás, y una vez al año celebramos una fabulosa convención, salvo por los años en que no la celebramos. ¡Gracias por ser

315

miembro! (Y si no lo eres, pero te parece que pertenecer a un grupo especial de personas extraordinarias con superpoderes puede ser divertido, busca a Susan Andrews en Facebook y mándale un mensaje pidiéndole que te apunte al grupo.)

Ahora que no tengo a mi madre, cuento con mis dos hermanas para que vendan mis libros personalmente. Amy Cameron se ha fijado como misión apoyar a los educadores creando guías de estudio certificadas que se pueden descargar gratis de mi página web (son mucho más fáciles de descargar que los sándwiches de mantequilla de cacahuete que quería poner yo en un principio). Julie Cameron es médica, y a todos sus pacientes les dice que sufren de un trastorno de deficiencia de novelas de W. Bruce Cameron. Pero tiene cura: les dispensa mis libros en la sala de espera, y funciona mejor que cualquier condición como remedio para esta grave afección. Queridas hermanas, mamá estaría orgullosa de vosotras.

Los lectores más avezados habrán descubierto algunos nombres de familiares en esta y otras obras de ficción mías. Gracias, Georgia, Chelsea, Chase, Gage, Eloise, Garrett, Ewan, Gordon, Sadie y James por vuestro apoyo. Y gracias a Evie Michon, Ted Michon, Maria Hjelm y Jacob, Maya y Ethan Michon por ser mi familia y por apoyarme en mi trabajo y regalarme uno o dos nombres para mis novelas. Os quiero a todos.

También tengo dos ahijadas. Antes eran unas niñas estupendas y ahora son dos adultas estupendas. Carolina y Annie, sois las mejores. Cuando me pidieron que fuera su padrino fue una oferta que no podía rechazar.

Ya he mencionado las guías de estudio. Judy Robbens escribe las guías de mis novelas para jóvenes lectores. Todas se pueden ver y descargar en adogspurpose.com. No hay sándwiches de mantequilla de cacahuete, porque mi equipo web dice que eso sería «demasiado imposible». Desde luego, no es fácil encontrar a gente que quiera cooperar.

Una de las escritoras más interesantes y de más talento que conozco es Samantha Dunn. Solo quería presumir de que la conozco.

Mientras escribo esto, estamos colaborando en un proyecto tan secreto que ni siquiera el Grupo Secreto sabe nada de él. Gracias, Mick, Will, Connor, Rob y Elliott. Sois para mí como el Cuerpo de Operaciones Especiales de la Marina. Bueno, si os enfrentáis al Cuerpo de Operaciones Especiales de la Marina, yo apostaría por ellos, pero para mí, como si lo fuerais.

A veces tienes amigos de esos que responden siempre. De los que puedes llamar a las tres de la mañana para pedirles que te paguen la fianza y te cuelgan el teléfono. Así que gracias a Aaron Mendelsohn, Gary Goldstein, Ken Pisani, Mike Conley, Diane Driscoll, Susan Walter, Margaret Howell, Felicia Meyer y Mike Walker por ser tan buenos amigos, y por componer el Comité para Reírse de Ken Pisani.

Gracias, Dennis Quaid, por declarar públicamente que quieres aparecer en todas mis películas. Trato hecho.

Gracias, Larissa Wohl por escoger mi novela, *A Dog's Perfect Christmas*, como primera de tu club mundial del libro. ¡Qué honor!

317

Y gracias a Tucker por mantener los cojines pegados al sofá.

A lo largo de los años he colaborado y hecho donaciones a más de trescientas organizaciones de rescate de animales. Dos de las mejores son Best Friends Animal Society y Life is Better Rescue. Salvémoslos a todos.

Mientras escribo esto, 2020 se acerca a su fin y el mundo sigue siendo víctima de una gran pandemia. Muchas personas sufren por la enfermedad o por los daños causados por la enfermedad. Las librerías hacen esfuerzos para sobrevivir, algunos colegios están cerrados; espero que para cuando el libro llegue a manos de los lectores ya haya pasado lo peor de la crisis, y que nuestra especie se esté recuperando, en el sentido más amplio de la palabra. Mis oraciones están con todos los afectados.

Cuando estaba en cuarto de secundaria —tendría dieciséis años— decidí que mi gran ambición era ser novelista. Tal como reflejan estos agradecimientos, para llegar hasta aquí he tenido que hacer un largo viaje que ha requerido de la ayuda de muchos. Pienso en particular en algunos de los autores que admiro —Nelson DeMille, Andrew Gross, Lee Child, T. Jefferson Parker—, pero también en amigos de toda la vida que han acudido a los estrenos de las películas, a las firmas de libros y a todo lo demás, aunque yo nunca he ido a su trabajo a animarlos, ni siquiera una vez. Prácticamente todos mis conocidos me han ayudado.

En estos agradecimientos no incluyo vuestro nombre, porque, si lo hiciera, esta sección sería como una guía telefónica (sí, en otro tiempo había unos librotes enormes con todos los nombres y números de teléfono... Bueno, no me hagáis caso) y no creo que mi editor me lo permitiera. Pero me siento afortunado por todo lo que habéis hecho por mí. La próxima vez que nos veamos, os compraré un sándwich de mantequilla de cacahuete en PDF.

Y, mamá, sé que ahora mismo estás leyendo esto. Puedes descansar. A partir de ahora nos ocupamos nosotros.

W. Bruce Cameron
Los Ángeles, California (Estados Unidos)
Lunes, 23 de noviembre de 2020

ESTE LIBRO UTILIZA EL TIPO ALDUS, QUE TOMA SU NOMBRE
DEL VANGUARDISTA IMPRESOR DEL RENACIMIENTO
ITALIANO, ALDUS MANUTIUS. HERMANN ZAPF
DISEÑÓ EL TIPO ALDUS PARA LA IMPRENTA
STEMPEL EN 1954, COMO UNA RÉPLICA
MÁS LIGERA Y ELEGANTE DEL
POPULAR TIPO
PALATINO

EL VIAJE DE BELLA
SE ACABÓ DE IMPRIMIR
UN DÍA DE VERANO DE 2022,
EN LOS TALLERES GRÁFICOS DE RODESA
ESTELLA (NAVARRA)